雪と毒杯

エリス・ピーターズ

クリスマスが迫るウィーンで，彼らは欧州のオペラ界に君臨してきた歌姫の最期を看取った。チャーター機でロンドンへの帰途に着くが，悪天候で北チロルの雪山に不時着してしまう。パイロットを含む八人がたどり着いたのは，小さな山村──しかし雪で外部とは隔絶されていた。ひとまず小体《こてい》なホテルに落ち着いたものの，歌姫の遺産をめぐって緊張感は増すばかり。とうとう弁護士が遺言状を読みあげることになったが，その内容は予想もしないものだった。そしてついに事件が──。修道士カドフェル・シリーズの巨匠による，本邦初訳の本格ミステリ！

登場人物

アントニア・バーン……………オペラ界の歌姫
スーザン・コンロイ……………アントニアの秘書
ミランダ・クウェイン…………アントニアの姪
ローレンス・クウェイン………ミランダの息子
トレヴァー・メイスン…………アントニアのマネージャー
ニール・エヴァラード…………事務弁護士
リチャード・ヘリャー…………オペラ歌手。愛称ディック
チャールズ・ランドール………アントニアの主治医
マクヒュー………………………パイロット
フランツ・メーレルト…………ホテル〈牧場の馬〉の主人
リーズル・メーレルト…………フランツの娘
アガーテ・クロースターマン……ホテルのメイド

雪と毒杯

エリス・ピーターズ
猪俣美江子訳

創元推理文庫

THE WILL AND THE DEED

by

Ellis Peters

1960

雪と毒杯

本書のタイトル（原題 *The Will and the Deed*）と各章のエピグラフは、フーゴー・フォン・ホーフマンスタール作詞、リヒャルト・シュトラウス作曲のオペラ〈薔薇の騎士〉（三幕構成の喜歌劇。一九一一年初演）の、アルフレッド・ケイリッシュによる英訳版の歌詞の一節である。

第一章

ならば、運命を軽やかに受けとめるしかありません。
軽やかな心と軽やかな指で、
ありったけの快楽をつかみ、握りしめ、
そして手放すのです。

――〈薔薇の騎士〉第一幕

たそがれどきの豪奢《ごうしゃ》なホテルの一室で、患者が今いちど目を開けた――周囲のすべてをふりまわしながら生涯最後の日々をすごす、つむじ曲がりの老女に〝患者〟などというやわな呼称がふさわしければの話だが。

彼女は四方八方からじっとのぞき込んでいる顔を見あげた。どの顔も、壮麗なバロック様式の天井と同じく微動だにせず、それでいて動揺をみなぎらせている。彼らは終日、おぼろな影のように浮かんでは消え、彼女の夢をかき乱してきた。けれども今では一人一人が鮮明に見え、わけのわからない焦燥《しょうそう》を覚えることもなく、彼らの発したささやき声を、生身の耳で冷静沈着に聞き取ることができた。もう熱はなく、ただ二度と動きたくないという倦怠感《けんたいかん》があるのみだった。

アントニア・バーンは、自分がもうすぐ死ぬのを知っていた。これまでずっと何事もそうしてきたように、颯爽《さっそう》と旅立つつもりだった。当代きっての歌姫が退場のしかたを心得ていないなら、ほかの誰が知っているというのだろう?

その場にみなが集まっていた。彼女の姪のミランダ・クウェインは、何やら赤い目をしてハンカチに顔をうずめ、一人息子のローレンス・クウェインをどうにか枕元の最前列に押し出そうとしている。アントニアの伴奏者でもある当の息子は、頑としてうしろに引っ込んだままいつもの不機嫌なしかめ面《つら》をしているが、両目には魅入《みい》られたような畏怖《いふ》の色がうかがえた。彼はこれまで死と身近に接したことがないのだ。主治医のチャールズ・ランドールはベッドのわきに腰をおろしてアントニアの脈をとり、そのいっぽうの肩ごしにマネージャーのトレヴァー・メイスン、反対側からは若い弁護士のニール・エヴァラードが身を乗り出していた。秘書のスーザン・コンロイはほかのみなから距離を置き、ベッドの隅の巨大な彫刻入りの支柱の陰になかば隠れて、無言でひっそりとたたずんでいる。自分には彼らのようにアントニアの死を悼《いた》む権利はないし、何かを期待する気もないと言わんばかりに。

そしてもうひとつ、アントニアが今こそ目にしたい唯一の顔――リチャード・ヘリャーの顔もすぐそこにある。彼は彼女があの長い、焼けつくような、不穏な眠りについているあいだじゅう、片時も枕元を離れずにいたのだろう。彼女の両目が開いたのを見て身を乗り出したリチャードの禿《は》げあがった頭の上で、夕暮れの淡い光がきらめき、しわというしわに深々と影を塗り込めた。彼もまた年を取り、ひどく老い込んでいた。最後に彼女と共演したのはずいぶんまえの〈薔薇の騎士〉の公演でのことだが、あれはオペラ史上最高の、好色な奔放《ほんぽう》きわまるオックス男爵だった。若き日のリチャードは誰よりハンサムな、細身の気品あふれるドン・ジョヴァンニでもあった。見惚れるような脚のドン・ジョヴァンニなど、オペラではめったにお目にかかれない！

「あの人たちをさがらせて、ディック」アントニアのか細い声はごく明瞭で、まだまだ威厳に満ちてはいたものの、はるか彼方《かなた》から響いてくるかのようだった。「あなたに話があるの。ほかのみんなは出ていって。わたしはまだ逝きません、準備ができていないのよ」

アントニアがまだ旅立ちの準備ができていないというのなら、さしもの死神も無遠慮にせっついたりはするまい。リチャード・ヘリャーが無言で尋ねるように医師を見やると、ドクター・ランドールはうなずいた。その意味は一目瞭然だった。「いいではないか」と、医師の諦観《ていかん》に満ちた目は告げていた。「どのみち彼女はじきに逝ってしまうのだ、好きなだけ話させてやろう」と。

「ではわたしたちは、となりの部屋にいるからな」ドクター・ランドールは大声で言い、ほかの面々をあとに従えて出ていった。中には、不本意そうな者たちもいた。みごとな馬面《うまづら》のミランダは、いきり立った馬さながらに首をそらせている。ああした英国の田舎育ちの淑女は本来、決して人前で泣いたりはしない。本物の馬でも、もっとましなふるまいをしそうなものだ。それでも――ひょっとして呼びもどされはしないかとちらちら背後に目を向けながら――ミランダもようやく出ていった。息子のほうは、部屋から出られるのを喜んでいる。

来《きた》るべき最期《さいご》の時に、自分が必要とされないことを知っているのだ。いまわのきわにある七十六歳のアントニア・バーンが、ろくな経験もない二十五歳の彼に何の用があるというのだろう？　これは伴奏者など無用の、一世一代のパフォーマンスなのだ。

室内が快い静寂に包まれると、アントニアもしばし心静かに、深紅《しんく》のシルクの上掛けにのせた片手をリチャードにゆだねた。カーテンはまだ引かれておらず、窓の外の薄れゆく光の中で、裸の梢が寒さに震えているのが見えた。どんよりとした鈍色《にびいろ》の空を背に、ヴォティーフ教会の精緻な透かし細工のような尖塔のひとつが白く浮かびあがっている。

「信じられないことに、ミランダは初めてわたしとここへ来たとき、あれが有名なシュテファン大聖堂だと思い込んでね。絵葉書を少なくとも一ダースは送り出したはずよ」

「いかにも彼女らしいじゃないか」とリチャード。「彼女はいまだにリング大通りのふくよかな女性（女帝マリア・テレジアの像）をヴィクトリア女王だと思い込んでいるのだろうよ」

　アントニアは笑った。かつては有名だった華やかな笑いの、滑稽《こっけい》な物まねのようだった。ふわふわのレースと起毛素材のネグリジェの上で、しまりのない青白い首筋が苦しげに引きつり、げっそりこけた頬がヒクヒク動くにつれて、高く突き出た頬骨の周囲が真っ赤に染まった。竜胆《りんどう》色の瞳は灰色ににごり、まばらになるいっぽうの白銀色の髪の隙間から頭皮が光を放っている。老いてなお優雅な昂然たる姿勢は、あたかも解けゆく雪のように、痩せ衰えた指のあいだからこぼれ落ちていた。

　じっと注がれたリチャードの視線に気づき、アントニアは意地の悪い笑みを浮かべた。

「わたしは今でも美しくて、ディック？」

「きみを美しいと言うのは、互いに四十路《よそじ》を超えたときにやめたはずだぞ」リチャードは答えた。「きみはそんな言葉を喜ばなくなったし、どのみち以前からそれは嘘だった。きみの取り柄は美しさではなかったよ」

「でも何であれ、その取り柄も消えてしまったわ」

　アントニアはリチャードの顔を見守った。いつぞや、彼女が引退生活をやめてコンサートツアーに復帰するつもりだと話したときとそっくりの顔つきだ。あのとき、リチャードは彼女を思いとどまらせようとはしなかった。けれどもその後、あらゆる公演旅行で彼から一マイル遠ざかるごとに、アントニアは彼の不満と危惧を感じ取ってきた。

「わたしは復帰すべきじゃなかったのよね？」

「ああ、そうだな。なぜあんなことをしたんだ？　もう金は必要なかったはずだ。それにもちろん、甘ったるい賛辞も」

「わたしは飽き飽きしてたのよ」アントニアはうっすら笑みを浮かべたまま、干からびたささやき声で言った。「老いることにも、たしなみ深く、分別臭いふるまいをすることにも。そういうことは得意じゃなかったの。引退を宣言したときは、伝説の歌姫の座にまつりあげられるのがどれほど退屈かわからなかった。あそこからおりるにはころがり落ちるしかなかったのなら、それで本望よ。もうこれで退屈する心配はなさそうだし。わたしは死ぬのよ、ディック」

　それはよくわかっていたので、リチャードは反論しようとはせずにこう言った。「こちらも遠からずあとを追うことになるだろう。そこここに道しるべを残しておいてくれ」

「それより、あなたにあげたいものがあるの。わたしを思い出すよすがにね。それを今、渡しておきたいの」ここで彼の手をぎゅっと握りしめたいところだったが、もう力が残っていなかった。「あのキャビネットのいちばん下の引出しに入っているわ――今すぐ取ってきて」

　それで彼女が満足するならと、リチャードは部屋の奥の手の込んだロココ調のキャビネットへと歩を進め、かがみ込んで引出しを開けた。背後で木の葉がすれ合うような、鮮明ながら、か細いささやき声がした。「ほかのことはみな片づいてるわ。新しい遺言状も作ったから、エヴァラードがすべて適当に処理するでしょう。いい若者よ、有能で。でも父親ほどの弁護士にはなりそうにないわね。その気がないの。ああ、文具入れの下にある箱よ、ディック——わかる？」

「ああ、見つけたよ」

「あなたに渡したいケースはその中よ」

リチャードはそれが何かを知っていた。両手でつかんでベッドのそばにもどると、ケースの上から彼女に微笑みかけた。

あまたの勝利と情事に彩《いろど》られたアントニアの長く輝かしい生涯を通じて、そんなふうに彼女に微笑みかけた者はほかにいなかった。彼女は三人の夫を持ったが、リチャードはその一人ではないし、少なくとも七人はいた恋人のうちの一人でもない。彼らとはまったくべつの、常に変わらぬ存在で、誰より長く彼女のそばにいた。彼と結婚してその関係を危険にさらすことなど考えられなかった。

「それを大事に取っておいてくれるわね？　今すぐどこかにしまって……そこにすわってちょうだい。それは以前からずっとあなたに持っていてほしいと思っていたの。それがわたしにとってどれほど価値のあるものだったか、あなただけが知っている」

「大事に取っておくよ」とリチャード。

「わたしを思い出すよすがとしてね」アントニアはふたたび言って、微笑んだ。

「わたしが決してきみを忘れたりしないのはわかっているだろう」

リチャードは窓辺のテーブルに置かれた自分のブリーフケースにその革張りの箱をすべり込ませ、ブリーフケースに鍵をかけた。砂糖のように真っ白だったヴォティーフ教会の尖塔はいつしか鉛色になり、あたりを包みはじめた夕闇の中に姿を消そうとしている。彼女の声も消えゆく光とともに衰え、迫りくる寒気のように冷え冷えとしていた。

「みなを呼びもどそうか?」

「いいえ。なぜ?」アントニアはこのままで満足だった。あの連中に、彼女を煩《わずら》わせる以外の何ができるというのだろう? 「ねえディック、あの百回記念公演を憶えていて?」か細い声が尻すぼみに消えた。

リチャードは何もかも憶えていた。彼女が元帥夫人を演じた〈薔薇の騎士〉でオックス男爵役を務めたこと。彼女が伯爵夫人を演じた〈フィガロの結婚〉でアルマヴィーヴァ伯爵に扮したこと。いちどなどは、彼女が夜の女王を演じた〈魔笛〉の舞台で、天真爛漫《てんしんらんまん》なおどけ者のパパゲーノを演じたりもした。彼はなぜあの難解ですてきな役柄を楽しめなかったのだろう? あれほど優雅にパパゲーノを演じた者はほかにはいないはずだ。

「あなたは心配しないで、ディック……お葬式のこと。エヴァラードに話してあるから、彼が手はずを整えるはずよ。わたしはここに埋葬されたいの。少なくとも、モーツァルトと同じ街に。といっても、ウィーンの市民は彼の墓を守る栄誉に値しなかった——彼はプラハに

「だが因果応報というべきか」リチャードはアントニアの動きをとめた両手をつかんだ。「この街は彼を失った（共同墓地に埋葬されたモーツァルトの遺骨は、現在に至るまで行方不明のまま）」

「ウィーンの人々がわたしの埋葬場所まで忘れてしまっても」アントニアは満足げにささやいた。「わたしは気にしない、偉大なお仲間がいるんですもの」

「そうかな?」リチャードは微笑んだ。「わたしはそんな話は真に受けんぞ。きみのことだ、自分の死亡記事を読みにもどってくるつもりだろう」

アントニアの両目に最後の狂おしいきらめきが浮かんだ。一瞬、ほとんど表情の変わらないかすかな笑みが浮かんだかと思うと、どっと生気がよみがえり、彼女は大声で笑いはじめた。つかのま息を吹き返した若き日の炎が、老いさらばえたやつれた顔に驚くばかりの輝きを添え、ふたたび彼女を魅力たっぷりにした。

「そして安っぽい弔花にさんざんケチをつけたあと――」リチャードは続けた。「あのエヴァラードに、どこぞのコラムニストを訴えさせるにちがいない。カール・ルートヴィヒ・ルップレヒト三世殿下との情事について、事実と異なる記事を書いたかどでね」

アントニアが喉を詰まらせ、とつぜん奇妙なゴロゴロという音になった笑い声が、苦しげに深々と吸い込まれてやんだ。はじかれたように立ちあがったリチャードは、かがみ込んで彼女の顔を両手で包み、そっと彼女の名を呼んだ。

ほかの者たちが室内になだれ込んでベッドを取り囲み、片側からは医師、もういっぽうの側からは若い弁護士が彼女の上に身を乗り出した。アントニアの唇が動き、無音の言葉を発したが、うつろな両目はもはやおぼろな人影はおろか、光すら感知していなかった。

「リチャードに渡した……わたしを思い出すよすがとして……」

笑ったままの表情が徐々にこわばり、動きをとめた。彼女は笑いながらこと切れた。

第二章

いやはや、とんだ目に遭わされたものだ。
ここは好きになれん、いつ何が起きるやら……
――〈薔薇の騎士〉第二幕

チャーター機は十二月二十三日の午後、穏やかな冷気に包まれたシュフェカット空港を飛び発った。うっすらと広がる雲の上から銀鼠色の空が冷たいきらめきを放ち、まず間違いなく、夜には晴れ渡った星空が望めそうだった。

けれどそのころには、とスーザン・コンロイは考えた――こちらはみなロンドンに到着し、この悲惨な一件にもすっかり片がついているだろう。彼女自身について言えば、アントニア・バーンの従者の一人としてせっせと劇場やパーティ会場をめぐるかわりに、家族との静かなクリスマス休暇をすごすことになるはずだ。ウィーンの光り輝く寒気と心浮き立つ空気のかわりに、ロンドンの薄暗い街路が待っている。祝祭のあとには、しらふにもどってべつの仕事を捜さなければ。アントニアのような雇い主がまた見つかるとは思えなかった。せいぜい望めるのは二流の小説家か、著作権代理業者といったところだろう。何はともあれ、最初の主人《ボス》だった口やかましい老弁護士よりはましな相手であってほしいものだ。

とはいえ事務弁護士のみながみな、六十代も末の、あれこれ小うるさい、禿《は》げ頭の男というわけではなさそうだ。スーザンはとなりの座席にすわっているニール・エヴァラードを横目でとくと観察した。年のころは三十ぐらい。身長は六フィート前後で、赤みがかったくしゃくしゃの茶色い髪と、ラグビー選手のような肩。目鼻立ちのくっきりした顔には、彼がウィーンに到着して以来ずっと浮かべている、謹厳そのものの表情が落ち着かなげに居座っている。何かひとつでも突発的な事態――たとえば、このちぐはぐな一行の誰かが癇癪《かんしゃく》を起こすとか――があれば、あの仮面がひび割れて、まったくべつの、はるかに魅力的な青年が顔を出しそうな気がした。

ニールが慎み深くこの最後部の座席に着いたのは、あきらかにミランダ・クウェインとその息子からできるだけ遠ざかるためだった。今もくだんの女性が二列前から空席ごしに襲いかかってくる恐れがないように、背もたれを倒して用心深く通路のほうに頭をかたむけている。たしかにミランダは何度かこの若い弁護士を捜してきょろきょろ周囲を見まわしていた。彼が期待どおり、同じ最前列の通路をはさんだ席――リチャード・ヘリヤーのとなりにすわらなかったことに苛立《いらだ》っているのだ。だがミランダの横には息子のローレンスが陣取っており、窓側の席に閉じ込められたミランダは、親族の喪中を示す小さな黒い帽子がのった頭をむなしくめぐらすばかりだった。

「心配ご無用よ！」スーザンは言った。「お上品な彼女のことだもの、あそこから大声で呼びかけてきたりはしないわ。あなたはチューリッヒに着くまでは安全よ」

スーザンは葬儀のときからこのかた、こんなふうに彼をぎょっとさせたくてならなかったのだ。ニールはこの一行の中でいくらか好感を抱ける――何がしか意見が合いそうな――唯一の相手だった。

リチャード・ヘリヤーはみなから距離を置き、自分だけの追憶と喪失感にひたりきっているので、つきまとうのは無礼なように思えた。いっぽう、ドクター・ランドールとトレヴァー・メイスンはどちらもアントニアの旧友で、彼女との長年の親交を誇っていただけに、今では互いに嫉妬混じりのぴりぴりするような緊張感で結ばれていた。彼らは短気な子供たちさながらに、亡き歌姫との親密なエピソードを次々と持ち出して張り合っている。トレヴァーにはひとつ、だんぜん有利な点があった。彼はアントニアのビジネス上のマネージャーとして、この最後の長いコンサートツアーにもずっと同行していたからだ。医師のほうは彼女が倒れたあとで急遽、事務弁護士とともに呼び出されたにすぎない。とはいえ、当の医師が指摘したとおり、かりにアントニアがまともな治療だけを望んでいたのなら、ウィーンにも申し分なく有能な医者がいくらもいたはずだ。それに、間違いなく彼女のいちばん古くからの無二の友だったリチャードも、彼らと同時に知らせを受けて同じチャーター機で飛んできていた。

あとは、あのおぞましいクウェイン親子だ。強欲な彼らは総額数十万ポンドとも言われるアントニアの遺産に虎視《こし》眈々《たんたん》と目をこらし、これまで彼らにみじめな生活を強《し》いてきた死者への殊勝ぶった弔意《ちょうい》を口にしながら、今にもよだれを垂らさんばかりだ。そんな中でニール・エヴァラードだけがスーザンと同様に、あの老女の気まぐれな寵愛をめぐる熾烈《しれつ》な争いからきっぱり身を遠ざけていた。

「へえーっ！」不意を打たれたニールは、いつもの重々しさを忘れて言った。「彼女が言ってたとおり、あなたは見かけほど控えめじゃないんだな」

彼がこんな気取らない笑みを浮かべられるとは、愉快な発見だった。

「彼女？　ミランダのことね？　どんな言い方をされたのか想像がつくわ！」

「いや、ミセス・バーンですよ。それにぜんぜん、あなたが考えてるような言い方じゃなかった。彼女はあなたが好きだったみたいで、『あの子はわたしにおべっかを使わない』と言ってましたよ」

スーザンは眉を吊りあげた。「それじゃ、アントニアはおべっかを使われるのが好きじゃなかったというの？」

「さあ、そのへんはわからないけど。ぼくはこれまであの人には二、三回しか会ったことがないのでね。ミセス・バーンに関する業務はずっと、昨年他界した父が扱ってたんです。今回は仕事を引き継いだ叔父がクリスマスの時期に長旅をしたがらず、否応なしにこちらにお鉢がまわってきたってわけですよ。たしかにミセス・バーンはみんなを顎の先で使って楽しんでたふしもあるけど、内心、びくびく機嫌を取る連中を見下してたんじゃないのかな。だから、ごますり屋の姪の〝口なおし〟としてあなたが必要だったんでしょう。やれやれ」ニールは声をひそめた。彼は生来よく通る声をしていたし、今は事務弁護士として、用心しなければならない立派な理由があったからだ。「例の『故人の唯一の親族として』というミセス・クウェインのせりふにはもう、うんざりだ！」

「でもきっと、あなたはまだまだ聞かされるわ」スーザンは同情を込めて言った。「ここからロンドンまでずっと、あの人の声の届かないところにいないかぎりはね。それはけっこう骨が折れそうよ」

「だがまあ、せいぜい公平に見れば」ニールはしばし考え込んだあと、律儀につけ加えた。「息子のほうがその手のせりふを口にするのは聞いたことがないけど」

「当然でしょう？　いつでも母親がかわりに言ってくれるんだから。あの親子はしょせん、似た者同士よ」スーザンは他人《ひと》を見る目には絶大な自信を持っていた。「とはいえあの人たちは長年、貧しい親族の立場に置かれてきたんですものね。もう少しで数十万ポンドの遺産を手にできそうなのに、その確証を得られなかったら……少々苛立つのも無理ないわ。あなたはどうしてみんなの望みどおりに、葬儀のあとすぐに遺言状を読みあげてけりをつけなかったの？」

スーザンはそう口にするなり、無神経な無用の質問だったことに気づいた。ニールが遺言状は帰国後に公開すると言い張ったのは、彼が事務所の下級共同経営者であり、重要な顧客に関する業務はあくまで叔父の管理下にあるからだ。けれど、ニールは自分がたんなる使い走りだとは認めないだろう。すでに目に見えるほど心を閉ざし、またもやあの弁護士然とした仮面をかぶってしまいそうだった。

「悪いけど、その件については話せない」

「あら、そうよね、ごめんなさい。本気で訊いたわけじゃないの」横目でちらりと彼を見やったスーザンは、相手の用心深い目つきに微笑した。「ご心配なく、わたしは何ひとつ期待はしてませんから。アントニアの元で働いたのは一年ちょっとだし、彼女とはとてもうまくいっていたけど、愛情深い関係だったわけじゃない。それに何であれ、こちらが貢献したことに対しては、生前にたっぷりお給料を払ってもらったわ。だから誓って、あなたに鎌をかけたりはしません。彼女が自分のお金をどうすることに決めようと、わたしの知ったことじゃないの」

じつを言えば、スーザンはあの老女が大好きだったのだが、そんな弱みを認める気はなかった。ただでさえ、ほかのみんなが口々にアントニアへの献身的愛情やら哀悼《あいとう》の念やらを表明し、すっかり重苦しい空気になっているのだ。

「あなたはミセス・バーンが莫大な遺産を遺したと確信してるみたいだな」ニールはふたたび緊張を解き、彼女のかたわらでゆったり椅子の背にもたれてかすかに皮肉な笑みを浮かべた。

「誰でもそう思うんじゃないかしら。アントニアは若いころにかなりの資産を築いたはずだし、彼女が手にした財貨を抜け目なく処理してきたのはたしかよ。一部の馬鹿げた伝説は割り引いて聞くとしてもね」スーザンは微笑した。「ウィーンでは一九一〇年代から四〇年代にかけてのオペラ界のスキャンダルについていろいろ耳にしたけど、彼女はそのほとんどにかかわってたみたいだわ」

「たんに、かかわってたふりをするのが好きだったのかもしれない」ニールは疑わしげだった。

「たしかに、彼女は注目を浴びるのが好きだった。でもそうした話の一部は、できることなら大喜びで彼女を主役の座から引きずりおろしそうな女性たちから聞いたのよ。それに、あなたは全盛期のアントニア・バーンの写真を見たことがある？　とてもすてきだったわ。少女のように初々《ういうい》しくて愛らしいのに、彼女の当たり役だったオペラの中の女性たちみたいに堂々として。どうしてほかの誰より、みごとに元帥夫人を演じられたのかよくわかる。それに彼女の私生活が世間の噂どおり、貴人たちとの情事の連続だったというのも心から信じられるわ。

いちばん物議をかもしたのは、第一次世界大戦中の一件みたいよ。当時はまだドイツ帝国の支配下であやうい独立を保っていた小さな君主国の大公の一人が、アントニアにすっかり熱をあげて家宝のダイヤモンドをひそかに国外へ持ち出し、彼女に贈ったと考えられてるの。彼は故国へもどるのを拒み、あらゆる権利と称号を剝奪されて、異郷の地で生涯を終えたのよ。おおよそ二十五万ポンド相当の大公家の家宝をアントニアに遺して。少なくとも、噂によればね！」

「ああ、例のトレプレンブルク＝フェルトシュタイン公事件——あの古めかしいゴシップか」ニールは鼻で笑った。「そんな話はもう忘れ去られてるのかと思ってた。ぼくもずいぶんまえにどこかで耳にした憶えがあるけど、親父はきっぱり否定していましたよ。世間じゃまだ信じられてるのかな？」

「カール・ルートヴィヒ大公が国外追放になったことはたしかよ。彼はニースで他界してるわ」

「それはアントニア・バーンと情事を持ったとされる落ち目の貴族の多くがたどった運命ですよ。ぼくならそんなダイヤモンドの話は、この目で見ないかぎり信じない。たぶん世間の連中は、彼女が死んだ今ではそういう古いスキャンダルを片っ端から掘り出してくるだろうけど」

「日曜版の新聞向けのネタとして？　ミランダは気に入らないでしょうね」

「だからといって、もらえる遺産の価値がさがるわけじゃなし」ニールは皮肉たっぷりに言った。「あの人なら、そんな汚辱に耐えるのも自分の務めだと割り切れるはずだ」

「あなたは結局のところ、わたしに情報を先取りさせてくれてるの?」

「いや、ただの一般的観測ですよ」ニールはスーザンとまっすぐ目を見合わせ、声をあげて笑った。「まったく、どうしてアントニア・バーンの妹にあんな気取り屋の娘ができたのか。いくら父親は由緒ある家系の地主だったとしても! ちなみに、ミセス・クウェインの父親はろくでもない地主で、全財産を失ったとか。だのに彼女はよりにもよって、似たような手合いと結婚したんだからな! 世間には何ひとつ経験から学ばない女たちがいるみたいだ」

不覚にも、とつじょミランダへの同情がこみあげ、スーザンは深々と息を吸い込んだ。

「どうりで、彼女は息子ともどもアントニアにヒルのように吸いついて、最後まで離れようとしなかったわけだわ」

「『故人の唯一の親族として』ね」ニールはささやき、スーザンがこらえきれずにくすくす笑うと、警告するように彼女の腕をつかんだ。「しーっ、あの黒いヴェールがヒクついてるのが見える」

じっさい、ミランダの大仰な服喪のポーズは徹底していた。スーザンはさきほど機内に乗り込んだとき、いっそこのチャーター機の機首にも黒い羽根飾りをかかげ、尾翼からクレープの喪章をなびかせるべきではないかと考えたほどだ。だが今、共犯者めいたひそひそ声でそれを話そうと口を開いたスーザンは、かわりに大きなあえぎ声をあげ、両手で座席のアームを握りしめた。これまで心地よく身体を支えていたシートが、不意にがくんと沈み込むのを感じたからだ。彼女はろくに気づいていなかったのだが、ここ十分間のうちにウィーンからの穏やかな飛行は、わずかな揺れとバランスの回復をくり返しつつ、徐々にペースを乱しはじめていた。今しがたの最初の急激な不快きわまる振動に、そこここでぎょっとしたように息を呑む気配がした。

「いやあ、強烈だったな!」ニールがスーザンの腕をしっかりつかんだまま、彼女のまえに身を乗り出して窓の外をのぞいた。薄雲が晴れて星がまたたきはじめているはずの夕空は、いつしか分厚い雲におおわれ、彼らの行く手には鉛色の雪雲がうず巻いている。異様なほどにわかに広がりつつある暗闇は、何やら不穏な動きに満ちていた。

「天気が変わりかけてるぞ。どうやら雪に——それもかなりの大雪になりそうだ。急に荒れ模様になったみたいだな」

「ここはどのあたりなのかしら。わかる?」

「ミュンヘンはとっくにすぎたから、チューリッヒまであと半時間かそこらじゃないのかな。向かい風にぶつかるようなら、もう少しかかるかもしれないけど。だいじょうぶですか?」

「どうにか我慢できそうよ、よほどひどくならないかぎりはね」またもや身体の下でとつぜん機体が沈み、ガタガタ揺れ動きながらあがってくるのが感じられたかと思うと、操縦室のドアの上の警告ランプがぱっと灯った。「パイロットは何だか、厄介なことになりそうだと考えてるみたい。ベルトをしっかり締めろと言ってるわ」

彼らはあわててシートベルトを手探りしたが、しばらくは意地悪くあちこち揺さぶられ、留め金をはめるのに四苦八苦した。

ようやくベルトの先端をぎゅっと引き、次の揺れにそなえて身体をしっかり座席に固定しなおしたころには、スーザンは額に玉の汗を浮かべ、異常に規則正しい息遣いになっていた。飛行機酔いの兆《きざ》しだ。彼女はそれに気づいて両目を閉じた。今では手軽なリラックス法をあれこれ学んでいたが、どれも常に効果があるとはかぎらない。次の瞬間には、顔のすぐ横の窓を鋭く連打する音に、スーザンはふたたび目を開けていた。

外の世界は見渡すかぎりどんよりとした灰色に染まり、うず巻く暗闇の中から解けかかった雪のしずくが窓を斜めに流れ落ちては、あっという間に浮彫り模様のような氷の筋となっていた。今では声をあげる者もなく、機内は静まり返っている。誰もが見つかるかぎりでいちばん強固なものにしがみつき、発作的な揺れをできるだけうまく乗り切ろうとしていた。ミランダですら口をつぐんでいる。

どうやら機体は強烈な北西風の中――それに、すさまじいエネルギーを帯びた巨大な積乱雲の中――へ突っ込もうとしているようだった。すでにスイス国境に近い山岳地帯の上空に達しているはずだ。わずか数度の気温の上昇で、チューリッヒへの飛行は容易ならざるものとなるだろう。しかも、うんざりするほど長い道中に。

そのまま十五分ほど、あちこちふりまわされながら必死に耐えていると、ようやく揺れがおさまった——少なくとも、それまでのひどさにくらべれば。スーザンは恐る恐る目を開き、顎の力を抜いた。となりの席ではニールがシートベルトの金具をはずしていた。彼はスーザンに見つめられているのに気づくと、どこか弱々しい、励ますような笑みを浮かべた。

「ちょっと操縦室へ行って、マクヒューに様子を尋ねてこようかと思って」

そのときスーザンは初めて、何か深刻な事態になっているのかもしれないことに気づいた。余計な励ましはえてして、安全がほころびかけていることを露呈してしまうものなのだ。スーザンは通路をよろめき進んでゆくニールを不安な思いで見守った。通りがかりに医師から声をかけられている——ドクター・ランドールの干からびた強靭《きょうじん》な身体は、この激しい揺れにほとんど影響を受けていないようだった。ミランダがニールのコートをつかもうと、息子の奥の席から手をのばしたが、ニールは目ざとく気づいてそれをかわした。操縦室の細長い金属のドアが開き、彼を飲み込んだ。

ニールがふたたび姿を見せたときには、またもや揺れがひどくなり、誰も彼につかみかかるどころではなくなっていた。のたくる手荷物用の棚から放り出されたコートやスカーフや小型の鞄が、その下でもがきまわる人々の上に降りそそぎ、窓という窓に不透明な氷がこびりついている。彼らは何でも手あたりしだいにつかんで必死に身体をつなぎとめ、激しい振動がおさまるのを待った。そうする以外なかったのだ。

ニールは揺れ動く座席の背もたれをつかんでまっすぐに立ち、周囲の混乱状態に負けじと声を張りあげた。「シートベルトは締めたままで、喫煙は控えてください！　不自由をおかけしてすみません！　三十分ほどでチューリッヒに着くはずですが、この風の変化は予想外のもので、気象庁も不意を打たれたとか。パイロットによれば、少々予定の航路からそれてしまったそうです」

航路からそれた――北西の強風のせいで――南東方向にそれたのだ。スーザンはぎゅっと閉じたまぶたの裏にヨーロッパの地図を思い描いた。オーストリア西部に広がる北チロルの山岳地帯、それでなければ、アールベルク峠に向かって小さな舌のように突き出したドイツ領内の一角へと押し流されたのだろう。降りしきる雪におおわれた岩山のナイフのように鋭い尾根を想像すると、飛行機酔いは感じなくなった。もっとひどい心配事ができたからだ。

つかのま、憤慨し切ったミランダの金切り声がかすかに耳をくすぐった。「とんだ失態ね！　気象庁は何のためにあるの？　もっとしっかりしてくれないと――」

その後はしばらくいくらか揺れが穏やかになり、となりの席にニールがふたたびどさりと腰をおろした。機内には窓を打つ雪と風の音だけが響き、その静けさのせいでスーザンは初めて、エンジンがときおり咳き込むような奇妙な音をたてているのに気づいた。

「だいじょうぶですか？」

「ええ、ありがとう、だいじょうぶよ」

「それはよかった！」ニールは彼女が聞きそこねないように身を乗り出し、小声で言った。「ぼくはこれから通路の向こうの席に移るけど、心配しないで。何かあっても、ちゃんとあなたに注意していますから」

スーザンはしばし両目を開き、彼が差し示した座席を眺めてみた。非常口のすぐ横だ。

「よほどまずいことになっているのね？　パイロットはどうするつもりなの？　不時着を試みるとか？」落ち着きはらった声で言う。いざというときには何はともあれ、冷静を保つのが賢明というものだ。だからといって、恐怖を感じないわけではなかったが。

「それしかなさそうなんですよ。エンジンのひとつがいかれてしまって、この天候じゃ、もういっぽうのやつだけで遠くまでいくのは至難のわざみたいだ」

「現在位置ぐらいはわかってるのかしら？」

「航路からそれほど離れていないオーストリア西部の上空のようだけど、チューリッヒまで行くのはとても無理らしい」

スーザンはフォアアールベルク州の切り立った岩山を思い浮かべた。尖塔のてっぺんに着陸しようとしているようなものだ。「パイロットはどれぐらい成功の可能性があると見ているの？」

「それは訊かなかった。今はなるべく彼の邪魔をしないほうが得策だと思って。じゃあしっかりつかまって、無事におりられたらすぐに動けるようにしておいてください」

すでにチャーター機は徐々に減速しながら高度をさげており、耳の中でも変化が感じられた。周囲がいくらか静まるたびに、エンジンの引きつるような音がことさら不吉に響き渡った。ときにはほとんど機体の動きがとまったように思えたが、そうした小休止のあとでは、とつぜんの急降下がさらに恐怖をかきたてた。横風を食らって目まいがするほど揺すぶられるかと思えば、向かい風に進行を阻まれてガタガタ揺れ動く機内で、ようやくわれに返ったときにはみな手負いの獣《けもの》のようにふらついていた。

今では窓という窓が氷の帳《とばり》におおわれ、外の世界はまったく見えなくなっていた。パイロットにはどれぐらい見えているのだろう? 彼はまるで手探りするように慎重に高度をさげ、山々のあいだを吹き抜ける強風の中で正しい方向をつかもうとしている。いちどは、すんでのところで暗闇の切れ目を見つけてすばやく高度をあげたが、そうでもなければ彼らはみな、フロントグラスにぶち当たる羽虫のように岩山の絶壁に突っ込んでいただろう。その後はまたおっかなびっくり外の様子を探りつつ、さらに用心深い降下が再開された。彼はこの窮地から無事に抜け出すには、知識や技能のみならず、ただただ幸運が必要なことを知っているのだ。

ようやく訪れた結末は、あっという間の、妙にあっけないものだった。たしかに恐ろしくはあったが、それを実感する間もなく終わっていた。

フォアアールベルク州の峰々のあいだには、村からそれほど離れていない、起伏の穏やかな広めの草地が点在している。ただし、パイロットのマクヒューが見つけた野原はじゅうぶん広さはあるものの、危険なほど風が吹き荒れていた。おかげで風の中に突っ込むのに手間どったため、チャーター機は思いのほか失速し、すさまじい強風にあおられた瞬間には彼自身、操縦席の中で立ちあがりかけたほどだった。あやうく機体が横転し、仰向けのまま雪の中に墜落しそうになったのだ。客室の人々にわかったのは、とつじょ緊張感が走って機体がガタガタ振動しながらとまり、強烈な横風にあおられたあと、猛然と前方に突っ込んで危機を脱したことだけだった。二十秒後には、彼らの飛行機はまずまず穏やかに鼻先から雪の中に飛び込んでいた。

乗客たちはつんのめって左右に揺さぶられ、シートベルトが痛いほど腹に食い込んだ。機体はいちどだけかたむいて元にもどったが、なすすべもなく待ち受ける人々の傷だらけの身体の上に、左側の棚の荷物がそっくり放り出された。さらに何度かギシギシおぞましい音をたててよろめいたあと、チャーター機はわずかに機首をさげて後尾をあげたまま、上下に揺れ動きながら吹き溜まりの奥深くへと突っ込んだ。そのあと、奇跡のように、すべてが静まった。すでにエンジンもとまっていた。吹きすさぶ風と、絶え間なく不気味に窓を打つ雪の音が聞こえる。外の世界はまだ存在し、彼らは生きていた。

と、パイロットのマクヒューが操縦室から疾風《はやて》のように飛び出してきた。帽子もかぶらず、汗まみれの顔で、無理やりコートを着ようとしている。彼は入り乱れる乗客たちの身体と鞄と雑誌、飛行機酔いのみじめな残滓《ざんし》のあいだを非常ドアへと突き進みつつ、ニールに向かって片手をふり動かした。

「そのドアを開けて！　さあ、みんな、さっさとここから出てください！　ただし落ち着いて、あまりとつぜんうしろに重みをかけないように」

パイロットは大柄な若者で、彼自身の体重だけでも不安定な機体のバランスがかたむいていた。やがて、ゆらゆらしていた尾部が徐々にさがって動きをとめ、安定したのが感じられると、マクヒューは用心深く床を踏みしめて機体の後部をしっかり雪の中へと食い込ませた。非常ドアのレバーはニールがぐいと一押ししただけで動き、彼らのまえに細い長方形の暗闇が浮かびあがった。ぼってりとした柔らかい雪がうずを巻いて吹き込み、彼らの顔に飛び散った。あっという間に三十フィートの吹き溜まりの背後に谷を閉じ込め、そのあと急激に気温があがれば、山肌を削るような雪崩《なだれ》を起こすたぐいの雪だ。

「あなたと、それにきみ！」今なお、自分の飛行機とその中で呼吸するすべての者を当然のように支配しているパイロットがわめき、馬鹿でかい手をのばしてローレンス・クウェインの肩をつかむと、震えながら彼を抱きしめる母親の胸から引き離した。「きみがいちばん若くて力がありそうだ。下へ飛びおりて、みんなに手を貸してくれ。さあ、飛びおりろ！　何をぐずぐずしてるんだ、ろくでもない燃料タンクが爆発するのを待っているのか？」

その声の権威に満ちた響きに、彼らはみな従った。意外にも、真っ先に動いたのはローレンスだった。非常口から身を乗り出し、ちらりと下に目をやると、彼は一気に飛びおりた。暗闇からくぐもった叫び声が聞こえ、すぐにニールがあとに続いた。

マクヒューは両目をぎらつかせて残りの乗客たちを見まわした。みな青ざめ、髪をふり乱し、ショックと吐き気にぐったりとしている。しかしドクター・ランドールは小柄だが屈強で、びくともしていない。それに、彼とはすでに懇意になっていた。

「女性たちをおろすのに手を貸してください、先生」マクヒューは簡潔にそう言うと、医師と戸口の左右に立ってミランダを引き寄せた。彼女もまた、ある種のたくましさを持っていた。つべこべ言わず、一瞬たりとも無駄な躊躇《ちゅうちょ》はせずに、彼らにうながされるままに飛びおりた。自分が三フィート以上も積もった雪の中でもがいていることに気づくと、初めて鋭い悲鳴をあげたが、それも不平よりは怒りのこもった声だった。

彼女に続いて飛びおりたスーザンは、下の二人の男たちに両側から抱きとめられたあと、冷たい雪に腰まで埋もれたショックに息を呑んだ。

「機体から離れて！」マクヒューが断固たる態度で手をふりながら叫んだ。

雪と暗闇のうず巻く、いまだ見ることもできない混沌たる世界の中で、スーザンはどうにかミランダと腕を組み、吹き寄せる雪をかき分けながら安全な離れた場所へと進みはじめた。背後に目をやると、残る男性陣の最初の一人が身体ごと持ちあげられ、機体の側面にぶつからないようにドアの外にぶらさげられていた。リチャード・ヘリヤーとおぼしき姿だ。「今度は慎重に頼む」とマクヒュー。「ご老体は頭を打ったんだ。鞄が落ちてきたらしくてね。少しばかりぼうっとしているが、心配はない。用意はいいか？」

リチャードはスーザンとさして変わらない体重のようだった。下の男たちが老人をそっと腕に抱きとめると、スーザンは彼を安全な場所へ引っ張ってゆこうと雪の中をもどった。リチャードはショックか脳震盪《のうしんとう》のせいだろう、黙ってすなおに腕を取られ、彼女に導かれるままについてきた。ふり向いてみると、今では全員が機外に脱出し、最後にマクヒューがコートをなびかせながらやってきた。彼らは機体からじゅうぶん離れると、震えながらぴたりと身を寄せ合い、ようやく深々と息を吸い込んだ。

「あぶないところだった」マクヒューはコートの袖で額をぬぐった。「みんなだいじょうぶかな？」

まだ寒さや苦痛を気にしている暇はなかった。生きてさえいれば上出来だ。彼らは声をそろえてだいじょうぶだと答えたが、ややあって、とつぜんわれに返ったリチャードが、震えながらぱっと片手を腕の下に突っ込んだ。

「わたしのブリーフケース！　あのブリーフケースをどこに置いてきたのだろう？」ここ十年ほどは豊かな音域と響きの衰えゆえに、私的な場でも頑として歌うことを拒んできたリチャードの朗々たる美声には、子供っぽい嘆きと動揺がにじみ出ていた。「悪いが、わたしはもどらんと。ブリーフケースを置いてきてしまったんだ」

マクヒューが押しとどめるように彼の腕に手をかけた。「今は機内にもどるのは無理ですよ。誰もあなたの私物にちょっかいを出したりはしないはずだし、当面はこちらも危険を冒して取りにいくわけにはいきません。まずはみなで一夜をすごせる場所を見つけて、寒さをしのげるようにしないと。あとで何もかも回収しますから、ご心配なく」

「いや、あれを残してはいけない。きみにはわからんだろうがね、どうしてもあのブリーフケースを置いてゆくわけには――」

「どのみち火災が起きるなら、もうとっくに起きているはずだ」ニールが割って入った。「ぼくがそのブリーフケースを取りにいけばいいんじゃないのかな？　それなら、さして時間はかからない」

マクヒューは考え込むように、雪の中にぶざまに横たわる機体をふり向いた。すでに、絶え間なく降りそそぐ雪におおわれて輪郭がぼやけはじめている。「たしかに、今さら何か起きるとは思えない。最悪の事態は切り抜けたようだ。よし、あなたがそうしたければ、おれも行って機内にあがるのに手を貸しますよ」

「本当に申しわけない」リチャードがショックのさめやらぬ、ぎごちない口調でわびた。「あれを置いてくるとは、まったく馬鹿なまねをしたものだ。どうか危険は冒さずに――」

マクヒューはなだめるように彼の腕をたたいた。「もうあまり危険はないでしょう。あの着陸はかなり綱渡りだったけど、あっさり脱出できたしね。あなたはしばらくここで待っててください」

ニールは一足先に見渡すかぎりの雪原に踏み出し、もがきながらころんでは立ちあがり、彼らが雪の中に刻んだばかりの曲がりくねった小道をもどりはじめていた。チャーター機はうっすら白いヴェールにおおわれて、なだらかな斜面に横たわっている。機体はさきほどよりも沈み込んでいるようで、降りしきる雪が徐々に側面を這いあがり、開いたドアの中にまでなめらかな波のように入り込んでいた。

二人のうちではニールのほうが軽そうだったので、マクヒューは彼に背中を貸して非常口のステップにあがらせ、彼がその奥の暗がりに消えると、長い緊張の反動でぶるぶる震えながら待った。ニールはしばらく姿を消したままだった。ややあって、じっとしているのに疲れたマクヒューは、ドアまでの距離を推し測ってみた。たいしたことはなさそうだった。頑張れば、誰の手も借りずにあがれるだろう。彼はドアを目がけて飛びあがり、ステップの端をしっかりつかむと、徐々に身体を引きあげて片膝をかけた。

「どうしたんです？　見つからないんですか？」

ニールの懐中電灯が放つ一筋の光が、棚から落ちたくしゃくしゃのレインコートの山の上で揺らめき、蓋の開いたブリーフケースの角を照らした。そこらじゅうに飛び散った中身を詰めなおしていたニールは、ケースの蓋を閉めてパチッと留め金をかけた。

「いや、あったよ。棚から放り出されたときに留め金がはずれたみたいでね。中身がぜんぶそろってればいいけど。でないと、ご老体は承知しそうにないからな。きみが下におりてくれれば、こいつを投げ落とすよ。ここまで来たからには、ぼくの鞄も持っていきたいし」

「ああ、そうか、例のご老女の遺言状があったんだ」マクヒューは陽気に答え、ひょいと雪の中へ飛びおりた。「あれだけ相続人候補が周囲にひしめいてたら、そんな書類を無防備に放り出しとくわけにはいかないものな。よし、投げてください！」

彼は投げ落とされた二つの鞄を軽々とつかみ取って小脇にはさんだ。ほどなく、ニールがかたわらにおり立った。

「さて、では、どちらへ向かって進むべきだろう？　あの人たちをどこか無事に一夜をすごせる場所へ連れていかないと。ひょっとして、ここはだいたいどのあたりなのかわからないかな？」

「いや見当もつきません。でもたしかにあっちの下のほうに光が見えたから、どこかの村があるはずですよ。すぐそばみたいだったけど、そこまでおりる道を見つけるのは少々厄介かもしれない。まあ、村の連中がこっちの飛行機が降下する音に気づいたことを祈りましょう。もしも気づいていれば、捜しにきてくれるはずだ。さあ、もうみんなを移動させたほうがいい」

二人は残りの乗客たちの元へもどった。

切り立つ尾根に囲まれたゆるやかな窪地は、今では薄暗闇の中でかすかに形が見て取れるのみだった。彼らの周囲には見渡すかぎり、分厚い雪でなめらかにおおわれた巨大な白い斜面が広がっている。だがその中で唯一、下り坂になっているところを見つけるのはむずかしくはなさそうだった。もしもじっさい村があるのなら、その坂の下のどこかにあるはずだ。こんな山の上の窪地では、村の牛や豚が夏のあいだじゅう放牧されていそうなものだが、ここに山小屋があるのだとしても、今はすっかり雪に埋もれてしまっていた。それでも、ヴェールがかかったような薄暗闇に目が慣れるにつれて、さまざまな形や平面が少しずつ意味をなしてきた。かたむいたボウルのような窪地をよぎるあらゆる線が、茎へとつながる葉脈さながらに、下り坂のはじまる一点へと流れ落ちている。

「こっちだ」マクヒューが言い、乗客たちの一行を引き連れて、細い谷間の坂道を這いずるように押し進みはじめた。黙々とあとに続いた面々は、寒さとショックに震えながらも、彼の背後にぴたりとくっついていた。彼らがこれほど一致団結するのは、そうそうあることではなかったのだが。

夏には半時間ほどで軽く歩けるはずの村への道は、そこらじゅうが新たな雪におおい隠され、危険に満ちていた。助けがなければ、下るのに三、四時間はかかっていたかもしれない。けれど、彼らはついていた。半時間ほど四苦八苦しながら用心深く進んだあと、びしょ濡れになって消耗し、骨まで冷え切った彼らが立ちどまって三度目の休息をとっていたときのことだ。マクヒューが口のまわりに両手を当て、真っ暗な谷間に向かって「おーい！」と大声で叫んだ。すると遠くのほうからかすかに、はっきりと、それに応える叫び声が聞こえてきたのだ。十五分後には、いくつもの揺らめく光が左右に曲がりくねりながら、彼らを迎えにあがってくるのが見えた。

　ほどなく、岩のようにがっしりとした大きなたのもしい人影が、次々と暗闇の中からあらわれた。ひとつ目のランタンの光は、巨大な白い歯を剝《む》き出して笑っている髭面《ひげづら》を照らし出していた。ミランダが疲れ切ったような嗚咽《おえつ》を漏らし、なぜか大声で泣きはじめると、ローレンスが彼女の肩に腕をまわして、なだめるように言った。「だいじょうぶだよ、お母さん、もう何も心配ないからね」

「これはようこそ！《グルース・ゴット》」笑みをたたえた口が、山々のふもとから響いてくるような声で穏やかに言った。鋭い目が彼らをざっと見まわして数えあげ、「これで全員《アレス》かな？」

「全員《アレス》だ」マクヒューが流れ落ちる汗をぬぐいながら答えた。「やれやれ！《ゴット・ザイ・ダンク》」

「やれやれ！《ゴット・ザイ・ダンク》」とその声は言ったあと、たどたどしい英語で、「では行きましょう。このすぐ下に、みなさんがゆっくり休めるわれわれの村があります」

第三章

法や規則は厳格なもの。抜け道はありません。
――〈薔薇の騎士〉第一幕

オーバーシュヴァンデックは、ちっぽけな三角形の広場と短い通りの周囲に二ダースほどのむっつり顔の家々がむらがる村で、どの家も塀で囲まれた中庭は家畜と飼料と薪《たきぎ》の山でいっぱいだった。ほかには、要塞のように堅固な裾広がりの外壁をもつ、小さな塔のてっぺんに玉葱《たまねぎ》型のドームを戴くささやかな教会と、コの字型に翼棟が広がる〈牧場《まきば》の馬〉という家族経営の小さなホテルがあるだけだ。村全体が、このあたりで唯一の平地にすっぽりと収まり、その先は十三キロほど下方のバート・シュヴァンデック村まで険しい急斜面が続いている。

二つの村を結ぶ細い曲がりくねった山道は、稲妻のように枝分かれして岩のあいだを縫い進んでいるので、ほとんど徒歩かラバでしか通れない。冬には崩れにくいしっかりした雪の中でさえ、かなりの危険を冒さなければスキーで行き来はできないし、大雪が降れば、ときには二、三週間も続けて不通になった。だが村人たちはそんなことには慣れっこで、いつも秋にはしかるべき準備を整える。いざとなれば、外界からの供給を断たれても、郵便や警官や、その他のあらゆる文明の利器なしで立派にやっていた。どのみち、普段からあまりそうしたものには頼らないのだ。欲しいものはほとんど地元で見つかった――すてきな妻たちでさえ。

山上の小さな平地にしっかり根づいた村は、この日も腰まで届く雪におおわれ、吹き寄せられた雪がそこここで二階の鎧戸《よろいど》にもたれかかっていた。前日の午後三時ごろに降りはじめた雪は、めまぐるしく向きを変える予想外の風にのって絶え間なく降り積もり、今夕の六時になってもまだ降り続けていた。村に引かれた唯一の電話線は、下のほうのどこか手の届かない場所で不通になり、外の世界に通じる山道はすでに、何フィートもの雪の下に埋もれていた。オーバーシュヴァンデック村は今や、天空に浮かぶ孤島も同然だった。夜になってぐっと気温がさがり、肌を刺す冷気がやってくれば、この雪もしばらくはやむかもしれない。だがこの空模様からして、朝になるまえにはふたたび降り出すはずだった。

〈牧場の馬〉の主《あるじ》のフランツ・メーレルトは空一面に垂れ込めた雪雲をにらみ、頭の中でざっと計算してみた。新たに八人の予想外の客が加わり、彼の所帯は一挙に膨れあがっていたが、ここには彼ら全員を一か月は養えるだけの蓄《たくわ》えがある。それに、このまま一か月も物資の供給が途絶えるとは思えなかった。

とはいえやはり、厄介なクリスマスになりそうだった。こんな形で客を得るのは必ずしも彼の本意ではないが、八人もの季節はずれの宿泊客は利益をもたらす天の賜物《たまもの》だ。けれど知人の葬儀を終えたばかりで、どう見ても死者の遺産への期待以外は何の共通点もなさそうなあの八人は、機内から回収された乏しい荷物ともども、このホテルに何の恩恵ももたらしていなかった。命を救われたことへのごく自然な感謝の言葉すらない。少しは感謝の念を抱いているのだとしても、昨夜はそれをどこかに置き忘れてきたようだ。

おりしも、不平たらたらのミランダから逃げ出して階下へおりてきたスーザンは、そんなフランツの嘆きを知れば、心から同意したことだろう。今も彼女が小さな貸切のダイニングルームのドアを開いてみると、そこではトレヴァー・メイスンとドクター・ランドールがチェス盤とラム酒入りの紅茶をまえに、例によって火花を散らし合っていた。トレヴァーは細長い、落ち着きのない指でふさふさした鉄色の髪を握りしめ、痩せこけた、表情豊かな道化師じみた顔を悲しげにゆがめている。

「知ってのとおり、アントニアは決して目先がきくほうではなかったからな」彼は言っていた。「あれほど裕福になったのは、わたしのおかげだと言ってもさしつかえないだろう。かなりの資産があるのはたしかだよ。なにせ、わたしが築いてやったんだから。いつぞや彼女に言われたのを憶えているが――」

スーザンは開いたばかりのドアをあわてて閉めた。審判員としても観客としても、あんな争いに引きずり込まれるのはごめんだ。彼らは嫉妬深い子供のようだった。互いに相手をノックアウトできるような死者からの賛辞を自信たっぷりに待ち、まんいちそれを得られなければ、心底傷ついて死ぬまで嘆きかねない。アントニアは若いころのみならず、死してなお、男たちを狂わせるすべを心得ていたのだ。

　村の通りを見おろす小さなガラス張りのテラスルームでは、誰かが一人静かにピアノを弾きながら、少々しゃがれた声でためらいがちに歌を口ずさんでいた。アントニアがよくリサイタルで取りあげていた、カール・レーヴェの歌曲だ。〈甘やかな眠り《ズュース・ベグレーブニス》〉……アントニアは今ごろ甘やかな眠りを楽しんでいるのだろうか？　あれほど人騒がせな生涯のあとでは、そんな眠りは退屈そうに思える。きっとどこかに、みなが肝をつぶすような置き土産が遺されているにちがいない。

　テラスルームのドアを開いてみると、中で歌っていたのはローレンス・クウェインだった。彼はすばやく顔をあげ、眉をひそめてピアノの奥からいぶかしげに目をこらしたが、相手がスーザンだとわかるといくらか表情をゆるませた。少々上の空ではあるが、笑みさえ浮かべたほどだ。笑顔になると、あんがい見苦しくはない青年だった。

「やあ、きみか！」彼はまつ毛を伏せて、さざ波のように動く自分の指を見おろしながら、細心の注意を払って伴奏のメロディを弾き終えた。「もう聞いたかな？　今夜はぼくたちのために本格的なクリスマスのディナーが用意されるみたいだ。ちょうど今、ここのオーナーの娘さんのリーズルがクリスマスツリーに最後の仕上げをしてる。あいにく、こちらはその下に並べるプレゼントを持っていないけど。きみならクリスマスのプレゼントに何が欲しい？」

スーザンは背後のドアを閉めて部屋の奥へと歩を進め、竪型のピアノにもたれかかった。路上の雪に照り返された不気味な光が、天井まであるガラス窓を通して流れ込み、ほの白い壁一面に降りそそいでいる。

あなたたちみんなが何を欲しがってるかは知っているけど、とスーザンは考えた——ありがたいことに、わたしはべつよ。

「ぼくの欲しいものがわかるかい？」ローレンスはまだ両手をせわしなく動かしながら、彼女の心を見透かしたように続けた。「まるで見当もつかないだろう！　ぴっかぴかのイングリッシュホルンだなんて！　ほんとはずっとホルンの演奏がしたかったんだ。ピアノは初めてレッスンを受けたときから大嫌いだったし、これからもずっと嫌いだろうな」

「信じられない」スーザンはびっくりして言った。「好きでもないものをそんなにうまく弾けるなんて」

「へえ、どうして？　大好きなことでなきゃうまくできないとはかぎらない。何でも必要に迫られればマスターできるさ」

「つまり、あなたは必要に迫られたわけ？」もちろんそれは想像がついたが、スーザンは今まで彼の立場を考えてみようとは思いもしなかったのだ。むっつり顔の内気な少年が、何時間も無理やりピアノのまえにすわらされている光景が目に浮かんだ。そのかたわらでは母親が片時も離れず目を光らせ、彼が一分でも早く逃げ出そうとすれば口やかましく叱り、少しでも弾き間違えようものなら、金属の編み棒で手の甲をぴしゃりとたたいたりもしたのだろう。

「きみはどう思う?」ローレンスがとつぜんスーザンの顔を見あげた。まるで彼女の思考を読み取り、彼女が思い描いている光景をはっきり見透かしたかのように、憤然《ふんぜん》と頰骨のあたりを真っ赤に染めて。「母はホルンなんてやっても無駄だと考えたんだ。あんなものがうまく吹けても、大金を遺してくれるかもしれない裕福な年取ったソプラノ歌手の伴奏には使えないからね」

しばし愕然たる沈黙がただよい、挑むような目でひたとねめつけられたスーザンは、ただ言葉もなく彼を見つめ返した。やがてローレンスは肩をすくめ、しぶしぶ笑みを浮かべた。

「ああ、いいんだ、きみがそんなふうに感じるのも無理はない。ぼくにはいやでもわかっちゃうんだよ。どのみち、ほんとのことだしね。ぼくは長年かけてその仕事にぴったりに育てあげられたのさ」

「残念だわ」スーザンは驚き混じりの同情を込めて言った。「あなたがそれを楽しめなくて」

「あんまり母を悪く思わないでほしいな」ローレンスはいくらか堅苦しく言った。「母はずっと金に苦労して、ぼくが九歳のころから親子二人の生活費を工面しなきゃならなかった。その中で、爪に火を灯すようにしてぼくに教育を授《さず》けてくれたんだ。結果はこのざまだけど。うっかりすると、見当はずれな考えを抱かれかねないから言っとくけどね——うちの親父は生きてたころでさえ、ろくな稼ぎ手じゃなかったし、母をあまり大事にしなかった。ぼくはずっと、父の轍《てつ》だけは踏むまいと決めていたんだ。だから母には逆らえず、いつも言いなりになってきた」ローレンスは悲しげに両手を握りしめ、やおら〈春の信仰《フリューリングスグラウベ》〉の前奏を弾きはじめた。「そんなわけで、今でも練習をやめるわけにはいかない。失業したんだからな」

もはやアントニアの金の件に触れずにいるのは馬鹿げているように思えた。かなりの遺産があるのは事実なのだし、彼には当然、それを当てにする権利があるはずだ。

「仕事についてはあまり気を揉む必要はなさそうよ」スーザンは単刀直入に言った。「遺言状の件が片づけば」

だが相手はあきらかに、その手の話題については過敏になっていた。ローレンスはちらりとスーザンに険しい視線を向けたあと、いよいよ不機嫌そうに眉根を寄せて両手を見おろした。

「アントニアおばさんの金は欲しくない。いや、それも嘘になるな。そりゃあ裕福にはなりたいさ。でも三年間だけおとなしくお相手をした見返りに遺産をもらうぐらいなら、その金を猫のホームにでも贈ってもらったほうがましだ。報酬なんかいらない！　もう、おばさんが生きてるうちにたっぷり払ってもらったよ。ぼくはそれだけの仕事をして、正統な稼ぎを得てたんだ」

「ねえ！」スーザンは組んだ両手に顎をのせて尋ねた。「あなたはなぜアントニアのそばを離れなかったの？」

ローレンスは腹立たしげにさっと両手を引っ込め、猫のように鋭く用心深いハシバミ色の目で彼女をねめつけた。「きみがなぜだと思ってるのかは、百も承知だよ！」

「そんなはずないわ！　だってわたしは自分でわからないから、あなたに訊いているのよ。でも、愛のためだと答えるつもりはなさそうね」

「ああ、ちがうさ！　ぼくはアントニアおばさんを愛してはいなかった。でも誰が信じようと信じまいと、たしかにあの人が好きだった。それに敬意も感じていたよ。彼女はひどいわがまま婆さんだったけど、ほんとに、すごい歌い手だった！　七十六歳ともなれば、全盛期とはくらべものにならなかったはずだけど、まだまだ歌曲にかけてはそんじょそこらの歌手なんか足元にも及ばなかった。あんなふうに歌える人の元を離れるなんて、ぼくには考えられなかったよ——あちらから放り出されないかぎりはね。彼女は伴奏の仕事をやりがいのあるものにしてくれたんだ」ローレンスは文句があるなら言ってみろとばかりに、音をたててピアノの蓋を閉めた。「でもそんなこと、きみは信じないだろうな！」

「いいえ、信じるわ」ぴしゃりと言い返したスーザンは、意外にもそれが事実なのに気づいた。「信じますとも。あなたが真の音楽家なのはずっとまえからわかってた。そうでなければ、アントニアはあなたに仕事を続けさせなかったでしょうしね。でも、いちいち手榴弾でも投げつけるみたいにわめかなくても、ごく普通に話してくれれば、何でも同じぐらい快く信じるつもりよ」

ローレンスはしばし、恥じ入るとも憤慨するともつかない当惑した表情で彼女を見つめたあと、ニッと笑みを浮かべて勢いよく立ちあがり、ピアノの向こうから片手を差し出した。

「それじゃ一杯やりに行こう！　さあ、母がディナーにそなえておめかしさせようと、ぼくをここから引っ張り出しにくるまえに！　酒場《バー》ならのぞき込まれる心配はない。母はあんなところにいるのを見られたくないだろうから」

だが遅かった。ミランダの尊大で愚痴っぽいきんきん声が、階段の下から彼の名を呼んでいた。

「参ったな！」ローレンスは片手でぐっと麦わら色の髪をつかんだ。「セーターじゃまずいのはわかってたんだ。母は古臭い決まりを守ることしか頭にないんだから。さて、どうしよう？」

「もう行ったほうがいいわ。一杯やるのはディナーのあとにしましょう」

「それってデートの申し込み？」

「デートの申し込みよ。雪がやめば、ちょっと外の空気を吸いに抜け出してもいいわ。一息入れたい気分なの」

「それはよくわかるよ」ローレンスは実感を込めて言い、にやりと笑みを浮かべると、すばやく部屋から出ていった。スーザンがこのまま一人静かにすごせるように、そっとドアを閉めていったところを見ると、どうやら本当に彼女の気持ちがわかったようだ。いったいどうして、彼はもっとちょくちょく笑わないのかしら？　スーザンは考えた。そうすれば、すごく魅力的になれるのに。

彼女はホールが静かになるのを待って、木製のベランダに面した二階のおもて側の部屋にもどり、パーティにそなえて優雅なドレスに着替えた。結局のところ、今夜はクリスマスイブなのだ。ホールには赤いリボンと色とりどりの蠟燭《ろうそく》がついたリースが吊るされ、メーレルト夫人の調理場からは、バニラシュガーとケーキの焼ける温かな香りが家じゅうに広がっている。リーズルは客人たちのために知恵をしぼって食卓を美しく整え、二つ目のクリスマスツリーを飾ってくれていた。それに、彼らはすでに最高のプレゼントを受け取っていた。命を永らえた――それだけでも、間違いなく祝杯をあげる理由になるはずだ。

にもかかわらず、パーティは成功しなかった。

ミランダはしゃれた黒いドレス姿で階下にあらわれたが、簡素なデザインのドレスは、彼女のめりはりのない身体の上にぺたりと垂れさがっていた。例によってちっぽけな真珠の三連ネックレスを着け、ネズミ色の髪にはきっちりウェーブがかけられている。かたやローレンスは無理やりダークスーツを着せられ、またもや額にしわを寄せていた。ただし、不機嫌というより不安げなその顔つきは、何やら決意に満ちた母親の表情と大いに関係がありそうだった。あきらかにニール・エヴァラードのとなりの席を確保しようともくろんでいたミランダが、それを阻まれ、かわりに断固たる態度で彼の向かいの席に腰をおろすと、ローレンスは従順に母親の横にすわった。それともむしろ、必要とあれば彼女にそっと耳打ちしたり、腕に手をかけたりできる場所にいたかったのだろうか？　たしかにミランダはこの会食が終わるまえに、制止が必要な事態を引き起こしかねない様子だった。

しかし、予測不能な亡霊のようにその場を支配していたのはアントニアの思い出だった。彼らは一人残らず彼女にとらわれていた。リチャードは自分だけの考えにひたり、黙りこくってすわっている。愛と理解に満ちた長い歳月のあとでは、アントニアに特別の好意を抱かれていたことを誇示する必要はなかったし、逆に彼女に何を遺されようと、彼が失ったもののかわりにはならなかったろう。だが、残りの者たちときたら！　メインディッシュの鯉の丸焼きが出されもしないうちから、スーザンは彼らのあいだに、さまざまな思惑の入り混じった緊張の糸が張りつめるのを感じ取っていた。ローレンスがワインをがぶ飲みしているのも無理はない。

「伯母はすばらしい女性でした」ミランダは死者との最後の思い出を語っていたトレヴァーに話をしめくくる間も与えず、決然と切り出した。「それをいちばんよく知っているのはわたしです、なにしろ誰より身近に接してきたのですから。彼女にはいくつも偉大な資質がありました。とはいえ、事実を曖昧にすべきではありません――アントニア伯母自身が真っ先に、自分は完璧ではなかったと認めることでしょう。彼女がときおり気まぐれな、無分別とさえ言えることをしたのは認めざるをえません。もちろん、伯母は何でも当然の権利のように考えることに慣れ切っていて、どれほど周囲の人々に努力と献身を強《し》いているか気づきもしなかったのです」ミランダはニールに目を向け、ゆっくりワインのグラスをかたむけた。「そんな人間からまともな謝意が示されるのを当てにできるでしょうか？　わたしは不安を覚えずにはいられません」

ローレンスがぶつぶつ言った。「お母さん、今夜はやめてくれ！」

「いいえ、あなた、今夜こそよ。結局のところ、これはたんなる事務的な問題なの。それを片づけるのがここであろうとロンドンであろうと、エヴァラードさんにはどうでもいいことでしょう。けれどそれがこちらにとってどれほど重要な意味をもつかは理解できるはずです。わたしたちは住処《すみか》も生活の糧《かて》も失い、帰国後にはさまざまな困難と出費が待っている。裕福でもないのに、余裕たっぷりのふりをすることはありません。わたしは何年分もの人生を彼女に捧げたのよ、その見返りに多少の配慮を期待する権利があるわ。それはエヴァラードさん、伯母にさんざん尽くしたうちの息子も同じだけれど、どうやら彼女はこの子がどれほど多大な貢献をしたかよくわかっていなかったようでね」

「お母さん、頼むからやめてくれ！　ちくしょう、ぼくはじゅうぶん報酬をもらってたんだぞ――」ローレンスは苦り切った顔で身をよじっている。だがひょっとすると、自分でも多少の期待はかけているのかもしれない。いずれにせよ、彼は押しきられるままに口をつぐんだ。

「いいから黙って、ローレンス、わたしにしゃべらせてちょうだい。何も特別なご配慮を求めるつもりはありません、エヴァラードさん。ただ、こんなあやふやな状態は終わらせるべきでしょう。わたしたちはアントニア伯母の唯一の親族であり、もっとも親しい友人でもあった――」

「われわれの一部は、その両者は必ずしも同一ではないと見ているかもしれんがね」トレヴァー・メイスンが辛辣《しんらつ》な口調で言った。

「あら、わたしはここにいるみんなのことを言っていたのよ、メイスンさん。少なくとも、ヘリヤーさんとランドール先生のことを含めてね。あなたと伯母の関係は、もちろんビジネス上のものでしたから――」

「ほう、あなたのほうはそうじゃなかったのかね？」トレヴァーが皮肉たっぷりに言う。

「だからね、そういうことじゃなく――ちょうど今、ここにはアントニア伯母といちばん親しかった者が顔をそろえているのだし、こんなふうに足止めを食うのは仕方がないとしても、いつまで続くかわからないわけだから、わたしたちはみんな、自分の立場を正確に知る権利があると思うの。お願い、エヴァラードさん、あの遺言状を今夜、今すぐ読みあげていただけない？　わたしたちは将来のことを考えなければならないのに、どれだけの資金があるのか見当もつかないままでは計画の立てようがないでしょう」

「それはご同席のみなさんしだいです」ニールはいかめしく言った。「われわれはみなまっすぐ帰国するはずだったから、あの遺言状はロンドンで叔父が自ら采配をふるえるようになるまで、下手にいじることはないように思えたんです。しかしたしかに、今では事情が変わった。われわれはいつまでここにいることになるのかわからないから、種々の疑念を晴らしたほうがいいのかもしれません。ほかのみなさんのご意見は？」

ドクター・ランドールが肩をすくめた。「わたしにはどうでもいいことだ。今でもあとでも、お好きなように」

自分だけの夢想からしばし目覚めたリチャードが、幻でも見るような目でぼんやり一同を見まわした。「きみがいちばんいいと思うようにしたまえ、ニール、わたしはかまわない」

「早ければ早いほどいい」トレヴァーが簡潔に言う。

「スーザンは？」

「わたしには関係ないわ」スーザンはリーズル手製のアーモンドケーキを大皿から取りながら、陽気に答えた。

「いや、関係ありますよ。あなたも遺言状の中で名前を挙げられている」

またもや自分の取り分が減りそうな雲行きに、ミランダが顔色を変えた。スーザンははっと息を呑んだあと、達観したように肩をすくめた。驚くほどのことはない。雇い人へのささやかな型どおりの謝礼、それだけのことかもしれないのだ。

「それじゃ、ほかのみなさんに倣《なら》うことにするわ。どうせなら、今夜のうちにすませてしまったら?」

「いいでしょう」とニール。「では食事がすみしだい、遺言状を取ってきますよ。メーレルト氏に話して、この部屋にほかの客を入れないように念を押しておきます」

スーザンは彼がローレンスに意見を聞かなかったことに気づいた。たぶん、ミランダが二人分の意見を述べたとみなしたのだろう。

しばらくするとニールは二階の部屋へ行き、アントニアの遺言状が入った細長い封筒を手にもどってきた。

パイロットのマクヒューがにやりと笑ってコーヒーを飲みほし、椅子をうしろへ引いた。

「さてと、それはこっちには縁のない話だ。誰か幸運な人があとでダブルのブランディでもおごりたくなったら、おれはあっちの酒場にいますから」

彼がバタンとドアを閉めて立ち去ると、残された面々は各自のコーヒーカップをまえに、緊張し切ってテーブルごしにそっと互いの様子をうかがった。ニールが折りたたまれた遺言状を開きはじめると、分厚い紙がカサカサ音をたてるたびに、彼らは身を震わせた。ときおり、アントニアの流麗《りゅうれい》な文字で長々とした文章がびっしり書き連ねられているのが見えた。彼女が公的なイメージ作りの一環として磨きあげ、個人的には冗談の種にしていたあの筆跡だ。「伝記の中でさぞ見栄えがするでしょう」とアントニアはよく満足げに言いながら、手紙の末尾にあんなみごとなサインを書き添えたものだった。

そういえば彼女がこの遺言状に署名したとき、証人として立ち合ったのはホテルの支配人と部屋つきのメイドだった。わたしが呼ばれなかったのは受益者の一人になるからだと気づいてしかるべきだったのだ。スーザンはそう考えたあと、いつしかほかのみんなと一緒に身震いしているのに気づいてぎょっとした。すぐにも手の届くところにお金をぶらさげられると、誰しもたちまちよだれを垂らしてしまうものらしい。

「まずはいくつか、古い使用人などにちょっとした遺贈があります」ニールが切り出した。「だがそれもぜんぶ読みあげたほうがいいでしょう」

彼は意識的にほかのみんなと距離を置き、淡々たる口調で読みあげた。長年アントニアの衣装係を務めていた老女に百ポンド、ケント州の屋敷の家政婦にも同額の金。あれやこれやの友人たちには、おびただしい私的な形見の品。やがてついに肝心な部分にさしかかると、あきらかにニールの口調が固くなり、それとともに彼らの神経も張りつめた。

「『――秘書のスーザン・コンロイには、百ポンドを――』」

スーザンはふたたび息をしはじめた。さいわい、舞いあがっても落胆してもいなかった。

求職活動用の新しい服装一式と、それをゆっくり捜し歩くための費用。粋《いき》な心遣いだ、とスーザンは満足し切って考えた。たとえこちらが何かを期待していたのだとしても、とうていこれ以上のものは望めなかったろう。そうして、すぐさま自分のことに意識が向いてしまう人間の性《さが》ゆえに、続きを読みあげるニールの声がろくに耳に入らなくなっていたとき、不意にトレヴァー・メイスンとドクター・ランドールの名前が相次いで呼ばれるのが聞こえた。

「『わたしの友人で、マネージャーでもある……そして長年、献身的に見守ってくれた主治医のチャールズ・ランドールに……』」

アントニアは彼らにいっさい心温まる言葉も私的な形見の品も遺さずに、それぞれ五百ポンドの金を遺贈していた。トレヴァーの道化師じみた仮面が屈辱に引きつり、青ざめた。リチャードが生きているかぎり、アントニアの手紙や楽譜のコレクションは望めないとしても、サージェントの手になる彼女の娘時代の肖像画だけは期待していたのだ。トレヴァーがあの絵をどれほど愛しているか、彼女は百も承知していたはずだ。

「『姪のミランダ・ルース・クウェインには、千ポンド……彼女の息子で、わたしの妹の孫息子に当たるローレンス・クウェインにも、千ポンドを――』」

普通ならかなりの金額に思えるが、それは数十万ポンドと生涯の安泰を当て込んでいなければの話だ。ミランダは息を呑み、ローレンスがテーブルクロスの下で彼女の腕をつかんでぐっと指を肉に食い込ませると、痛みに顔をゆがめた。ローレンスのハシバミ色の目は伏せたまつ毛の下に隠れ、その顔は警戒するようにこわばっている。傍目《はため》には、彼がどう感じているのかはうかがい知れなかったが、必死になって母親に口をつぐんでおかせようとしていることだけはわかった。

「『──その他のわたしの不動産および動産は、いかなる形でいかなる場所にあろうとも、すべて親しい友人であるリチャード・ヘリャーに託し、遺贈いたします。ただし、まんいち前記のリチャード・ヘリャーがわたしに先立つか、遺言状を残さず死亡した場合には、上記の資産は以下の五人の受遺者に均等に分配されるものとします：スーザン・コンロイ、トレヴァー・アムフレット・メイスン、チャールズ・ランドール、ミランダ・ルース・クウェイン、ローレンス・クウェイン』」

実質的な内容はそれだけだったが、じゅうぶんすぎるほどだった。ミランダがショックに凍りついて黙り込んでいるうちに、慎重に抑制されたニールの声が残りの細目《さいもく》を読みあげた。その後の呆然としたような沈黙を最初に破ったのはリチャードだった。細い、しわだらけの顔を当惑と驚愕にゆがめている。

「なぜなんだ？ 彼女は何のつもりだったのだろう？」リチャードは力なく言った。「わたしがじゅうぶん金を持っていることは知っていたはずだ。彼女はそれを承知のうえで──」

リチャードは不意に言葉を切り、椅子のアームの上で両手を握りしめてがばと立ちあがった。周囲のみなを見まわすと、嫉妬と憤《いきどお》りの目で見つめ返され、つかのまそれらの視線が束になって、剝《む》き出しの憎悪も同然に彼の心を突き刺した。

「わたしも酒場へ退散したほうがよさそうだ」リチャードは苦々しげに言った。「きみたちが心おきなくわたしのことを話せるようにな」

彼がドアまで行きついたとき、ようやくわれに返ったローレンスが声をあげた。

「リチャード、待ってください！　ぼくはぜひ――」

だがすでにリチャードは姿を消し、ドアがぴしゃりと閉ざされていた。

でもなぜ死ぬことなど考えるの？
まだ遠い先のことなのに！
――〈薔薇の騎士〉第二幕

第四章

彼らはいっせいに話しはじめた。ミランダがいちばん大きな、甲高い、怒りに満ちた声をあげ、その悲痛な叫びがトレヴァーと医師のいくらか控えめな抗議を圧して響き渡っている。椅子から立ちあがった彼女は憤怒《ふんぬ》に身を震わせ、どうにか押しとどめようとするローレンスの手を乱暴にふりはらった。

「何てひどい話なの、エヴァラードさん！　そんな遺言状を作るなんて、伯母は正気を失ってたんだわ。そんなものはどこの裁判所でも無効とみなされかねないし、どう見ても無効にされて当然です。まともじゃありません！　これが何年間も献身的に仕えたわたしへの報いなの？　以前からずっと、伯母は愛する身内のために少なくともそこそこの資産を遺すという暗黙の合意があったんですよ。いったい何の権利があって、あの老人は彼女の親族の鼻先から財産をかすめ取っていくの?」

「お母さん、無茶を言わないでくれ。リチャードは何もかすめ取ったりはしていない。彼だって同じぐらいショックを受けているんだ、さっきの言葉を聞いただろ。たとえお母さんには期待はずれだったとしても、リチャードのせいじゃない。彼はほかの誰にも負けないほどうろたえて——」

ミランダは猛然と息子に食ってかかった。「うろたえて? そりゃあ数十万ポンドもころがり込めば、うろたえたふりのひとつもするでしょう。もっともらしいせりふを口にしたところで、何を失うわけじゃなし。あの人が何も知らなかったはずはないのよ。いいから、わたしにさわらないで! 黙るつもりはありません! アントニア・バーンのじつの姪が最後の最後に、ここまで足蹴《あしげ》にされるなんて! 彼女の血を分けた、たった一人の女の親族が! ごく控えめに言っても、エヴァラードさん、伯母の宝石類はわたしに残されるべきだったはずです。その点をぜひ叔父様と検討してみてください。このままにしておけないのはおわかりでしょ。伯母は判断力が正常ではなくなっていたのよ——」

「残念ながら」ニールは折りたたんだ遺言状を封筒の中にもどしながら、ぎごちなく言った。「その主張を押し通すのはかなりむずかしそうですよ。ぼくはミセス・バーンが亡くなるまでに何度かお目にかかったし、その間ずっとランドール先生のご助言をいただいていました。ミセス・バーンはこの遺言状の条項を口述されたときには意識が鮮明で、判断力にも何ら問題はなかったから、有効性はどこの法廷でも認められるはずです。あなたが落胆されたのはお気の毒だが、こちらにはどうしようもありません。そもそも、ぼくの役目は依頼人に意見することではなく、たんにご本人の望みが明確に示され、きちんと遂行されるようにすることなんです」

「遺憾ながら、ミセス・クウェイン」ドクター・ランドールがにべもなく言った。「あんたが闘おうとしている相手は気まぐれな老女ではあったが、判断力が鈍っていたわけじゃない。恩知らずな扱いを受けたからといって、法律の保護は受けられんぞ」

「でも彼女の宝石は！」ミランダの白塗りの頬をやるせない未練の涙が流れ落ち、念入りにウェーブのかけられた髪がとめどなく震え動いた。「せめて宝石だけでも一族の中で受け継がれるようにすべきだったのに、あんなふうに赤の他人に遺すなんてどうかしてるわ。大公殿下のダイヤモンドには触れもしないで！　あのひねくれ者の伯母にできたはずの唯一の名誉ある行為は、あれを身内の者に遺すことだった。だのに、ただの一言も触れていないのよ。あなたにはぜひ、この非道きわまる遺言状に抗議する何らかの措置をとっていただきます。それがだめならせめてヘリャーさんに、大公殿下のダイヤモンドを受け取るのはもってのほかだと指摘してください。あの人にはあれをわたしに引き渡す完全な義務がありますし、きっとそれぐらいはわかるはずよ」

「お母さん」ローレンスが必死になだめようとした。「頼むからもうあのろくでもない遺言状のことは忘れてくれ。ぼくたちにはアントニアおばさんの金なんて必要ないし――」

「馬鹿なこと言わないで!」ミランダは怒り狂って息子の言葉をさえぎった。「これはたんにお金の問題じゃない、何にでも筋ってものがあるのよ。あのダイヤモンドは――」

「おやおや、ミセス・クウェイン」ニールが懸命に嫌悪を押さえながら言った。「あんな伝説の宝石に期待するのは、はかない夢というものですよ」

「冗談じゃない、伯母が大公殿下のダイヤモンドを持っていたことは誰でも知ってるわ。おたくの事務所の金庫に保管されてるにちがいありません、否定しても無駄ですよ」

「無駄なのはわかるけど、それでも否定しますよ。ぼくは大公殿下の宝石なんていちども目にしてないし、ミセス・バーンがそんなものについて協議するどころか、口にするのさえ聞いたことはありません。父もそんな話は真に受けていなかった、ぜったいにそんな宝石は預かっていないはずです。父はそんなものの存在すら信じてなかったし、ぼくもそうです。これでおわかりですか、ミセス・クウェイン?」

だが彼女には耐えがたい話だった。これまでずっと、大公殿下のダイヤモンドが存在することを信じて疑わず、それがいつの日かわがものになるのを心待ちにしていたのだ。もしもあれがまことしやかな噂話の潤色《じゅんしょく》にすぎなかったのなら、彼女の足元の大地そのものが崩れ落ちようとしていた。そんな話を信じるぐらいなら、どれほどひどいものでも、何かべつの解釈にしがみつくほうがましだ。ミランダは無我夢中で一歩だけ踏み出し、骨ばったこぶしをニールの目のまえにふりあげた。

「あのダイヤモンドはたしかに存在したわ！　今はどこにも見つからないのなら、あなたがくすねたから――こっそり着服したからよ」

「お母さん！」ローレンスがとつぜん、鬱積《うっせき》した苦痛を怒りに任せて一気に吐き出した。

「黙れっ！」

ミランダは滑稽《こっけい》なほど仰天した顔でふり向き、彼を一喝しようと息を吸ったが、一語も発することができないうちに、ローレンスが彼女の肩をつかんで揺さぶった。「黙れと言ったんだ。お母さんはとんだ醜態をさらしてるんだぞ。今しがた口にしたことをニールにあやまりたいのなら、かまわない。そうでないなら、静かにしてくれ。もう何もかもけりがついたんだ、わからないのか？　アントニアおばさんは自分の財産を誰でも好きな相手に遺せたはずだし、現にそうした。それだけの話さ」ローレンスはぴしゃりとしめくくり、ミランダの震える肩ごしにニールに目をやった。「すみません、ニール！　ぼくがかわりにあやまります、母はひどく感情が高ぶっているので」

「いいんだ――こちらは気にしないつもりだよ」ニールは静かに答え、やおらうしろを向くと、何かをこらえているように背筋をこわばらせて部屋から出ていった。すぐに、彼が階段をのぼってゆくのが聞こえた。

ミランダが怒りに顔をゆがめ、騒々しく泣きわめきはじめた。ローレンスを押しやり、弱々しくこぶしを打ちつけながら、「ちっとも頼りにならないんだから！　父親そっくり！　どうしてあんたのことを心配してやったりしたんだろう？」

「お母さん、どうか落ち着いてくれ。こんなことをしてても何にもならない。もう休みにいったほうがいいんじゃないのかい？」

「休みにいく気はありません」ミランダは金切り声で叫んだ。「まったく薄情な、恩知らずの子ね。わたしがいなければ、今ごろはどうなってたと思うの？　あれだけ尽くしてやったんだから、少しは恩義を感じてほしいものだわ。だのにあんたは結局、ただの役立たず。父親そっくりよ！」

　さっと母親から手を放してあとずさったローレンスは、蠟人形のように青ざめていた。苦しげに息をしながら、「じゃあ、ぼくは酒にでも頼るのがいちばんかもしれないな——これまた、父親そっくりに」とごく静かな声で言い、「そうすれば、少なくともお母さんは一種の満足感を得られるだろう」

　彼はくるりと背を向け、それきり母親には目もくれずに部屋から出ると、命でもかかっているかのように酒場《バー》を目ざして突き進んだ。

　地元の村人たちでいっぱいの暖かい羽目板張りの部屋は、みごとに騒々しくて陽気そのものだった。素朴な話し声が、そこらじゅうで飛び交っている。ローレンスには理解できない方言だったが、それでも彼らのやり取りは、アントニアの死後に耳にしたどんな英語の響きよりも身近な、心なごむもののように思えた。まあ、ヒステリックに叫んだりしなくてもあなたを信じると言ってくれたスーザンのそっけない声だけはべつかもしれないが。カウンターに肘をつき、ラージサイズのシュナップス（アプリコットなどの果実を漬け込んだ強めの蒸留酒）を注文したとき、彼が今しがた思い浮かべたまさにその声が、肩のうしろから穏やかに言った。

「同じものを二杯よ！」

ローレンスはおずおずふり向いてスーザンに目をやった。

「わたしたちはデートの約束をしてたのよ、憶えてる？」

「ああ、そうだった」ローレンスはどうにか、少々ぶざまな笑みを浮かべた。彼女にグラスを渡したときには、自分でもあきれ返るほど手が震えていた。彼女が選んだのは部屋の片隅の席で、かたわらにはくぼんだ二つの穴の奥で炎が琥珀色《こはくいろ》の光を放つ、大きな白い素焼きの陶製のストーブが置かれていた。だがそこに腰を落ち着けたあとも、しばらくは神経が張りつめて震えがおさまらず、口もきけないほどだった。

「ぼくは父が母を殴るのを見たんだ」やがてついに、ちっぽけなテーブルの上のグラスをぐるぐるまわしながら、ローレンスは小声で切り出した。「死ぬまでに三度。それで、父のことをろくでなしだと思ってた。でも今じゃ、そうでもないように思えてきたよ！」

「元気を出して！」スーザンはあっさりと言った。「あなたはお母さんを殴らなかった。それにもう、すべて過去の話よ」

「母のあのわめき声をのぞけばね」ローレンスは苦々しげに言った。

「あれはまだまだ聞かされそうだ。いつか聞かずにすむようになれば、もっけの幸いってところさ」

スーザンはわかり切ったことを口にしようとはしなかった。あなたがさっさと逃げ出せばいいのよ、とは。あきらかに、彼は言われなくてもわかっているのだ。じっさい、もしもアントニアからそこそこの資産を遺されていれば、ローレンスは母親の元を離れていたかもしれない。けれど今ではそれすら問題外になっていた。誰かが面倒を見なければ、ミランダには自活などできっこないのだし、たったの千ポンドが何になるだろう?

このさい、ほかにもっと役立ちそうなことを思いつかなかったので、スーザンは彼の空になったグラスをカウンターにもどし、二杯目のシュナップスを運んできてやった。彼が少々酔っぱらってもかまわないではないか? 酔えば少しは事態がましに見えるかもしれない。ローレンスは二杯目のシュナップスを一杯目と同じぐらいすばやく飲みほし、いくらか頰の赤みを取りもどした。

「とんだクリスマスイブだ! 気の毒なトレヴァーもろくなプレゼントをもらえなかったみたいだな。ぼくがたまたま知ってるところによれば、今の彼にはちょっとした特別手当が必要なのに。トレヴァーは自分の金に関しては、必ずしもアントニアおばさんの資産を扱うときほど慎重じゃなかったんだ。おかしなものだよね」

スーザンは鎧戸《よろいど》の隙間から外をのぞいてみた。村の通りにそってほの白く光る雪の帯がのび、雲の切れ目には一群の星が見えている。

「雪がやんだわ。例の新鮮な空気を吸いにいくのはどう？」

「大賛成だ！」

「じゃあ、急いでコートを取ってきて。わたしのはもうホールに持ってきてあるの」

ローレンスは授業から解放された少年のように機敏に立ち去った。彼が部屋からもどったときには、スーザンは階段の下で待っていた。天井から吊るされたリースの蠟燭《ろうそく》が投げる淡い光の中で、ぴんと背筋をのばして両手をボーイッシュなダッフルコートのポケットに突っ込み、襟を耳のそばまで立てて。

ほどなく、裸の床板をすばやく踏みしめる彼らの足音が響いた。さっさと逃げ出さないとダイニングルームに呼びもどされやしないかと、どちらも背後に首をめぐらしていたので、ちょうど酒場の向かいの小さなテラスルームの開いたドアからあらわれたマクヒューと鉢合わせしそうになった。

ブランディのグラスを手にしたマクヒューは、面食らったような笑みを浮かべた。彼もまた、肩ごしにうしろをふり向いていたのだ。部屋の奥では、リチャードがガラスの壁に面した小さなテーブルのひとつに向かって書き物をしていた。手元には大きなビールのジョッキ、そのかたわらには、マクヒューが手にしているのと同じブランディグラスが置かれ、リチャードの注意が向けられるのをじっと待っている。窓の外からは冷たくきらめく雪が彼をのぞき込んでいたが、小さな部屋は心地よく暖められていた。

「いや、たまげたね！」マクヒューはバランスを取りもどすと、中身がこぼれないように器用にグラスを揺すりながら打ち明けた。「今しがた、ご老体から何を聞かされたと思う？　あの人はしばらくまえに泡を食って酒場に飛び込んできて、いっぱしの酒豪よろしく大ジョッキのビールをあおったかと思ったら、お代わりと筆記用紙を注文して一人であそこに入っていったんだ。で、これと同じやつを持って様子を見にいくと、急にべらべら話しはじめてね。例の遺産の件で動揺し切ってるみたいだったぞ。いったいどうして彼女は自分に一言の相談もなしにあんなことをしたのか……こちらがじゅうぶん金を持っていて、それ以上は欲しがってないことを百も承知だったはずなのに、って」

「そんなのわかってるさ」ローレンスがぶっきらぼうに言った。「リチャードがそのことでくよくよ悩んだりしなきゃいいけど」

「よもや数十万ポンドの遺産をもらって困惑する人間がいようとは思わなかったな」とマクヒュー。「それで、ご老体が何を書いてるかわかるかい？　遺言状！　何と、遺言状を作ってるんだ！　じつはたった今、書き終えたら証人の一人になってほしいと頼まれたところだよ。誰にもぜったい、自分が遺言状を残さずに死ぬことなんか期待させないそうだ！」マクヒューはリチャードの不可解な行動とあぶなっかしく揺れ動くグラスをまえに、やれやれとばかり首をふり、ニッと笑みを浮かべておもむろに酒場へ入っていった。

ローレンスはおもてのドアへと歩を進めたが、すぐにまた立ちどまり、一人ぽつんとペンを手にかがみ込んでいる老人をふり向いた。禿《は》げた頭頂をぐるりと囲む髪が窓の外の霜《しも》のきらめきを受けて銀色に輝き、今なお端整な細長い横顔が、ほの白く曇ったガラスを背にくっきり浮かびあがっている。休みなく動く手に卓上スタンドの小さなピンクの光がスポットライトのように当たり、アントニアの死とその波紋をめぐるドラマが一枚の小さな紙に要約されてゆくさまを照らし出していた。

「ちょっと待っててくれるかい?」ローレンスはとつぜんそう言うと、スーザンに答える暇も与えずにテラスルームに入ってゆき、断固たる足取りでテーブルのあいだを縫うように進みはじめた。ドアの外に立ったスーザンは、彼がリチャードのかたわらに近づくのを見守った。すぐに、少々ぎこちないがきっぱりとしたローレンスの声が鮮明に響き渡ってきた。

「ヘリヤーさん、ちょっとあなたにお祝いを——ぼくが喜んでることをお伝えしたくて。ぼくは大伯母がごうつくばりと誠実な人間をきちんと見分けてたことを嬉しく思っています。それに、彼女が意に反して義務感から身内に金を遺したりしなかったことを。大伯母はぼくに何ひとつ借りはなかったし、こちらも何ひとつ当てにはしていなかった。とにかくあなたにそれを知ってもらって——今度の件でいやな思いをしないでほしかったんです」

テーブルから目をあげて身構えていたリチャードは、思わぬ言葉に気勢をそがれ、「いやはや!」とあっけにとられたように言った。「それはそれは!」

だがローレンスはすでにきびすを返してドアへと向かっていた。これで胸のつかえがいくらかおりたとばかりに、頬を紅潮させてはずむような足取りで。

「さあ、行くぞ！」彼は五分まえなら考えられなかったほど自信に満ちた声で言い、スーザンの腕をしっかりつかんで光きらめく夜の中へと踏み出した。

二人は無意識のうちに歩調をそろえ、冷たい、澄んだ空気を胸いっぱいに吸い込んだ。周囲には果てしなく快い静けさが広がっている。気温はせいぜい零下一、二度といったところで、夜明けの最初の光とともに分厚い雲と雪がもどってきそうだったが、それでも当面は明るく穏やかな晩で、空はうっすらにじんだような星々でいっぱいだった。

雪は深さ三フィート、人の通らない草地ではそれよりさらに降り積もっていた。その中にくっきり刻まれた幾筋もの細い枝道が、いくぶん広めの踏み分け道ほどの幅しか残っていない村の通りに周囲のすべての家々を結びつけている。どの家も、大きなひさしの下の窓はなかば鎧戸におおわれ、そこから漏れ出す色とりどりの光が雪の上にきらめく梯子のような縞《しま》模様《もよう》をつけていた。戸口にはときわ木のリースが吊るされている。どこかでごく小さな楽隊――演奏者は五、六人だろう――が〈山上のマリア〉のメロディをかなで、甲高い小さな声が歌っていた。

風吹き渡る山上で

聖母マリアは御子を抱き
雪のように真白き手で
そっと優しく御子を揺すりぬ

通りを進みながら、スーザンが小声でマリアのパートを口ずさむと、それに応えてローレンスが照れ臭げなしゃがれた低めの声でおずおずとヨセフのパートを歌いはじめた。

「少しは気分がよくなった？」

「ああ、かなりね！」とはいえ、彼はまだホテルにもどるのはまっぴらごめんのようだった。

そのまま村の向こう端まで歩き、明かりの灯った最後の窓を通りすぎると、道が途切れてあとは見渡すかぎり雪の荒野が広がっていた。地面は下へとかたむき、今では雪に埋もれてなめらかになった岩だらけの山肌を縫うように、曲がりくねったほの白い広大な斜面が続いている。すべての形状が闇に包まれたはるか下のほうで、地上の光がかすかにまたたき、山上の双子の村と同じぐらい小さなバート・シュヴァンデック村がひっそり谷間にうずくまっていた。見ることはできても、いっさい交信はできない。この天上の村と世界のあいだには、広大な雪の海が横たわっていた。二人はぴたりと肩を寄せ合い、身じろぎもせずに、その越えがたい障壁の向こうに目をこらした。

「寒くない？」とローレンス。

「ええ、ありがとう、だいじょうぶ。ねえ、ちょっと教会をのぞいてみない？」

村中のいたるところから細い踏み分け道が教会へと集まっていた。幼児と、家に残って彼らの世話をしなければならない祖父母を除き、真夜中にはすべての村人たちがここにやってくるのだろう。二人は腕を組み、踏みしだかれた小道で足をすべらせては立ちなおり、開け放たれた木戸へと進んでいった。

猫の額ほどの敷地に建てられた教会は、その尖塔よりもとがって見える周囲の木々に負けじとそびえ立っていた。高い白壁は基部が分厚く補強され、上下二列に並んだ小さな四角い窓は、要塞の銃眼《じゅうがん》よろしく壁に深々と埋め込まれている。見あげるばかりの急勾配のとんがり屋根は、すでに一日分の雪を左右に脱ぎ捨て、深紅《しんく》の瓦は銀色にきらめく霜にうっすらおおわれているだけだった。

中に入ると、壁はやはり白一色で、外側と同じぐらい簡素な作りだった。だが今はそこここに色あざやかなリースが吊るされて蠟燭が差し込まれ、そのぬくもりと、マツの枝や球果の甘い香りで頭がくらくらしそうになる。身廊はごく短く、堂内に足を踏み入れたとたんに、ちょっと手をのばせば、小さなバロック様式の祭壇の上の十字架像に触れられそうな気がしたほどだった。その木製のキリスト像は、ほかでもないこの村の誰かが――ひょっとすると三百年近くまえに――彫ったものなのだろう。いかにも素朴な、明快さとたくましさをあわせ持つ土着のキリスト像といったところで、てらいのない率直な表現は、美しくもあった。

土産物用の彫り物の販路は今なおこの山上の村までは達していない。ここでは誰もが自分たちのために彫り、その手法がほかの誰かの気に入るかもしれないなどとは考えてもみないのだ。

戸口のそばの群像も古く、おそらくは祭壇よりもさらにまえに作られたものだった。キリスト生誕時の厩《うまや》の光景をかたどった、小さな木製の舞台装置さながらの像で、かいば桶の揺りかごも、人々や天使や動物たちの小さなペンキ塗りの人形も、長年の使用でつるつるにすり減り、何度もペンキが塗り重ねられている。人々はみな田舎者じみていて、聖母は羊飼いたちと同じぐらいがっしりとした素朴な姿だった。赤ん坊のキリストも、後世の凝った彫り物に見られるような漠たる愛らしさには驚くほどとらわれていない。大きなショールを目元まで巻きつけた少女は、かいば桶から抱きあげた牛と子羊を腕の中であやしていた。

堂内は暖かかった。スーザンとローレンスはうしろのほうの人目につかない隅の席にすわり、奇妙に満ち足りた思いで、長いこと無言で腰をおろしていた。ようやく立ちあがって宿へともどりはじめたときには深夜の零時近くになっており、心はずむ高揚感がさわやかな風のように村中を吹き抜けていた。家族そろってランタンを手に雪の中を行進してくる人々に出会うたびに、二人は晴れやかに挨拶を返した。例の小さな楽隊は——相変わらずどこかの中庭にいて姿は見えなかったが——〈エサイの根より〉を演奏していた。

「聞いて！」スーザンはローレンスの腕をぎゅっとつかんだ。「ホルンよ！」

彼はにっこり笑ってスーザンと一緒に足をとめ、雄大な最後の一節へと続く、その荘厳な、快い調べに耳をかたむけた。冷え冷えとした静けさの中に、ホルンの美しくまろやかな音が響き渡った。

「しめの一曲だ。彼らもこれでやめにして、教会へ行くつもりだろう」

ローレンスの予言どおり、あとには静寂が訪れ、小道の奥のほうに楽器を抱えたいくつかの着ぶくれした人影があらわれた。みなそそくさと低い木戸の外に出て、教会へ向かおうとしている。

「あーあ、ホテルにもどらずにすめばいいのにな」ローレンスがだしぬけに言った。「でもきっと誰かがぼくたちの姿が見えないことに気づいて大騒ぎになるぞ。それに、きみは疲れてるだろうしね」

「みんなもう寝床へ引きとってるはずよ」スーザンはなだめるように言った。「それに明日はクリスマスだわ。善良なる人々にあまねく平和が訪れる日よ！」

「ぼくたち一行には、恐ろしく善意が欠けてるみたいだからね」ローレンスは苦々しげに言った。「あまり平和は期待できそうにない」

〈牧場の馬〉の中庭の入口で彼らは晴れ着姿のメーレルト夫妻とリーズルに出会い、クリスマスのお祝いを交わした。ホテルのわきの通用口は施錠されているようだったが、おもてのドアはまだ二人のために開けられているという。すぐには中に入る気になれず、スーザンとローレンスは足取りをゆるめながら建物の角を曲がった。と、テラスルームからあふれる光が行く手を斜めに照らしているのが見え、彼らははっと目をあげた。

「まだ寝床に引きとっていない者が一人いるぞ」とローレンス。「どうやら眠り込んでるみたいだけど」

リチャードはさきほどと同じ席で、空っぽになったブランディグラスの左右に腕をつき、顎を胸にうずめるようにしてすわっていた。老人たちは心地よい椅子の中ではすぐに眠ってしまうものだし、小さなテラスルームは水族館の水槽のような見かけとは裏腹に、むしろ暑すぎるほど暖められていた。

「最高のビールを二リットルも飲んだうえに、コニャックときちゃね」ローレンスは首をふった。「ちょっと手を貸して、上の部屋まで送りとどけたほうがよさそうだ」

「オーナー一家がこちら側から出てくれれば、気づいて起こしてあげたんでしょうにね」スーザンはおもての階段をのぼるまえに、靴にこびりついた雪を蹴落としながら答えた。「あの部屋はドアが閉められてると、明かりがついてても ホールからは見えないのよ。こういう土地では、ドアがほんとにぴたりと閉まるようにできているから」

彼女はマツと蠟燭の濃密な香りがただよう生暖かい暗闇に足を踏み入れ、しばし立ちどまって明かりのスイッチを手探りした。あとに続いたローレンスも背後のドアを閉めると、彼女の肩ごしに手をのばしてスイッチを見つけようとした。彼女のぬくもりが胸に触れ、彼女の息が頬に当たるのが感じられた。

その後の出来事は意図的なものではなく、たまたま暗闇で身体が触れあったのと同様、ごく自然ななりゆきだった。ローレンスの腕がそっと彼女の肩にまわされ、彼女の頬に触れた彼の唇が、不器用だが優しく、おずおず口元へと進んでいった。スーザンは身を引こうとも、キスを返そうともしなかった。とはいえ、指先がスイッチを見つけても、明かりをつけなかった。

そのまま長いこと二人でじっとたたずんでいると、とつぜん臆病風に吹かれて自分の行為を悔いたかのように、ローレンスがぎごちなく身を引いた。

パチッと明かりをつけたスーザンは、まさに彼が恐れていたとおり、顔色ひとつ変えていなかった。彼女の黒っぽい目にひたと見つめられたローレンスはわけもなく狼狽《ろうばい》し、耳まで真っ赤になった。

誰かが見たら、わたしのほうが無理やり迫ったと思うでしょうね、とスーザンはひそかに考えた。彼って、ほんとにお馬鹿さんだわ。

「怒ってるわけじゃないよね？　ごめん、あんなことをする権利はなかったのに」

「あら、わたしは怒っていないわよ」スーザンは軽く一歩踏み出し、ローレンスの首に静かに腕をまわすと、彼の頭を引き寄せてしっかり唇にキスした。「あなたのほうは？」そんな腰を抜かさんばかりの驚愕ぶりは、挑発ととられかねないわよ。そう考えながら彼を放すと、

「もう寝床へ引きとるけど」とスーザンは陽気に言った。「リチャードを二階へ運ぶのに助けがいりそう？」

ローレンスは黙りこくったままごくりとつばを呑み、かぶりをふった。

「じゃあ、おやすみなさい！　よいクリスマスを！」

彼女が階段を半分ほどあがったとき、ようやくわれに返ったローレンスは、息をはずませながら「おやすみ！」と言った。

彼はぼうっとしたままテラスルームのドアを開け、ほのかな雪明かりとスタンドの光に照らされた室内に足を踏み入れた。窓辺の席にすわった老人は身じろぎもしなかった。あまり無神経に起こしてしまわないように、ローレンスは静かにそちらへ進んでいった。この宿の深夜の静寂にはどこかしら、息をひそめて足音を忍ばせたくなるような雰囲気がある。まだ頬を真っ赤に火照《ほて》らせ、注意の大半をスーザン・コンロイに向けたまま、彼はリチャードの上にかがみ込み、痩せた肩にそっと手をかけた。

「ヘリヤーさん――」

だがごく軽く触れただけでリチャードは前のめりになり、ゆっくり右に重心をかたむけながらくずおれた。テーブルの上をすべった腕に倒された空のブランディグラスが、ごろごろ反対側の端へところがってゆく。ローレンスは反射的にさっと左手をのばし、床に落ちそうになったグラスを震える指でまっすぐ置きなおした。右腕をしっかり老人の身体にまわしたまま、そのかたわらにひざまずき、ぐったりした身体をふたたび椅子の上に押しあげた。

「ヘリャーさん、起きてぐだ……リチャード！」自分の声が異様にしゃがれ、唇のあいだで息がヒューヒュー鳴るのが聞こえた。

　老人の硬直した両腕が膝に落ち、頭がごろりと椅子の背の上にころがった。凍《い》てつくような夜空のもと、青白くやつれ切った顔の中で、半開きの目が宙を見つめている。もうこの世のいかなる声も、生者の手も、二度とリチャードの眠りを妨げることはなさそうだった。

第五章

いったい誰がおまえにふざけ半分で
ちょっかいを出せと言ったのだ？
――〈薔薇の騎士〉第三幕

ローレンスはいちどに三段ずつ階段を駆けのぼり、ドクター・ランドールの部屋のドアをドンドンたたいた。

ぎょっとしたような寝ぼけ半分のしゃがれ声が、いったい何事かと苛立《いらだ》たしげに尋ねたが、しまいまで聞かずにローレンスは部屋の奥へと突き進み、ベッドの横にひざまずいていた。丸められた肩のいっぽうを揺さぶり、息を切らしながら医師の耳元で言った。「下へ来てください、はやく！　リチャードの様子がおかしいんです」

「何をごちゃごちゃ言っとるのかね、きみ」医師はガラガラ声で言った。「彼はすぐとなりの部屋にいるんだぞ。わたしに用があれば自分で呼ぶはずだ」

「でもあの人はとなりの部屋じゃなく、階下《した》にいて、何だかひどく具合が悪そうなんですよ。

死んでるんじゃないかと思います」

「死んでるだと！」それを聞くなりドクター・ランドールはベッドから飛び出した。ガウンをひっつかみ、ローレンスをドアへと押しやりながらあとに続いた。「おそらくきみは酔っぱらうか動転し切っているのだろうが、それはすぐにわかることだ。彼はどこかね？」

「酒場《バー》の向かいの小さなテラスルームです。今夜ほとんどずっとあそこにいたみたいです。ぼくはついさっき帰ってきたんですけど、まだ明かりがついていたんで――てっきり、リチャードは眠り込んでるのかと思って――」

「彼は十時ごろにはぴんぴんしていたぞ。このわたしが声をかけたときにはな」

「だけど、今はそうじゃないんです。何をしても起きないし、たしかに息をしてません。ぼくが手を触れたとたんに倒れ込んだんですよ」

開いた窓から吹き込んだ風が、背後のドアをバタンと閉めた。階段の上には、ニールがガウンの紐を結びながら立っていた。

「どうしたんですか？　何かまずいことでも？」

「それはまだわからん」医師はすばやく答え、ほかには何も言わずに階段を駆けおりはじめた。ローレンスとニールがあとを追い、その背後ではほかの部屋のドアが次々と開く音がした。いくつもの寝ぼけた声が、いったい何の騒ぎかと苛立たしげに言っている。じきに彼らはみな自分の目で確かめようと、ぞろぞろ階下へおりてくるだろう。何事であれ――こんなとつぜんの訃報ですら——知らされずにいるのは我慢ならないはずだ。

「何があったんだ?」ホールに着くと、ニールがローレンスの袖を引っ張りながら尋ねた。

「誰か具合が悪いのかい? 誰が——?」そこで開いたドアからこぼれる光に気づき、窓辺の椅子にぐったりすわり込んだか細い姿に目をやった。「ヘリャーさん! おい、彼は何をやらかしたんだ?」

階段の上でも下でも、さまざまな疑問が宙にうず巻いていた。口にされるものも、されないものもあったが、誰ひとり答える者はない。ドクター・ランドールがとなりのテーブルから椅子をひとつさっと引き寄せ、老人のかたわらに腰をおろした。

医師はリチャードの痩せた手首をつかのま握りしめ、その冷え冷えとした皮膚の感触に、傍目《はため》にもわかるほど背筋をこわばらせた。

「もう少し明かりを、ニール。それと、邪魔にならないところへどいてくれ」医師が遺体の上にかがみ込み、リチャードの頭をそっと腕にのせると、どんよりした目がスタンドのぎらつく光をじっと見すえた。

ニールとローレンスは固唾《かたず》を呑んで待っていた。彼らを追ってあれこれ不安げに尋ねながらなだれ込んできた面々も、まばゆい光の中の微動だにしない顔を見るなり、黙りこくった。まだドレスを着たままのスーザンもいる。それに分厚いナイロンの部屋着に身を包んだミランダ。トレヴァーは灰色の髪を逆立て、ガウンの襟元にスカーフをたくし込んでいる。最後にあらわれたのはいちばん大柄なマクヒューで、あくびをしながら部屋の入口に立ちふさがった。

「こんなところで、いったい何をしてるんですか?」

彼はリチャードの遺体に目をとめ、あんぐり口を開いたかと思うと、あまりの驚きに呆然として、かたわらの椅子の背をつかんだ。その後は、医師が死者の力ない頭をそっとおろして半開きの目を閉じてやるまで、誰も口をきこうとしなかった。

「死んでるんですか?」ニールがささやくように言う。

「ああ、どう見てもな。死後およそ三十分あまりといったところだろう」

「しかし、どうして? 死因は……心臓発作ですか?」

「薬物の過剰摂取だ」ドクター・ランドールは簡潔に言った。「おそらくはモルヒネの。たぶん、ブランディに混入されていたのだろう」

つかのま、あたりをおおった完全な静寂が、鉄の輪のように彼らの胸を締めつけた。

そのあと、トレヴァーがしゃがれ声で尋ねた。「よしてくれ、いったいなぜリチャードが死にたがったりするんだ?」

「彼が死にたがっていたのかどうかはわからん」医師は不吉きわまる声で答えた。「わたしはただ死因は薬物、おそらくはモルヒネの過剰摂取だと言ったんだ。彼がそれを進んで摂取したとは言っていない。モルヒネという見立てが正しければ、さほど頭を悩まさずとも出所《しゅっしょ》は突きとめられるだろう」ドクター・ランドールはみなの青ざめた顔をぐるりと見まわし、中ではいちばん中立的で信頼できそうなニールを選んだ。「一緒に二階の部屋へ確かめにいってもらえるか？　証人がいたほうがよさそうだ」

「あんたは薬物を厳重に保管しておくべきだぞ」トレヴァーが無遠慮に言った。

「わたしの薬物は厳重に保管されていた。もしも誰かが――リチャードであれ、ほかの何者であれ――わたしの鞄からモルヒネを取ったのだとしても、断じてこちらの不注意のせいではない」医師は険しい口調で言い、ふたたびニールに目を向けた。

「そうですね」とニール。「おっしゃるとおり、当面は誰も一人で行動しないほうがいいでしょう。すでにみなさんがその意味にお気づきかどうかはわからないけど、できればこちらが二階へ行くあいだ、ほかの方々は一緒にここに残ってもらうほうがよさそうだ」

一同はじっと黙りこくって、息をひそめながら待った。医師が彼らのあいだを通り抜けて階段をのぼりはじめると、ニールがあとに続いた。

「日中、あなたがいないあいだ部屋には鍵がかけられていましたか？」ニールは小声で医師に尋ねた。

「いや、だが薬の入った診察鞄はたんすの中にあり、鞄もたんすも施錠されていた。といっても、たんすの鍵はどれも似たようなものなのだろうがね」

「あなたはいつもモルヒネを持ち歩いていらっしゃるんですか？」

「そうとはかぎらない。だが最後に往診した患者の一人は心臓性喘息《ぜんそく》だったから、彼のために鎮剤を少しばかり鞄に入れておいたんだ。結局それは使わずにすみ、患者は順調に回復してくれたが」

白木のたんすはまだ施錠されていた。だが医師はたんすの鍵を開けて黒い革の診察鞄を取り出すなり、フレームのわきが鋭いナイフで切り裂かれているのを見て取った。あざやかな切り方で、内張りのシルク地の縁すらほつれていない。裂け目に手を突っ込んでみると、中身を慎重に手探りするのにじゅうぶんな大きさだった。

「で、何かなくなってるものは？」ニールが唇を嘗《な》めながら尋ねた。

ドクター・ランドールは鞄の鍵を開け、中身をひとつずつ入念に調べはじめた。ニールが協力しようと手をのばすと、医師は警告するように眉をひそめて押しとどめた。「わたしならやめておくぞ。これ以上ことを複雑にする必要はない」

「ああ」ニールは青ざめながら答えた。「おっしゃるとおりです」彼はつかのま、ずらりと並んだ円筒状の容器や瓶や、さまざまな器具に見入った。「それにしても、いったい誰にこんなことができたんだろう？」

「われわれのうちの誰にでもできたさ。おそらく、このわたしにも」ドクター・ランドールはゆがんだ笑みを浮かべた。「ここから取り出したものを例の特殊な用途に使うつもりなら、わたしだってこんな方法をとったかもしれん」

医師は出したばかりの中身を鞄にもどしはじめた。「さてと、これで決まりだ。わたしは四分の一グレイン（約十六ミリグラム）のパパベレタムが十錠入った円筒状の容器を持っていた。アヘンアルカロイド塩酸塩の調合薬で、おもな成分はモルヒネだ。それが消えている」医師は鞄に鍵をかけなおしたあと、まったく無意味な用心だと気づいて陰気な笑い声をあげた。「これはここに置いておこう。今回の件に関連のありそうなものには、できるだけ手を触れんほうがいい。これが何を意味するか、われわれのどちらかが下の連中にきっちり説明してやらんとな。目下の事情からして、ニール、それはきみに頼んだほうがよさそうだ」

「どちらでも同じことでしょう」とニール。「われわれはみんな、一人残らずこの件にかかわってるんですから。まあいい、ぼくがみんなに話します。もしもまだ自分たちで考えついていないようならね」

テラスルームの一団はほとんど動いていなかった。ミランダは椅子の端に慎ましくすわり、目元にハンカチを当てている。たとえこんな不吉で不可解な死でも、人の死にはどう対処すべきか心得ているのだ。ほかの者たちはまだリチャードの遺体のそばにむらがったままで、医師とニールが部屋に入ってくると、ようやくそちらに目を向けた。

「モルヒネを含む錠剤の容器がドクター・ランドールの診察鞄から抜き取られていました」ニールが抑揚のない声で言う。「その錠剤の一部がリチャードの命を奪ったようです。薬の容器を取り出すために、鞄は切り裂かれていた。これがわれわれみなにとってどれほど深刻な事態かおわかりでしょう。リチャードの死はどう見ても事故ではなく――」

「彼が自分でやったのかもしれないぞ」説得力たっぷりと言うには、やけに力のこもりすぎた声でトレヴァーが言った。

「それも考えられます、ひとつの可能性として。だが疑わしい理由はほかにもあるんです。リチャードは莫大な資産を手にしたばかりだった。そしてもし彼が遺言状を残していなければ――ぼくは彼の顧問弁護士じゃないから、そのへんはわからないけど――ここにいるわれわれのうちの五人が彼の死によりただならぬ利益を得ることになる。それはみなさん、よもやお忘れじゃないでしょう。しかもほんの三時間ほどまえに、彼がミセス・バーンの遺産の大半を相続するのは不当だという怒りに満ちた発言が飛び交ったばかりだ。ぼくは当てこすりを言ってるわけじゃなく、たんに事実を整理しているんですがね。このさい、われわれはみなそうした事実を直視したほうがいい。ぼくとしては、今日ここで起きたことを――ミセス・バーンの遺言状の内容も含めて――すべて包み隠さず警察に話すしかなさそうだから、その点はご理解いただかないと」

「警察！」鋭い笑い声らしきものがトレヴァーの唇からほとばしり、「馬鹿な！　われわれに関するかぎり、この風向きが変わるまで警察など存在しないも同然だ。この村が完全に孤立していることはきみもよくわかっているはずだぞ」

しばし、愕然としたような沈黙がただよった。ややあって、ニールが力なく言った。「何と、すっかり忘れていましたよ。誰かがそれにつけ込んだみたいに思えてきたな。ともあれ、そのためにリチャードの死に関する調査を滞らせるわけにはいきません。警察に責任を引き継げないのなら、この件はわれわれの手でどうにかするしかない、それだけのことです。ここにいる誰もが、それぞれ何か参考になる情報を持っているはずだ。それに、みなが今夜の自分の行動を詳しく説明する必要があるでしょう」

「すごく参考になりそうなことをひとつ知ってるぞ」マクヒューが大きな肩のいっぽうを壁にもたせかけ、「あなたはついさっき、ヘリヤーさんが遺言状を残したかどうかはわからないと言ったけど、じつは残したはずなんですよ。ところが、どこにも見当たらない。あの人は今夜、遺言状を書いていて、おれは証人の一人になるように頼まれてたのにね」

「何だって?」ニールはあえぎ、今もリチャードの右手がかかっているテーブルの上にさっと目を向けた。そこには一枚の紙もなかったが、たしかに隅のほうに万年筆がころがっていた。遺体がまえへ倒れたときに、そこへはじき飛ばされたのだろう。「遺言状なんて影も形もないぞ」

「ぼくが遺体を見つけたときにもありませんでした」とローレンス。「でもリチャードが何か書いていたのはたしかです。ほら、ペンもまだそこにある」

「だからさ、ヘリヤーさんは遺言状を書いていたんだ。自分でそう言ってたんだよ」マクヒューはもういちどそのことをかいつまんで説得力たっぷりに話した。今ではすっかり目覚め、もう少しでも刺激的なことがあれば、嬉々としはじめそうだった。「ご当人の口から聞いたんですけどね。自分が遺言状を遺さずに死ぬなんて、誰にもぜったい期待はさせないと言っていた。まさにそのとおりの言葉で！　だがそれきり署名に立ち合うように言ってこなかったところを見ると、最後まではやり遂げられなかったんだろう」

「やむをえん事情でな」とドクター・ランドール。

「そしてここにいるわれわれ五人は」トレヴァーがうつろな声でみなに思い出させた。「リチャードがその遺言状を書き終えるまえに死ねば、それぞれ六万ポンド近い利益を得られるはずだった」

彼があげた数字に疑問を呈する者はなかった。トレヴァーは自ら主張していたように、アントニアの資産がいかほどなのか知っていてもおかしくはない。それを維持し、増やしてきた人間なのだから。彼らは互いの視線を避けながら、しばし無言でたたずんでいた。

「しかし、以前に書いた遺言状があるかもしれんぞ」ついに医師が言った。

「そうかもしれません」とニール。「しかし彼が今夜のうちに書きはじめたという事実、それにこのマクヒューに語ったことからして、すでに遺言状があるとは思えない。誰であれ、彼が遺言状を書いてることに気づいた人間は、そう踏んだはずです」

「でもどう見ても」ハンカチの陰から顔をあらわしたミランダが震え声で言った。今しがたまでしめやかに泣き濡れていた者とは思えないほど力強い口調だ。「あの人が遺言状を書いていたのなら、自ら命を絶ったとみなすほうがはるかに自然なのじゃなくて?」

「そうかもしれん」とドクター・ランドール。「遺言状がきちんと書き終えられていればな。だが見てのとおり、彼はその仕事をやり遂げられなかった。かりに薬が効果をあらわす速度を読み違え、書き終えるまえに力尽きてしまったのだとしても、未完の遺言状はここに残っているはずだ。それが見当たらん。やはり残念ながら、この死には誰かほかの者が関与しているようだ。その人物がリチャードのみならず、その遺言状も始末したのだろう」

「わたしたちの一人がね」今にも消え入りそうな声でスーザンが言った。

「必ずしもそうとはかぎらない。だがそれがいちばん明白な可能性のひとつだろうな」ニールは眉根を寄せて床を見おろし、片手で苛立たしげに側頭部の豊かな髪をつかんだ。「これからどうすべきなのか考えてるんです。永遠に村の外との連絡が絶たれたわけじゃなし、こんな状態はそう何日も続かないだろう。とはいえ当面、捜査の権限を持つ者はここにはおらず、われわれが頼れるのは自分たちだけだ。つまりぼくが言いたいのは、かりに警察がここにいればしてくれるはずのことを、自分たちでするしかないってことですよ。まず全員が今夜の自分の行動について、できるかぎり時刻まで明記した供述書を作ることにしましょう。ランドール先生は医学的な報告書を書いてください。それから、少しでも関連のありそうなあらゆるものの写真を撮って……それやこれやの集められるだけの証拠を、警察と接触できたらすぐに渡せるようにしておかないと。みなさんご協力いただけますか?」

そこここであがった控えめながら熱のこもった同意のつぶやきが、トレヴァーの皮肉な哄笑にさえぎられた。今度はわけを尋ねたり、説明したりする必要はなかった。誰ひとり、内心は協力したくないのを認めるはずはない。答えを留保したり、渋るそぶりを見せただけでも、何か隠したいことがあるのではないかと注意を引いてしまうからだ。もちろん、彼らはみな生真面目に腰をおろし、各自のささやかな行動記録を書きあげるだろう。互いに周囲の面々を見やり、誰それはこの陳述を裏づけてくれるだろうか、当てずっぽうの時刻はほかの誰かに確認してもらえるだろうかと考えながら。そうして、いかにも誠意と責任感に満ちたような休戦協定が結ばれる。ふたたび牙が剝《む》かれるのは、誰かが追い詰められたと感じはじめたときだろう。

「せめてダイニングルームへ移るわけにはいかない？」スーザンが静かに言った。「もうリチャードにしてあげられることがないのはわかってるけど――わたしたちは今、自分たちの一人が彼を殺した可能性があるという事実をつきつけられているのよ。こんなふうに遺体をまえに話し合うのは、何だか礼儀を欠いてるみたいだわ」

「そうだな、あちらへ移ることにしよう。それに遺体の検査が終わって、現場の写真撮影がすみしだい、リチャードをここから運び出すほうがいい。じきにメーレルト一家が帰ってくるはずだから、彼らにも協力を求めなければ。さしあたり、誰も一人にならないようにしてください」理由を尋ねる者はなかった。すでにわかっていたからだ。「トレヴァー、あなたはカメラを持ってましたよね。フラッシュの装置はついているのかな？」

「ああ、それぐらいの仕事にはじゅうぶん役立ちそうなものがある」

「では上へ行って何でも必要なものを取ってきてください。ローレンス、きみも一緒に行ってくれるか？　ランドール先生は、もっと詳細な検査をしたければ、現場の撮影がすむまで待っていただけませんかね。三十分かそこらあとでもかまわなければ」

「遺体を動かせるようになれば、もっとよく見られるだろうしな」

「よし、それじゃ彼らがカメラを持ってきたら、トレヴァーが写真を撮るあいだ先生もここにいてもらえますか？　ほかのみんなはダイニングルームへ行って、供述書を書くことにしましょう。メーレルト一家がもどるまで、決して一人にならないように。とにかく誰か──」ニールはためらい、顔をゆがめた。

「たしかに潔白な者がいてくれんとな」医師が苦々しげに先を続けた。

「少なくとも、われわれよりは利害関係のない人間がね」

「もうひとつ、できそうなことがある」マクヒューが言い出した。今では興味を剝き出しにして、楽しげといってもよいほど両目を輝かせている。「タルカムパウダーと山ほどの忍耐力さえあれば、そこらじゅうの指紋を採取してみることができますよ。それほどたいしたことじゃなく、警察の手法ほど鮮明な結果は得られないだろうけど、どうせ彼らが来るころには、ろくな指紋は残ってないはずだ。よければ、今すぐ奥の事務室をのぞいてスタンプ台と紙を見つけ出し、みんなの指紋を記録しましょう」

ニールは啞然として彼をふり向いた。こんな深刻な場面で無邪気な熱意を見せつけられて、言葉を失ったのだ。

「もっといいのは」マクヒューが続けた。自分のみごとな創意に満足し、しだいに意気揚々としながら、「どこかに黒い光沢紙があれば、それにタルカムパウダーで指紋を記録できるんだけどな。つるつるの黒いカーボン紙なら完璧だ。比較しやすくなるんですよ、指紋が白く浮きあがって。じゃあ事務室が施錠されてなければ、何が見つかるかちょっと調べてきます」

「いいだろう、べつに失うものはない。きみの言うとおり、その仕事をきちんとできる警察はここにはいないわけだし、不完全な記録でも、ないよりはましだ。ぼくが一緒に行くよ。ではミセス・クウェインとスーザンはダイニングルームに移ってもらえれば、ぼくたちもあとであちらに行きます」

そうして獣《けもの》たちは二匹ずつ立ち去るわけね、とスーザンは考えながら、指示に従った。わたしは、ミランダ、あなたを見守り、あなたはわたしを見守るの――どちらか一人がこっそり窓を開いて、小さな薬の容器を雪の中に投げ捨てたりしないように。ローレンスは二階でトレヴァーがカメラ以外のものを持ち出さないように目を光らせ、彼らがもどったら、今度はニールがマクヒューのあとにぴたりとついて事務室を歩きまわるのよ。まあ、それは形ばかりのことでしょうけど。マクヒューがリチャードの死に何の関係があるというのだろう？彼はこの死から何の利益も得ず、たんに乗客の一人としてしかリチャードを知らなかったのだ。

それでもニールの言うとおり、この場の誰に動機のみならず機会があったか判明するまでは、みなを同列に扱うべきだろう。そしてメーレルト一家がもどったら……ニールは彼らにいったい何をさせたいのだろう？　ああ、そうだ、これまで気づかなかったとはどうかしている。みなが指紋を提出し、今夜の行動を包み隠さず——謎の〝誰かさん〟の場合は一部を省略して——書き記したあとも、まだいくつか必要な手続きがあるはずだ。こんなことがあったあとでも眠れるといまだに信じている者たちが、寝床へ向かうことを許されるまえに踏まなければならない手続き。身体検査と所持品の検査だ。そのために〝潔白〟とまでは言い切れないが、少なくとも〝われわれほどの利害関係はない〟フランツ・メーレルトとその妻の協力が必要なのだ。

そうこうするうちに、ローレンスがダイニングルームに姿をあらわし、ほどなくマクヒューとニールがやってきた。彼らはマクヒューが要求したものを事務室とバスルームで残らず手に入れていた。上等なタルカムパウダーと、山ほどの薄手のカーボン紙。ガラスのようにくっきり指紋が採れる、なめらかな漆黒のカーボンがコーティングされたものだ。

マクヒューは真っ先に両手の指をタルカムパウダーの容器に突っ込み、余分な粉をはたき落として、カーボン紙のつややかな表面に押しつけた。顔じゅうに技術者らしい歓喜をみなぎらせ、もうリチャードの死など気にもとめていないようだった。彼は自分の実験のみごとな成果をほれぼれと見おろし、注意深く名札を貼りつけた。

「ほらね？　上出来だ。それじゃミセス・クウェイン、さしつかえなければ――」

「エヴァラードさん」ミランダは苛立ちと緊張に震える声で切り出した。「これはどう見てもやりすぎです。あなたは本気でわたしがやったのかもしれないなどと――」

ローレンスが彼女の肩に腕をまわした。優しさよりもあきらめのにじむしぐさだったが、話しかけた声はじゅうぶん穏やかだった。「お母さん、どうか言われたとおりにしてくれ。万が一にもお母さんがリチャードを傷つけた可能性があるからじゃなく、そんなはずはないからだよ。これはぼくたちみんなの責務で、特例は認められない。でもお母さんは何も隠す必要はないはずだから、やましいことでもあるようなふるまいはやめたほうがいい」

「まあ、もちろん隠さなきゃならないことなんてありませんとも！　ただし異議留保つきの同意ですよ、エヴァラードさん、おわかりですね？」

ミランダは冷ややかに両手をマクヒューにゆだね、指紋の採取がすむと、懐疑と嫌悪の入り混じった表情でテーブルから身を引いた。スーザンが黙ってあとに続き、次にはローレンス、そしてニール。名札のついたカーボン紙がずらりと並び、最後にテラスルームからやってきたトレヴァーと医師のものが加えられて作業が完了した。

「メーレルト夫妻からもサンプルを採る必要がありそうだな」素人技師が仕事の成果を満足げに見渡しながら、「それに酒場の手伝いをしていたアガーテ・クロトスターマンからも。問題のグラスには当然、おれの指紋もついてるはずだ。容疑を打ち消すためにも指紋を採らないと。彼女があのブランディを注いだわけだから、それにドクター・ランドールの診察鞄には、あきらかに当の先生の指紋がね。だがまずはヘリャーさんのかけていた椅子とテーブルからはじめ、それからグラスといきましょう。誰か作業を監視しにきてもらえますか？」

トレヴァーがマクヒューと一緒に出ていった。

「遺体の検査は終わったよ」ドクター・ランドールが言った。「メーレルトがもどりしだい、リチャードをどこかに移してはどうかな。きみはもう考えていると思うが、エヴァラード、埋葬の準備を進める必要があるだろう。棺《ひつぎ》は村のどこで手に入るのか、メーレルトが知っているはずだ」

このおぞましいクリスマスイブの行動記録をうんざりしたように書き綴《つづ》っていたあらゆるペンと鉛筆が、つかのまはたと動きをとめた。人は何と恐ろしいほどあっさり死者のことを忘れてしまうものなのだろう？　まるで彼にだけは何ひとつ不平をとなえる権利はなく、こうして四苦八苦しながら生き続ける自分たちのほうが被害者だとでもいうように。

とつぜん、生前のリチャードの姿があざやかに脳裏に浮かび、スーザンは初めて涙がわきあがるのを感じた。生涯を歌に捧げた、知的で奥ゆかしい老人。おびただしい経験のにじむ思慮深い、悲しげな笑み。スーザンはちらりとローレンスに目をやった。その顔は片手の陰になって見えなかったが、じっと身をこわばらせている様子から、彼もまたリチャードの死を実感したばかりなのがわかった。

静かに淡々と、医師の声が続けた。「死亡時刻は、十一時から十一時半のあいだといったところだ。薬物はブランディに混入されたと見て間違いない。グラスの底に、はっきりと沈殿物の痕跡がある。蒸留酒より水のほうが溶かしやすかったはずだが、犯人はそれを知らなかったのかもしれん。いや、わたしは手を触れていないから、あの専門家気取りの技師がグラスにわたしの指紋を発見して事態を紛糾させることはないだろう。ちなみに、わたしが十時少しまえに寝床へ引きとったときには、リチャードは元気で意識もはっきりしていた。こちらがホールを横切ったとき、たまたまテラスルームのドアが開いていたので彼におやすみの挨拶をしたんだ。ちなみに、部屋の中には入らなかったがね。彼は挨拶を返してよこしたよ」

「そのとき、グラスはもう空になっていましたか?」とニール。

「残念ながら、それは気にもとめなかった」

「薬は何錠ぐらい使われたと思いますか?」

「むずかしいところだな。四錠、ことによると三錠でもじゅうぶん効き目はあったはずだが、むろん犯人はそうしたことをろくに知らず、もっと使った可能性もある」

「ではどこかに、残りの錠剤が入った容器があるはずですね。もちろん、すでに始末されていなければ」

「なぜかあの手のものが」医師はゆっくりと言った。「あっさり捨てられるとは思えんのだよ。とりわけ、いちどでも使用された場合には。人は超人的な力のシンボルを簡単には手放さんものだ。ひとたび殺しに手を染めると、それに使った道具は常に保持しておくべきもののように感じられるようだ。もういちど役に立たんともかぎらんからな」

いつしかほかの者たちもみな頭をあげ、無言でドクター・ランドールを見つめていた。この混乱のさ中に一本の予言めいた真理の矢が放たれ、彼らを刺し貫いたとでもいうように。と、不意にホールから高らかな足音が聞こえてきた。何の憂《うれ》いもない人々のものだとすぐにわかる足音――大事なわが家に侵入し、祝祭を汚した惨事のことをまだ知りもしない人々の足音だ。メーレルト夫人の穏やかな話し声がして、リーズルの若々しい声が答えた。ここと のあいだのドアは閉ざされており、音は聞こえるものの、光は通さない。

ニールが観念したようにしぶしぶ椅子から立ちあがり、「彼らが帰ってきたようだ。事情を話しにいかないと」

ニールはずいぶん長く思えるあいだ姿を消していた。残りの者たちは室外のやり取りに耳をそばだて、彼らの口調の変化に身震いした。安らぎと喜びに包まれて帰宅したメーレルト一家が、信じられない思いと恐怖にとらわれてゆくのがわかる。

やがてふたたびドアが開くと、室内の者たちはこぞって身構えた。だが意気揚々と入ってきたのはマクヒューで、注意深くハンカチでくるんだ小さなブランディグラスを手のひらにのせていた。続いてトレヴァー、ニール、そしてあまりのショックに言葉を失い、途方に暮れたメーレルト家の三人が姿をあらわした。

マクヒューは例の名札のついたサンプルがずらりと並んだテーブルにまっすぐ近づいてゆく。その熱意に満ちた満足げな表情は、滑稽《こっけい》でもあり恐ろしくもあった。

「ちょっとした成果が期待できそうですよ。あのテーブルと椅子の背とアームにはいろんな指紋がごちゃ混ぜについていて、とても判別できる状態じゃなかった。でもこいつは話がべつだ。おれはアガーテがブランディを注ぐまえに、このグラスを洗ってぴかぴかに拭くのを見たんですけどね。ええと……ほら、ここにおれの右の親指と、人差し指と中指とおぼしき指の跡。そしてこっちの二か所にはリチャードの右手の指の跡あり、これはたぶん、アガーテがつけたやつ。どれも当然あってしかるべきものだ」

はつらつとして何の悪意もないマクヒューの興奮ぶりに、みな引き込まれずにはいられなかった。彼らがやりかけの課題を放り出して周囲にむらがると、マクヒューは粉だらけの指の跡を差し示してみせた。一部はくっきりと鮮明に見えるが、ほとんどはぼやけて重なり合っている。

「だがほら、ここにみごとな左手の跡がある——ね？　これが第一関節のかなり下まである長い親指の跡、そして反対側のここに三本の指先の跡。誰かがえらくしっかりグラスをつかんだんですよ。手が震えてたのかもしれないな。それにほら、こいつはおれとこっちのヘリヤーさんの指紋の上にはっきり浮き出てる。ほかのあらゆる指紋の上からつけられてるわけだ。ここにいる誰かの指紋と一致するか見てみましょう」

今ではみなマクヒューの背後から身を乗り出し、彼が次から次へと左手の指紋のサンプルのわきにグラスを近づけるのを見守っていた。うしろのほうの者たちは何も見えなかったが、それでも首をのばして目をこらした。前列の者たちはもどかしげに両目を細め、借り物の精密作業用ルーペをつけたマクヒューと同じぐらい細部まで見通そうとした。

「ミセス・クウェインの指紋じゃない。ミスタ・メイスンのでもないし――ええと――ああ、見つけたぞ、これだ！　こっちの指も――親指も――間違いない」マクヒューは獲物を見つけた猟犬のように身をこわばらせ、さっと頭をあげた。

「ローレンスだ！」

第六章

このあさましい連中はみなぐるになって
人をはめようとしているのか？
——〈薔薇の騎士〉第三幕

「その指紋は、散歩からもどってリチャードを見つけたときにつけたんだ」

いくつもの見開かれた目に凝視されたローレンスは思わず一歩あとずさり、テーブルの端にしたたかにぶつかった。喉から額へと顔一面が真っ赤になるのがわかり、腹立たしくてならなかったが、とめようがなかった。やけにあわてて必死にまくしたてる自分の声の弁解がましい響きも気に食わなかったが、平静な口調に抑えることはできなかった。

「起こそうとしてちょっとさわったら彼は前のめりになって、腕に当たったグラスが倒れてころがりはじめた。それで床に落ちないように、急いでつかんだんだ。彼はさわるとすぐにまえへ倒れた。さっきも話したでしょう?」

「たしかに、リチャードが倒れた話は聞いたが」ドクター・ランドールが落ち着きはらって言った。「きみはグラスのことは何も言わなかったぞ」

「そんなことは考えもしなかったんですよ。とにかくぼくはグラスをひっつかみ、テーブルに置きなおした。あのときは彼を押さえるので手一杯だったんです」

「よし、いいだろう！」マクヒューがなだめるように言った。「誰もきみを非難してるわけじゃない。おれはただ、ここにきみの左手の指紋があると言ってるだけだ」

「それにあなたの右手の指紋もね。ちょっと考えてみれば、そっちのほうがはるかにあやしげじゃないか」馬鹿げた抵抗だとわかってはいても、やめられなかった。たんなる偶発的事実を述べたとかいうマクヒューの口調はたしかに非難がましかったし、この場のみながそれを感じ取っていた。とうてい黙って見すごすわけにはいかない。「誰があの酒をリチャードにあげたんだ？　あなただったよな。ほかの誰よりあれに薬を混ぜ込む機会があったはずだろ」

「おいおい、無茶を言うな」マクヒューは鷹揚《おうよう》に答えた。「こっちは酒場《バー》の一ダースはくだらない人間の目のまえでアガーテから二つのグラスを受け取って、それを両手にひとつずつ持ったままホールを横切ったんだぞ。そしてまっすぐご老体の席へ行き、彼の分のグラスをテーブルに置いて少しだけ言葉を交わしたあと、『乾杯！』と言って引きあげた。その間に何を使って薬をグラスに落とし入れたと思うんだ？　片足かい？　そもそも、いったいなぜおれがあの人を殺したがるんだ？　ご幸運な受遺者の一人でもないのに。だがまあ、最初に見つかった証拠の断片だけで早まった結論に飛びつくこともないだろう」

「どのみち」ローレンスは声と神経の高ぶりを懸命に押さえようとしながら、主張した。「グラスについた指紋は何の証拠にもならないさ。錠剤をいくつか中に落とすだけなら、グラスをつかむ必要はなかったはずだ。そうだろう？　ほんのしばらくリチャードの注意をそらせば、誰にでもできたはずなんだ。たぶんあの酒はかなりのあいだ、手つかずのままあそこに置かれていた。リチャードはまだビールを飲んでたはずだからね。彼がコニャックを飲みはじめるまでに、十人以上の人間がちょっと言葉を交わしに立ち寄った可能性だってある。とにかく、ぼくがあのグラスにさわったときにはリチャードはもう死んでたし、今夜ぼくが一人で彼に近づいたのはそのときだけだ。夜中の零時ちょっとまえにここへもどって彼がまだあそこにすわっているのに気づくまで、ずっとスーザンと一緒だったんだ」リチャードを起こしにいくときも彼女が一緒ならどんなによかったことか。だが少なくとも彼女は今のローレンスの話が事実だと保証できるし、そうしてくれるはずだった。

　ローレンスは気持ちを落ち着けようと深呼吸して、自信たっぷりにスーザンをふり向いた。だが彼女の目つきに心底動揺し、息を呑んで背後のテーブルをつかんだ。スーザンはなぜあんなふうに彼を見つめているのだろう？

「あなたはしばらく一人でリチャードと話しにいったわ」スーザンが弱々しい、怯えた声で言うのが聞こえた。その言葉は、恐ろしく遠くから響いてくるようだった。「わたしと一緒に出かけるまえ――九時半ごろだったはずだけど――ちょうどミスタ・マクヒューがあのブランディをテーブルに置いて出てきたときよ。あなたも忘れてるはずはない。ちょっと待っててくれとわたしに言ったでしょ」

「でもきみから見えない場所には行かなかったぞ！」ローレンスはあえぎながら言った。信じられなかった――こんなことが起きているなんて。「きみはずっとテラスルームの入口に立って、ぼくの動きを残らず見ていたはずだ」

スーザンは黒っぽい両目を見開いて彼を見つめ返した。みるみる青ざめながらも、頑として言い張った。「あなたはわたしとリチャードのテーブルのあいだで立ちどまった。あなたがあそこにいるあいだ、わたしにはあのグラス――それにあなたの両手も見えなかったわ。だからやろうと思えば――」

「だけどそれは、ほんの数秒だったはずだ」ローレンスはろくに口もきけなくなっていた。みぞおちに強烈なパンチを食らったかのように、息ができなかったのだ。「それに、どうしてぼくがモルヒネなんか手に入れられたんだ？　ずっと酒場できみと一緒だったのに――」

どっと喉に砂がこみあげたように、声がかすれた。

「悪いけど、わたしは事実を話すしかない、そうでしょう？　あなたは二階へコートを取りにゆき……そのときドクター・ランドールは上の部屋にはいなかった、まだダイニングルームにいたんですもの。あなたがおりてくるのを待つあいだ、ドアの奥から先生の声が聞こえていたわ。ねえローレンス、わかって！　わたしは事実を話す以外、どうすることもできないの」スーザンは涙を流さんばかりだったが、それでも言い分は変わらなかった。「あなたはあのとき薬を盗み出し――グラスに入れることができたはずだわ！」

ローレンスはごく慎重に背後の椅子を手探りし、座面をこちらに向けて引き寄せると、ふらふら腰をおろした。

ミランダが窒息しかけたような声をあげて彼に駆け寄ろうとし、そのあと不意に、強風にあおられたかのように進路を変えた。彼女は両手の指を鉤爪《かぎづめ》のように丸め、スーザンに猛然と襲いかかった。

「この売女《ばいた》！」憎々しげにゆがめられた、青白いおちょぼ口から金切り声があがった。「人殺しの、嘘つき娘！」これまで誰ひとり、ミランダがそんな言葉を吐くのを聞いた者はいなかった。彼らの大半は、ミランダが知りもしない悪態をいつでも口にできたはずだが、彼女の言葉にはなりふりかまわぬ力がこもっていた。「殺してやる」ミランダはわめいた。「こんなまねをしたあんたを殺してやるわ！」

あまりに思いがけない攻撃だったので、さっと両手をあげたスーザンとミランダのあいだに男たちが飛び込もうとしたときには、とっくのとうに手遅れだった。ミランダの右手の爪がスーザンの頬に真っ赤な掻き傷をつけ、左手が彼女の髪をわしづかみにしていた。スーザンは骨ばった手首につかみかかって、すんでのところで二度目の攻撃をかわし、痩せこけた手を夢中で顔から遠ざけた。度肝《どぎも》を抜かれていちどだけあげた悲鳴は、ミランダの浴びせかける狂おしい罵声《ばせい》にみごとにかき消されていた。

ようやくトレヴァーと医師が女たちのあいだに飛び込むと、ニールがミランダの左の手首をつかみ、スーザンの髪を握りしめている指をこじ開けようとした。彼らは余計な被害を出さずに二人を引き離すのにいやというほど手間どった。怒り狂った猫のように抵抗し、猛然と身をよじるミランダを押さえるのは容易ではなく、その間もぐんぐん高まり続ける金切り声は耳に痛いほどだった。今では言葉にならない、ただの苦悶に満ちたヒステリックな叫びになっている。やがて、力尽きたミランダは彼らの腕をすり抜けて床にくずおれ、きんきん声で狂ったように泣き笑いしはじめた。少しでも近づくと、あちこち見境なくころげまわるので、みな手を触れる気にもなれなかった。

ついにドクター・ランドールがローレンスをぐいと押しのけて彼女の横にひざまずき、左右の肩をつかんで押さえつけると、ふり向きもせずに、有無を言わさぬ口調で指示した。

「ニール、わたしの診察鞄を取ってきてくれ！」それから、すでにドアまで進んでいたニールに、「あまりいじくりまわさんようにな！」と鋭く言い添えた。

「了解！」ニールは叫び返してホールに飛び出し、いちどに三段ずつ階段を駆けあがりはじめた。

「それとフラウ・メーレルト、水を！」

メーレルト夫人は水を取りに駆け出し、彼女の夫がミランダの頭に当てるクッションを持ってきた。リーズルは黙りこくってドアのそばにじっとたたずみ、何ひとつ見逃すまいとしている。十九歳の彼女は大柄で落ち着いた、なかなかの美少女だった。これまでいちどもヒステリックになったことはなく、今後もそうなることはなさそうだったが、当然ながら、この異様な事態には興味津々のようだった。いっぽうローレンスは、髪をくしゃくしゃにして頬から血をにじませたスーザンと、それよりはるかに悲惨な姿で倒れた母親のあいだで、途方に暮れて立ちすくんでいた。何もできないことはわかっていたが、努力もしないのはどうかと思えたのだ。その間もずっと、今では疲労のにじむ甲高いしゃがれ声で、ミランダは叫び続けていた。

言葉も動きも簡潔な医師は、薬の使用を最小限に抑える主義で、冷水でショックを与えるさいにも、少しずつ巧みにことを進めた。最初にピッチャーがかたむけられるとミランダははっと息を呑み、単調な叫び声がやんだ。すぐにふたたび途切れ途切れに弱々しい声があがりはじめたが、それも二度目の処置でおさまり、あとは自然に静かな、疲れ切ったすすり泣きへと変わっていった。ミランダは両目を見開き、ぐったりとみじめな姿で横たわっている。メーレルト夫人がそのわきにひざまずき、片手を静かによどみなく動かしてミランダの顔をぬぐいはじめた。この手の理解しやすい騒ぎを目にすると、いつもの大らかな落ち着きを取りもどすタイプのようだ。

「いくらかましになったな」ドクター・ランドールがそっけなく言った。「では静かにじっと横になっていなさい」

医師のかたわらには、ニールがやってきていた。彼は持ち手に折りたたんだハンカチを巻きつけて注意深く診察鞄を運んできたのだが、ドクター・ランドールはそれを両手でしっかりつかみ、足元の床に置いて上部を押し開けた。どのみち、この鞄は彼の指紋がそこらじゅうについているはずなのだ、今さらいくつか余分につくのを避けたところで意味はない。

「グラスを取ってもらえるか？」医師はミランダに鎮静剤を一錠だけ渡し、彼女がすなおにそれを飲み込むあいだ、身体を支えてやった。「さて、では今すぐ患者をベッドに寝かせたほうがいい。フラウ・メーレルト、ちょっと手を貸してもらえますかな？」

ミランダの発作的な震えはしだいにおさまり、それとともに力も萎《な》えてしまったようだった。彼らは弱り切った彼女を抱えあげるようにして立たせ、二階へ連れてゆかなければならなかった。ローレンスが手を貸そうと足を踏み出すと、ニールがそっと彼の手首をつかんで引きとめた。

「いや、ローレンス、ここにいてくれ。先生とメーレルト夫人がちゃんとお母さんの面倒を見てくれるから、きみが行く必要はないだろう」

そんなことは百も承知していたのだが、ローレンスは何も言い返さなかった。よろよろ立ち去ってゆく母親のうしろ姿を、黙りこくって陰気な目で見守った。

三人がホールを横切りはじめると、ニールは不意にローレンスの手を放し、すばやく彼らのあとを追った。「フラウ・メーレルト、ちょっとお願いが――」

ニールは階段の下で彼らに追いつき、しばし小声でひそひそと言葉を交わした。その内容はダイニングルームの面々にはほとんど聞き取れなかったが、メーレルト夫人の温かみのある豊かな声が、闇夜を照らす光のように響いてきた。彼女はさして驚いたふしもなく尋ねていた。「それで、わたしは何を捜せばよろしいの？」

やがて部屋にもどったニールが、ドアを閉めて説明しはじめた。「彼女にミセス・クウェインの所持品を調べるように頼んできたんです。やむをえない措置なので、みなさんにもご理解いただけるといいんですが。とにかく、例の薬物の残りが入った容器を捜さなければならないし、それには全員が身辺の調査を受けるのが唯一の公平な方法でしょう。どなたか反対したければ、今すぐお願いします」

誰も反対はせず、もはやトレヴァーですら、笑い飛ばす気にはなれなくなっていた。

マクヒューが言った。「どうせなら早いほうがいい。それさえすめば、もう互いにあとをつけまわす必要もなくなって、みんな少しは眠らせてもらうことだってできそうだからな」

「ああ、たぶんね。当面できるだけの手は打ったことになるだろうから。それじゃ、ここにいるフランツに頼んで、われわれが着ている服のポケットを残らず調べあげたあと、部屋のほうを見てもらうことにしましょう。あなたはリーズルと一緒に二階へ行ったらどうかな、スーザン」

ニールは気遣わしげにスーザンに近づいた。彼女は明かりの当たらない場所にひっそり黙りこくってすわっていた。左頬の四本の傷からにじんだ血は、すでに乾いて赤黒い筋になっている。彼女は暗く陰った両目を見開き、ニールの背後にたたずむローレンスを見つめていた。

「だいじょうぶかな、スーザン?」ニールは言った。「こんなことになって本当に残念だけど、自分を責めちゃいけない、ああするしかなかったんだから」

「だいじょうぶよ」スーザンはしっかりした声で言い、椅子から立ちあがった。「じゃあ、もう行くわ」だがドアの手前で彼女はふり向き、ローレンスのほうに一歩踏み出した。懇願するように片手をのばし、「ローレンス、わかってちょうだい――」

「よくわかるさ」ローレンスはそっけなく答えて、くるりと背を向けた。

スーザンが両手で顔をおおい、きびすを返して夢中で部屋から飛び出すと、リーズルが彼女の肩に腕をまわして階段へと導いた。

ローレンスは部屋のドアの閉まる音がするまでじっと身をこわばらせていたが、そのあとやおら猛然と肩を揺すって上着を脱ぎ、ポケットの中身をテーブルの上に並べた。

「ぼくからはじめたほうがいい。寝間着に着替えてないのはぼくだけだし、それも疑わしい点だろうから」

「そんなふうに考える必要はない」ニールは疲労のあまり苛立《いらだ》ちをつのらせ、ぶっきらぼうな動作や、わざとらしいほど静かで理性的な声にもそれがあらわれていた。「全員が同じ検査を受けることになるんだから、誰が最初でも関係ないさ。殺人罪で告発されてるみたいにふるまうのはやめてくれ」

「ほら、あなたも自分でさわってみるといい」ローレンスは左右の腕をあげ、フランツ・メーレルトが注意深く手探りするあいだ、挑むようにあちこち身体の向きを変えた。「これでご満足かな？　持ち物をポケットにもどしてもいいんだろうね？」

ローレンスはしゃっちょこばって腰をおろし、残りの者たちが順繰りに同じ検査を受けるのを注意深く見守った。だがテーブルの上には何も不審なものはあらわれなかった。

「二階のほうはまずヘリャーさんの部屋から調べてみたらどうかな？」マクヒューが言い出した。「室内が荒らされたり、何かが持ち去られたりしてるかもしれない」

リチャードの部屋で何かが見つかるとは思えなかったが、あきらかに彼らにはそこを調べる責務があった。総勢五名の男たちはそろって二階へ向かったものの、いつしか身の寄せ合いかたが微妙に変化していた。この恐るべき夜の初めには、誰もがほかのみんなを横目で盗み見ていた。それが今では、顔を真っ赤に火照《ほて》らせたローレンスがきっと前方を見すえて隊列の真ん中を進み、ほかの者たちは周囲からこっそり様子をうかがって、彼が首をめぐらすたびに視線を合わすまいとしている。ローレンスはそれに気づきながら、何の弁明もできなかった。彼らはこちらの神経質な表情や言葉に、なおさら疑惑を深めるだけだろう。

階段のてっぺんで、男たちはスーザンとリーズルに行き合った。二人はスーザンの部屋から出てきたところで、彼らは階段の踊り場でドアの閉まる音を耳にしていた。どちらの女性も頬を赤らめてはいるものの、平静だった。スーザンはパジャマと部屋着に着替えている。

「終わりました」注意深く英語で述べたリーズルの声には、誇りとはにかみが入り混じっていた。「不審なものは何もありません」

「ありがとう」とニール。「それで、ミセス・クウェインは？」

「あちらも何もなしです。母と先生がまだ付き添っているけど、あの方はじきに眠ってしまうでしょう」

「よし！　もう少し力を貸してもらえるようなら、お父さんがぼくたちの部屋を調べるあいだ、きみも一緒にいてくれないか。みんなで確認するのがいちばんだからね」

空虚で整然としたリチャードの部屋からは、何も見つからなかった。彼のスーツケースは荷物用の台にきちんと並べられていたが、いずれも空っぽだった。取り出された衣類は細やかに整理してたんすに収められている。例のブリーフケースはここに着いたときとまったく変わらない様子で、棚のひとつにのっていた。鍵はかかっていないが留め金はしっかりとめられており、中身はいかにもそれらしいものばかりだった。リチャードの私的な書類、数通の手紙が入った平たい文具箱、読みかけのページがわかるようにカバーの折返し《フラップ》がはさみ込まれた旅行ガイド。アントニアの最後のコンサートツアーの写真と、数か国の新聞から切り抜かれた寸評が収められた紙ばさみ。すり切れた革のケースには、小さな象牙《ぞうげ》の板に少女時代のアントニアが描かれた、あまり出来のよくない細密画が入っていた。

「じゃあ、ご老体はこれを飛行機に残していきたくなかったんだな」マクヒューが言った。

「ともあれ、ここには何も異常はないようだ。次はどこにします?」

「ぼくの部屋からはじめたほうがいい」ローレンスが顎を突き出して喧嘩腰の口調で言った。「みんなそれを待ってるんだから、あとまわしにすることはないさ」

ニールは不意に嫌気がさしたように片手で額をこすったが、あっさり同意した。「きみでもほかの誰の部屋でも、べつに変わりはないからな」

ローレンスは裏庭に面した翼棟の端の小さな部屋を当てがわれていた。牛舎の一部がすぐ下にあるとみえ、室内にはかすかな牛の臭いがただよっている。鎧戸《よろいど》のついた窓は小さく、外にバルコニーはない。おそらく、普段は最後に使われる予備の部屋のひとつなのだろう。彼はさっとドアを開くと、うしろへさがってほかの面々を先に通した。全員が中に入ると、小さなスペースはあふれんばかりに見えた。ローレンスはふてぶてしくベッドの端に腰をおろし、みんなの邪魔にならないように両足を身体の下に引っ込めた。

「好きなだけ調べてください。何も怪しいものなんか見つかりっこないから」

ニールがフランツ・メーレルトに目をやると、フランツは不本意そうに肩をすくめてみせたあと、室内を端から順に注意深く調べはじめた。まずはたんす、次は荷物用の台の上の大きなスーツケースの中身をそっくり取り出した。ローレンスはリチャードほど几帳面に所持品を整理しておらず、衣類の大半はフランツの手を離れたときにはまえよりきれいに折りたたまれていた。スーツケースにはおびただしい一枚刷りの楽譜と数枚の手描きのメモ、それにとくに身だしなみに興味はないものの、世間の注目を浴びる有名人の関係者として一定の水準は保たなければならない若者らしい、ごく普通の持ち物が収められていた。

怒りに満ちたハシバミ色の目が、額に垂れたくしゃくしゃの金髪の下からフランツのあらゆる動きを追い、取りあげられては置かれるすべての品々を見守った。ローレンスは今では膝を抱えてわずかに身を震わせていた。フランツがそっとスーツケースの内張りの縁にそって大きな指を走らせると、ローレンスの怒りに満ちた目も苦々しげにじっとあとを追う。

化粧テーブルの引出し、洗面台の上の棚、蓋の開いたブラシ入れからも、予想外の不審なものは見つからなかった。ベッドのわきのキャビネットには本が一冊置かれ、そのかたわらには大きな磁器の灰皿、そして灰皿の中にはくるりと丸まった、ひねりつぶされた紙の燃えかす。フランツはどちらも慎重に目を走らせただけで手には取らず、ほかに何か見落としたものはないかと室内に視線をめぐらせた。

と、無言で見守る一団の中から疲れを知らぬ出しゃばり屋のマクヒューが進み出て、考え込むように灰皿をにらんだ。「きみは煙草を喫わないのかと思ったよ」

「そうですよ」いったい何の話かとすばやく首をめぐらせたローレンスは、灰皿の中でとぐろを巻く黒焦げの燃えかすを見るなり、身をこわばらせて眉をひそめた。ひねりあげられた紙の片端は粉々に崩れているが、もういっぽうの端はおおむね原型をとどめている。誰かの指のあいだにはさまれていたとおぼしき、焦げてはいるが燃えてはいない部分まで見て取れた。だが彼の指の跡ではない。ローレンスはコートを取りにきてからこのかた、いちども部屋には足を踏み入れていない。それに、あのときは灰皿の中にこんな燃えかすはなかったはずだ。

ローレンスはベッドの端で背筋をのばし、両手をさげてふわふわの羽根布団を神経質に握りしめた。マクヒューは灰皿を取りあげて明かりの下へ持っていこうとしている。ところどころにまだ白い紙片が張りついた黒焦げの燃えかすを注意深く人差し指でつつきながら。

フランツが無雑作に片手をのばし、ベッドの上の枕を裏返した。なめらかな、光沢のあるシーツの上に、金属製の留め金がついた分厚い黒革の手帳がのっていた。フランツはそれを取りあげ、開くべきか否かためらった。

「さっさと元の場所にもどしてくれ」ローレンスは気色《けしき》ばんで言った。「それはぼくの日記だよ」

「ああ、いいかげんにしてくれないか！」ニールが苛立ちを抑え切れずに叫んだ。「誰もきみの日記にちょっかいを出したりはしないさ」

手帳をもどそうとしていたフランツがふたたびためらい、ゆっくり手を引っ込めた。柔らかい革の背の部分が、半分だけ妙にゆがんでいる。見た目にはわからなかったが、フランツの指はそのふくらみの端の感触をとらえていた。彼はちらりとローレンスに目をやったあと、パチッと手帳の留め金をはずした。

「元の場所にもどせと言ったんだ!」ローレンスは怒り狂って立ちあがったが、トレヴァーが彼の腕をつかんで制止した。いつの間にかドクター・ランドールも室内の面々に合流し、ドアのすぐ内側から見守っている。その肩の向こうにメーレルト夫人が疲れた顔をのぞかせた。

フランツが手帳の中ほどのページを開き、背の部分の革をたるませた。そのまま、開いた手帳をまっすぐに立ててふり動かしたが、背の部分の隙間にぴたりとはまったものはベッドの上にすべり落ちてはこなかった。彼がポケットから鉛筆を取り出して上からぐいぐい押すと、先のほうで何かが斜めに動き、引っかかり、ふたたび動きはじめた。

ローレンスは今では痺れたように動きをとめ、しぶしぶ下へと進み続けるふくらみを目を皿にして見つめていた。あんなところにあんなものがあるはずはない。彼が干からびた唇を嘗《な》め、何か言おうとしながら声を出せずにいるうちに、フランツが枕の上に短いガラスの筒を押し出した。白いプラスティックの蓋と、手描きのラベルがついている。

無言でむらがっていた観衆の中で、誰かがあえぐようにため息をついた。ドクター・ランドールが進み出て、薬の容器にじっと厳しい視線をすえた。これが何であるかは言うまでもなかった。

「二錠しか残っていない」医師はローレンスの蒼白になった顔を見あげた。「残りの錠剤はどうしたんだね？」

「そんなものはいちども手にしてません」ローレンスは抑揚のない、あきらめ切った口調で言った。どうせもう信じてはもらえない。誰か知らないが、こんなふうに彼をはめようとした人間は、それをみごとにやり遂げたのだ。「どうしてこんな容器がそこに入ったのかわからない。わかってるのは、ぼくが入れたんじゃないってことだけだ。こんなものはこれまで見たこともありません」

「残りはぜんぶリチャードに飲ませたのか？」医師は容赦なく続けた。

「だからぼくが盗ったんじゃないと言ってるでしょう。そんな薬のことは何も知らないんです」ローレンスはしばし両目を閉じて力なく首をふり、このひどい悪夢から抜け出そうとした。だがふたたび目を開くと、小さなガラスの筒はまだ彼の枕の上にのっていた。いくらまばたきしても消えない。「信じてもらえないんですね」と気の抜けた声で言う。「それはわかってる。でもぼくは事実を話してるんです。この容器はほかの誰かが故意にぼくの部屋に隠した。誰かがぼくに罪をなすりつけることにしたんですよ」

ローレンスは不意に、はっとしたように頭をあげてスーザンの姿を捜した。彼女は背後の壁にぴたりと肩を押しつけて立っていた。彼と同じぐらい血の気の失せた、無表情な顔をしている。真っ白な頬の上の両目は黒々としていた。

「きみのために、ぼくが身代わりにされてるんだな？」ローレンスは、ほとんど聞き取れないほど小さな声で言った。「どんなふうにやったのか知らないけど、きみはみごとにぼくをはめてくれたよ」

スーザンは大きく見開いた両目で彼を見つめ返しただけで、黙りこくったままだ。鋭くこう言ったのはニールだった。「悪あがきはやめろ、ローレンス。きみが異変を伝えにきてみんなで階下《した》におりたあと、スーザンは一瞬たりとも一人にはなっていない。彼女にはあんな証拠物件をきみの部屋に隠す機会はなかったし、それはきみもわかっているはずだ」

「でもたしかに、それは彼女かほかの誰かが隠したんだ。ぼくはたしかに、いまいましい錠剤もそんな容器も見たことがないし、それに——」

「それに、これもかな？」

マクヒューが片手で灰皿を差し出した。もういっぽうの手には、化粧テーブルから取りあげた爪やすりが握られている。彼はそのとがったやすりの先で、焼け焦げた紙の残骸を少しずつ引きはがし、薄っぺらい帯状の断片のひとつを平らに押し広げていた。焦げ目のついた白い紙面に、手書きの文字の痕跡がはっきり見て取れる。

「普通はルーペがないとちゃんと見えないだろうけど、おれは視力が人並みじゃないから、ここに書かれてることを今すぐ話せるんだ」マクヒューはニールをふり向き、「こいつはいちどだけひねりあげられた端っこの部分で、彼がこれを燃やしたときにぎゅっとつかんでいたせいで、よく燃え切らなかったんじゃないのかな。この筆跡が誰のものかは、なじみのある人間なら一目でわかるはずだし、そうでなくても、燃え残ってるいくつかの言葉でじゅうぶんわかる」

マクヒューは灰皿をニールの目のまえにかかげると、爪やすりの先端でかすかなインクの線を一文字ずつなぞってみせた。

「この最初の言葉は一部だけしか見えないけど、何が書かれていたかはあきらかですよ。『……言状はわたくし、リチャー……』そのあと少し欠けた部分があって、次は『リチャー、シルミン……』たしか、ドーセット州にあるとかいうヘリャーさんの屋敷の名前は〈シルミントン〉でしたよね？　つまりこれはヘリャーさんの遺言状――あの人が仕上げることを許されなかった書類のわずかに残った断片ってわけだ。もしもあの人が署名できるまで生きてれば、おれが証人になるはずだった書類のね」

第七章

この一時間はまさに、地獄の責め苦だ！
——〈薔薇の騎士〉第二幕

もう彼には何も残っていなかった。怒りや反論、驚きにすら逃げ込む余地はなく、口をきくこと自体が無意味だった。なぜならこちらはたったひとつの、間の抜けた、説得力に欠ける主張を何度も口にするしかなく、彼らは決してそれを信じないはずだからだ。

ローレンスはゆっくり、ふたたびベッドに腰をおろすと、両手で頭を抱え込み、目のまえの冷え冷えとした孤独を呆然と見つめた。まるでほかの人々はすでに部屋を離れ、ドアに鍵をかけていってしまったかのように。

「それで？」沈黙が引きしぼられた弓弦《ゆづる》のように震えはじめると、ニールが穏やかにうながした。

「そんなもののことは何も知らない。ぼくが燃やしたんじゃない。ぼくがそこに入れたんじゃない」唇がぎごちなく動き、催眠術にでもかかったような一本調子の声が答えた。

壁にもたれかかったスーザンは、両手の指と肩と硬直し切った背中をぴたりと壁に押しつけ、懸命に身体を支えている。今にも気絶しそうに見えた。なぜだろう？　これこそ、彼女がずっと狙っていたことではないのか？

「きみにもこの証拠品が偽物じゃないことを納得してもらうべきだろう。それが公平なやりかたというものだ」

誰を糾弾すべきか確信すると、彼らは驚くほど忍耐強く慎重になった。なるほど、ローレンスは生贄《いけにえ》のやぎ、神聖な存在なのだ。ほかの面々は罪なき者も罪ある者も、みな彼に重荷を取り除かれていた。わが身に疑いの向く恐れがなくなった今、彼らはローレンスにすばらしく優しくする余裕ができていた。

彼らはもろい紙片がばらばらに吹き飛ばされないように注意深く隙間風を避けながら、ローレンスの膝に灰皿をのせた。それから精密作業用のルーペを彼に渡すと、駄々っ子でもなだめすかすように根気よく切れ切れの言葉を読ませ、その意味を認めさせた。次にはリチャードの手帳を持ち出してローレンスの鼻先にかかげ、彼が自分で筆跡を見くらべて真偽を確認できるようにした。疑問の余地はない。ローレンスはこの紙切れが彼らの主張どおりのものではないと食いさがろうともしなかった。彼らは強めの酒まで運んできたが、ローレンスはたしかにそれを必要としていた。

「これはたしかにリチャードが今夜、酒場《バー》でもらって遺言を書いた筆記用紙のように見えるが。それはきみも認めるね？」

「認めます。でもそんなもののことは何も知らない。ぼくはいっさい手を触れていません」

「それにこれはリチャードの筆跡だ。その点は納得したかい？」

「そのようですね。でもそれがどうしてここにあったのかは知らない。ぼくが持ってきたんじゃありません」

　シュナップスをあおったせいで頬骨の周囲が紅潮し、青白い顔色と異様なほどの対照を見せていた。さながら、狼狽《ろうばい》し切ったペトルーシュカ（ストラヴィンスキー作曲のバレエに登場する道化）といったところだ。ローレンスの麦わら色の髪までもが、ぴたりとそのイメージに合致していた。

「話してしまったほうがいいぞ、ローレンス。事態をさらに悪化させることはない。残りの錠剤はどうしたんだ？　それともぜんぶ使ってしまったのか？」

「モルヒネの錠剤なんて見たこともない。そんな容器は今の今まで見たこともなかったんだ。ほんとに、ぼくは何も知らないんだよ。どれもこれも、誰かがこっそりこの部屋に置いていったんだ」

「それはありそうもない話だぞ。きみがドクター・ランドールを起こしたときからずっと、あらゆる対策が講じられてきたことは知っているだろう。われわれは常に二人ずつで行動し、誰も数秒以上は一人にならないようにした。ああ、やはり――どんどん積みあがるきみに不利な証拠を、すべてでっちあげだと言うのは無理がある。それよりははるかにすっきりした解釈があるんだからな」

たしかに、はるかにすっきりした解釈があり、彼らはそれを喜んで受け入れた。そうすれば肩の荷をおろせるからだ。

「あの薬の容器は巧妙に隠されていた。もしもフランツがあの日記帳を目で見ただけで手に取らなかったら、決して見つからなかったはずだ」

「だから、ぼくは何も知らないと言ってるじゃないか。そんな錠剤には手も触れていないし、リチャードを殺したりはしていない。それしか言えることはないんだよ」ローレンスはこのせりふに死ぬほどうんざりし、もう二度と口にする気になれなかった。言ってどうなるというのだ？

「いいだろう」ニールは深々とため息をつき、「では、そういうことにしておくしかなさそうだ。いちおう薬の容器についた指紋も調べてみるが、あまり目新しい発見があるとは思えない」彼は道化のように左右の頬を真っ赤に染めた、目のまえの青白い、絶望し切った顔にひどく心をかき乱されていた。思わずローレンスのとなりに腰をおろし、膝の上でぎゅっと握りしめられた相手のこぶしに手をかけた。

「よく聞いてくれ、ローレンス。きみにも理解できるはずだが、目下の状況ではこの件を警察に引き渡すまで、きみの身柄と証拠品をきちんと確保しておくしかないんだよ。事件に関係のありそうなものはすべて——例のブランディグラス、薬の容器、あの灰皿の中のもの、それにわれわれみんなの供述書も――メーレルト氏の金庫に保管してもらう。きみのほうはずっとこの部屋にいてもらうことになるだろう――外からドアに鍵をかけてね。わかってくれるかい？　悪いがこちらも責任上、きみを自由にさせておくわけにはいかないんだ。少しは運動できるように図らうつもりだし、何でも必要なものがあれば言ってくれ。だがこれは殺人事件だからな。われわれにはきみをしかるべき権限を持つ人々の手に渡すまで、無事に引きとめておく責務があるんだよ。その後どうするかは、彼らしだいということになるだろう」

「そしてその間に」ローレンスはか細い、苦々しげな声で言った。「リチャードを殺した真犯人は、ゆっくりほかの証拠を隠してまわれるわけだ」

「これで調査をやめるとは言ってない」

「ああ、口に出してはね」

ニールはやおら立ちあがると、固唾《かたず》を呑んで見守っているいくつもの顔を、疲れ切った腫《は》れぼったい目で見まわした。「ではこちらはもう引きあげて、彼をそっとしておいてやるほうがいいでしょう。明日になれば、みんなもう少し理性的に話せるかもしれない」

みなが従順にドアへと向かいはじめると、ニールはドクター・ランドールに目くばせした。ローレンスは彼が医師にひそひそ声で尋ねるのを耳にした。「一人にしておいてもだいじょうぶでしょうかね？」

「ああ」ローレンスは大声で言った。「ぼくは一人にしておいてもだいじょうぶ。モルヒネなんか持っていないし、たとえあっても飲む気はないからね。誰かがこの報いを受けるのを見届けるためだけにでも、ぜったい生き延びてやるさ。さあ、みんな出てってくれ！　ぼくの部屋からさっさと出ていけ！」

ドアの内側に差し込まれていた鍵を引き抜き、しっかり外側の鍵穴に移したのはマクヒューだった。さすがは、実務に長《た》けた男だ。少しでも前向きに取り組めること、じかに体験して楽しめるエネルギーの使い途《みち》があるかぎり、それが何であってもかまわないのだ。飛行機を山に不時着させるのでも、カーボン紙や拡大鏡を使って乗客の一人を追い詰める探偵ごっこをするのでも。まるで行動すること自体が彼にとっては価値があるかのようだった。善行、悪行、どんな行為でも――ひょっとしたら、殺人でさえ。ただし、彼はリチャードの死で何の利益も得ない二者のうちの一人だ。

ドアがぴたりと閉ざされた。ローレンスが耳をそばだてていると、鍵穴の中で鍵がまわされるのが聞こえた。とつじょ静まり返った室内ではあらゆる音がやけに鮮明に響き渡った。それとも、彼の聴覚が憤怒《ふんぬ》と恐怖にとぎ澄まされたのだろうか？　ドアの外でひそひそ話し合う声まではっきり聞き取れた。

「彼の母親に話すべきじゃないのかな？」そう言ったのはまたもやマクヒューで、快活な声をできるだけ低めている。

ニールのくぐもった声が、腹立たしげに叫んだ。「よしてくれ、一晩にこれだけやればじゅうぶんじゃないのか？　あの気の毒な女性を眠らせておいてやれ！」

　その嫌悪と同情に満ちた口調が、つかのまローレンスの心を温めた。だが彼らがみな立ち去ったあとの静寂の中、両手で頭を抱えてベッドにすわっていると、しだいに胸の底まで冷え冷えとしていった。いちどだけ、ゆっくり、骨折りながら階段をあがって中央廊下を進んでくる足音が聞こえ、その重苦しい慎重な動きから、リチャードの遺体が運ばれているのがわかった。では自分たち二人だけが仲間たちから隔離され、こうして夜の闇の中に追放されるというわけだ。今ではほかの誰より――じつの母親よりも――リチャードが身近に感じられた。ありがたいことに母親は鎮静剤を飲まされ、ぐっすり眠っているはずだ。あの気の毒な女性を眠らせておいてやれ！　その点だけはニールに感謝していた。

　ローレンスは服をそっくり着たまま、腕を広げてベッドに倒れ込み、枕に顔をうずめた。うち捨てられた日記がわきの下のくぼみにすべり落ち、そこにつかえてとまったが、起きあがって押しやる気にもなれなかった。それでもどうにか頭を働かせ、この悪夢の細部をひとつずつ手探りでたどりなおして、真実へつながる突破口を見つけようとした。だがあまりのみじめさに吐き気を覚え、怒りに胸をえぐられていたので、いつしか自分の苦痛しか意識になくなった。

　彼を苛《さいな》んでいたのは、不当な仕打ちへの憤怒だけではない。もとより、この世は不当なことだらけだ。それを思い知らされるのは——これが最後になるのかもしれないが——決して初めてのことではない。何より胸にこたえているのは、自分の心身への脅威ですらなかった。もちろん、脅威はじゅうぶん現実的なものだった。何も悪いことをしていないのに恐怖を抱くのは理屈に合わないはずだが、警察が常に真相にたどり着くと言い切れるだろうか？　しかし、最悪なのは裏切られたという思いだ。不意に足元の床が消え、屋根が落っこちてきて生き埋めになってしまっても、それがすべてあのおせっかい屋のマクヒューのせいなら、これほど傷つくことはなかっただろう。それならまだいくらかの慰め——心の平安の破片ぐらいは残っていたはずだ。だがよりにもよってスーザンに裏切られるとは！　なぜ？　なぜなのだ？

彼女が本気で事実を述べたつもりでいるはずはない。あれは誠意にもとづく、支離滅裂な、馬鹿げた間違いなどではない。彼女は記憶を混同したり、震えあがって自分の五感を信頼できなくなるようなタイプではないからだ。彼女は自分が目にしたものを知っている。ローレンスがこっそりリチャードのグラスに何かを入れたはずがないことも、彼女自身がそんな場面はいっさい見ていないことも知っている。あれは間違いではなく、悪意からした証言なのだ。

いったいなぜ？　彼女はなぜローレンスにこんなひどいことをしたがるのだ？　彼が彼女に何をしたというのだろう？　しかも今夜のようなことがあったあとで！　いや、もちろん昨日の夜だ——すでにクリスマスの当日になり、間もなく夜が明ける。今では思い出すのも耐えがたいほど甘く、耐えがたいほど苦い、彼女とすごしたあの心安らぐひととき。そのあとでスーザンはなぜ、こんなふうに手のひらを返すように彼を裏切らなければならないのだ？　ローレンスは手の甲にぐっと歯を食い込ませたが、そんな小さな局所的な痛みは何の助けにもならず、ろくに感じ取れないほどだった。

とにかく平静を保たなければ。彼をはめるためにでっちあげられた一連の証拠には、おかしな点が山ほどあるはずだ。いずれ警察がここに着けば、あれこれつじつまの合わない点に気づき、彼への嫌疑そのものを木《こ》っ端《ぱ》みじんにしてしまうだろう。無実の人間を殺人者だと証明できるはずはない。それともできるのか？　死にもの狂いになってかかれば、可能なのだろうか？

無我夢中で英国の裁判記録を片っ端から思い浮かべてみると、それほど長くはたたないうちに、誤審の可能性が大いに疑われるケースに思い当たった。けれど、オーストリアの法律については何も知らない。ここでは死刑はないのかもしれない。にわかに芽生えたみじめな一縷《いちる》の希望から、ローレンスは憤然《ふんぜん》と身を引いた。本来、自分のものであるはずの命を恩着せがましく与えられ、感謝するはめになるかもしれないとは。有罪のそしりを受けたまま、ありがたく命をちょうだいすることを考えただけで怒りが高まった。

ローレンスは小声で悪態をつきはじめ、知っているかぎりの罵《ば》詈《り》雑言《ぞうごん》を枕に浴びせた。マクヒューを罵《のの》り、誰であれリチャードを殺した人間を、スーザンを、彼ら全員を罵倒した。だが悪態のレパートリーは多くはなく、パンチもいまひとつで、鬱憤《うっぷん》を晴らす役には立たなかった。ふとスーザンの頬についた母親の爪痕、小さな赤い数珠つなぎのビーズのような傷痕を思い出し、ローレンスはこの世の何もかも、彼自身を含むすべての者への嫌悪に縮みあがった。そしてそのみじめな状態のまま、いつしか疲れ果てて眠りに落ちた。

しばらくしてはっと目覚めた彼は、寒さと全身のこわばりを感じたあと、ハツカネズミが何かをかじっているような、小さな、執拗な音に気づいた。ベッドに横たわってぶるぶる震えながら、夢の名残のようなその音に耳をかたむけていると、朦朧《もうろう》としていた意識がいくらか晴れて、時と方角がわかってきた。夜明けの最初のかすかな兆《きざ》し、意外にもまだ晴れている空のほのかな明るさが感じられる。

小さなカリカリという音は、その後も途切れなく続き、ついに彼の注意を白っぽい板張りのドアに引きつけた。誰かが爪でそっとノックしているのだ。こちらが目を覚ますまで、長いことたたき続けていたにちがいない。ローレンスは無言で横たわったまま、外で待っている人間を見透かせるとでもいうように、木の扉を凝視した。

ドアの端の隙間のそばでささやき声がした――「ローレンス！」

彼は動かなかったが、ノックとささやき声はなおも続いた。「ローレンス！　聞こえる？　ねえローレンス、起きてるの？」

彼女はこのうえ、何が欲しいのだろう？　すでに成し遂げたことだけでは満足できず、それをうるさく弁解せずにはいられないのだろうか？　苦々しい思いがどっと口いっぱいにこみあげ、涙がこぼれそうだった。このまま黙って朝まで彼女にドアをたたかせてやりたかったが、何度もしつこく彼の名を呼ぶ声が、しだいに耐えがたい苦痛になってきた。

「もう行ってくれ！」ローレンスは静かに、はっきりと言った。

「ローレンス、どうしても話したいことが――」

「きみはもうじゅうぶん話したさ。いいから放っておいてくれ！」

「ほんのちょっとだけ！　お願い！　聞いてほしいことが――」

「ぼくは聞きたくない。きみとは話したくないし、会いたくもない。さっさとそこを離れてぼくを放っておかないと、家じゅうの人間が目を覚ますような大声をあげてやるぞ。彼らはぼくを行儀よくさせたければ、せめてきみからはばっちり守ってくれるだろうよ」

「ローレンス、ねえ、お願い――」

ローレンスはさっと起きあがって両足を床におろし、ぶるぶる身を震わせた。流れにのった落ち葉のように、すでに進みはじめた動きから抜け出せず、彼女を憎み、そんな自分自身を憎んだ。

「とっとと失せろ！」悪意に満ちたささやき声で言う。「ほかに言いたいことはない」

沈黙――そしてドアの外で、ごくかすかな音がした。わけのわからない、ひそやかな音だ。

ローレンスは両目を閉じ、すべての意識を集中して耳をそばだてた。すると、あざやかに彼女の姿が脳裏に浮かびあがった。彼女は閉じたドアにぴたりと身を寄せ、片手をハンドルにかけていた。もういっぽうの手のひらを扉の板に当て、ハンドルのすぐ上に頰を押しつけている。その頰は濡れていた。左側の頰、例の搔き傷がついたほうの頰だ。それをびくともしないドアの表面に当て、閉じたまぶたの下からゆっくり、苦痛に満ちた涙をあふれ出させている。大声で泣きじゃくりそうになるのを懸命にこらえているらしい、かすかな、ヒクヒクという息遣いが聞こえた。やがて、彼女は壁を手探りしながら重い足取りでそっと立ち去り、廊下が静寂に包まれた。

ローレンスはドアから顔をそむけて枕の上に突っ伏した。今になってどっと左右の肺からこみあげて喉につかえた悲痛な叫びを押し殺そうと、無我夢中で枕を抱きしめた。何ひとつ理解できず、途方に暮れるばかりだった。スーザンを憎みながらも、彼女を傷つけた自分がたまらなく恥ずかしかった。彼女が泣くのを聞けばいくらか慰めになるはずだったのに、むしろ決定的な、耐えがたい苦痛になっていた。

ローレンスは彼女の涙に誘発された涙に喉を詰まらせ、おぞましい自己嫌悪を味わいながら、ふたたび打ちひしがれて眠りに落ちた。

第八章

ならば静かに身を引いて、
証言を求められるまで辛抱強く待っていろ。
――〈薔薇の騎士〉第三幕

夜のあいだに新たな雪は降っていなかった。クリスマスの朝は冷たくきらめく陽射しに包まれ、見渡すかぎりの波打つ雪原は、いくらか圧縮されて固くなったようだった。

村のすぐ上のなだらかな斜面には、スキーを着けた子供たちがちらほらくり出していた。三、四歳とおぼしきおちびさんたちも、ストックなど持たずに空手のまま、雪の上にVの字を刻みながら楽しげに斜面をのぼり、葉っぱのように身軽にすべりおりてくる。ころぶときにも、みな雪片のように静かにふわりと倒れ込む。牛の首に吊るされた小さなベルさながらにたえず鳴り響く彼らの声は、あたりの空気、今日という日、それにこの場の雰囲気のせいだろう、純真そのものに感じられた。午前の中ごろの空はブルーベルそっくりの色をして、波打つ雪原の影という影を青く染めている。

すっかり寝坊して階下《した》へおりてきたスーザンがホールでフランツ・メーレルトに行き合うと、彼はもじゃもじゃの髭の奥からニッと白い歯をのぞかせ、笑顔で話しかけてきた。ドイツ語をろくに知らないスーザンには〝よい天気〟という部分しかわからなかったが、相手の声と笑顔から、どうにか元気づけたいという好意が伝わってきた。山の上で彼がぬっと暗闇から姿を見せ、みなに安全な休息所を与えてくれたときと同じ声と笑顔だ。フランツのどっしりとした穏やかな優しさに包まれていると、あらゆる悩みが遠のいてゆくようだった。とはいえ、この世には彼の手に負える問題とそうでないものがあり、この場合はどちらなのか、当のフランツも判断できずにいた。

偶然ここに迷い込んできた、何とも不運な、別世界からの訪問者たち。彼らはまったく不可解な存在で、自分たちのことしか頭にないようだったから、理解しようとしても無駄だとフランツは本能的に察知していた。どのみち彼らはかりそめの滞在者にすぎず、可能になりしだい、何ひとつ学ばずに立ち去ってゆくのだろう。それでもフランツには彼らが気の毒に思えたし、この若い女性は見るも哀れなありさまだった。彼女はここにやってきたときには自信たっぷりに見えた。いかにも近代的な秘書養成所の出身者らしい、世慣れた、有能な女性に。それが今ではただの取り乱した娘といった感じで、顔色は着ているブラウスと同じぐらい真っ白だし、片側の頰には赤黒い掻き傷、妙に爛々《らんらん》とした目の下には、雪原の影よりも青々とした大きなくまができている。おそらく人為的な異変には対処できても、自然の計り知れない脅威――死や怒り、憎悪といったものには心を乱し、途方に暮れてしまうくちなのだ。

とはいえ彼女の表情には、そうした自分の変化に気づいているかのような厳しい静けさがある。結局のところこの女性は、今回の悲惨な体験から何かを学び取るのかもしれない――彼女自身の真の姿について。

スーザンは「おはようございます《グーテンモルゲン》、メーレルトさん《ヘア・メーレルト》！」と挨拶し、相手の温かい笑みにかろうじて応じたものの、ほかには何も話せなかった。疲労のあまり、〝メリー・クリスマス〟という意味のドイツ語すら思い出せなかったのだ。もしも思い出せれば、フランツへの当然の配慮としてその言葉を口にしていただろう。おぞましい犯罪と死に見舞われ、死者と生者への憐《あわ》れみを覚えているのだとしても、フランツはこの季節ならではの満ち足りた思いを味わってしかるべきだし、それを少しも恥じる必要はない。けれど舌がもつれそうなうえに、頭がさっぱり働かず、スーザンはやむなくそのままダイニングルームに入っていった。中ではトレヴァー・メイスンが皿のわきに雑誌を広げ、一人で朝食をとっていた。スーザンは向かいの席に腰をおろすと、彼の控えめな挨拶に同じぐらい陰気な口調で応じた。今朝は一行の誰とでも顔を合わせるのは耐えがたく、トレヴァーもその例外ではなかった。

「結局、雪は降らなかったようですね」

「ああ。メーレルトによれば、こんな天気が二、三日続けば下の村への道が通じるかもしれないそうだ。こちら側からは今日じゅうに切り開きはじめるらしい――クリスマスもへったくれもないからな。だがまた風向きが変われば、さらに雪が降りかねない」

トレヴァーは椅子から立ちあがって窓の外をのぞきにゆき、細長い指で苛立《いらだ》たしげにコツコツとガラスをたたいた。「こんなところは一刻も早く逃げ出すほうがいい。まあ三日間ならどうにか対処できるが、あまり長引けば頭がおかしくなりそうだ。せめて電話さえつながれば我慢できるんだがな」

トレヴァーが電話を必要とする至急の用件は、ほぼ例外なく金銭に関するものだった。あのローレンスの言葉――今のトレヴァーには〝ちょっとした特別手当〟が必要だという言葉は正しかったのだろうか、とスーザンは考えた。トレヴァーは本当に、アントニアからの多額の遺贈で危機を乗り切れると期待していたのだろうか？　ありえないことではない。

スーザンはいつぞや、アントニアが彼に小言を言うのを耳にしていた。まるで母親さながらの口調で、救いがたいギャンブラーだとなじっていたのだが、あのときはそれが的はずれな非難のように思えたものだった。トレヴァーはアントニアに関する種々の業務にごく慎重に目を光らせていたからだ。だがどうやら、彼自身の金の取り扱いにはそれほど用心深くはなかったようだ。たしかに、トレヴァーには生来の山師じみたところがあるし、ほかのあらゆる分野でも彼は危険とたわむれてきた。たとえば二度の結婚生活は、当初から破綻を運命づけられていたとはいえ、いずれも相手は今をときめくエンターテインメント業界の新星で、短いながら華々しいものだった。彼が所有する三頭の競走馬も、ときたま大きな勝利をもたらすものの、かなりの損失を出している。やはり、トレヴァーはアントニアにしてやったほどは私財を蓄《たくわ》えてこなかったのだろう。

「ほかのみんなはどこにいるのかしら？」スーザンはコーヒーを注ぎながら尋ねた。

「ランドールはミセス・クウェインのところだ」トレヴァーはふり向かなかったが、表情豊かな口元の線が皮肉な笑いに引きつるのが見えた。「誰かが彼女に息子の件を話さなければならなかったし、言ってはなんだが、われわれとしてはきみにその女性向きの務めを頼むわけにはいかなかったのさ。そうだろう？　どのみち、ミセス・クウェインは最悪の部分を聞かされたとたんに医者を必要とすること間違いなしだった。今ごろはまた鎮静剤を飲まされて眠っているのだろうよ、それしかないからな。今日はもう彼女の姿を見ることはなさそうだ」

「彼女はきっとローレンスに会いたがるわ」じっとカップの中に目を向けたまま、スーザンは言った。母子の対面を思い浮かべて身震いし、「そうしたら、誰にも拒めないはずよ」

「気の毒に！」トレヴァーが二人のうちのどちらのことを言ったのかは定かではなかった。

「ニールはどこかしら？　それにマクヒューは？」

「さあね。どうやら、こちらが起き出すまえに姿を消してしまったようだ。ニールのほうは奥の調理場かもしれない。しばらくまえに葬儀屋がやってきたんだ。われわれはいつまでここにいるのかわらないから、たとえ埋葬はできなくても、遺体を棺《ひつぎ》に収めないと——いや、すまない、スーザン！」トレヴァーは泡を食ってあやまった。「朝食の席で話すようなことじゃなかったな。今度の件でまともな気配りができなくなっているんだよ」

「いいんです。それはみんな同じだわ。あんなことがあったあとで、その話題はどうとか言うのはむしろ不自然なんじゃないかしら？」

「とにかく、マクヒューは——たぶん外のどこかだ。さだめし早くに階下《した》にあらわれ、たっぷり朝食をとったのだろうよ。今ごろは長靴とスキーを借りて、子供たちと斜面にくり出しているにちがいない。あいつは何かにエネルギーを注ぎ込まずにはいられないのさ」

トレヴァーはテーブルのそばにもどり、立ったまま雑誌のページをめくりはじめた。「これを見たかい？ ウィーンを発つ直前に空港で買ったんだが、今朝までいちども開いてみなかったんだ。追悼記事が載っている。大急ぎで仕上げたはずだが、よくできてるよ。写真はオペラハウスのファイルから捜し出したものだろう、こちらには借りにこなかったから。いくつかとてもいいものがある」

トレヴァーはしばし悲しげに誌面に見入り、スーザンも手にしたカップの縁ごしに、上下さかさまのアントニアの写真に目をこらした。どれも衣装を見れば、どの舞台のものかわかった。一枚は夜の女王に扮したときのもので、星のちりばめられた王冠を着けた姿は驚くほど不気味で堂々としていた。そしてもう一枚は、当然ながら、〈薔薇の騎士〉の元帥夫人を演じたときのもの。第三幕の華麗な姿で、ウェストはスーザンの両手におさまりそうなほど細く、胸はなかばあらわにされている。まばゆいばかりの宝石で飾られた髪は高々と結いあげられていた。

「信じられるか？」とトレヴァー。「これが撮られたとき、彼女は五十六歳だったんだ。元帥夫人は何歳という設定か知っているかい？　三十歳だ。アントニアはその役柄を二十二歳で演じ、六十歳のときにも演じたが、どの舞台も最高にすばらしかった。あんな女性はほかにはついぞいなかったし、今後も決してあらわれないだろう」

開いた雑誌を押さえていた手がそっと誌面をなぞり、あらわな胸のほの白い肌に触れるかのように、無意識に優しく撫でつけた。トレヴァーの両手は想像力に富み、表情豊かだった。顔は年寄りじみて懐疑的だが、スーザンが信じたのはその手のほうだった。トレヴァーは二十年まえにアントニアの元に来てからずっと、彼女に恋していたにちがいない。当時の彼は三十代の後半で、過去には二人の捨て去った妻と二つの破れた結婚生活。かたやアントニアは五十代のなかばだったはずだが、それでもあんなふうにトレヴァーの心をとらえ、彼は永遠に彼女のものとなったのだ。〈死が二人を分かつまで〉どころか、死が彼の息の根をとめるまで。

そしてその写真の元帥夫人のかたわらには、同じぐらい名高いオックス男爵がいた。夫人の尊大な眼差《まなざ》しをまえに、馬鹿げた主張を最後までがなりたてる男爵。貴族的でありながら粗野で、抜け目ないくせに騙されやすく、不作法だが両目には愛嬌たっぷりのきらめきがある。たっぷり詰め物をした胴着姿のリチャード――彼は決してオックス男爵のような巨体ではなかったからだが、ほかのあらゆる美点を備えていた――は、屈辱的な敗北と許婚《いいなずけ》を失う痛手さえ、ほかのバリトン歌手にはとうていまねのできない粋《いき》な風情で受け入れていた。トレヴァーの視線が長々と、やるせなげにリチャードの上にとまった。ひょっとして、あれは嫉妬――アントニアの生前にはついぞ彼女の無二の友だと言い張ることすらなく、彼女の死後にもそれが証明されて小躍りすることはなかった男の、切ない、殺意を覚えるほどの嫉妬の眼差しなのだろうか?

それを言うなら、ドクター・ランドールはどうだろう? あの医師はトレヴァーとはまるで異質の人間だ。妻と成熟した家族をもつ彼の人生は、トレヴァーの華やかで気まぐれなそれとは対照的に、規律正しく堅実だった。とはいえもしも今、ドクター・ランドールがここに入ってくれば、敵の臭いを嗅ぎつけたテリヤのように気色《けしき》ばんで毛を逆立てるはずだ。あのひさしのような眉毛の下の鋭い目が瞬時のうちに、雑誌の中の女性からそれを愛しげに撫でる手と、ひそかに彼女を見つめる目へと向けられ、医師はしわ深い口元を頑固な敵意にきゅっと引きしめるにちがいない。

どちらもめったに冷静さを失わない男たちだが、アントニアはそんな彼らを血迷わせる磁力を持っていた。たぶんトレヴァーの言うとおり、あんな女性はもう二度とあらわれないだろう。複雑さを増すばかりの現代社会には、もはやあんな並外れた個性を受け入れる余地はない。彼らがどれほど場所を取り、人を人とも思わずに、周囲の人間たちを舞台のわきへ押しのけてしまうか見るがいい。

「だが彼女はわたしたちみんなに背を向けた」トレヴァーがとくに恨みがましさは感じられない淡々たる口調で、考え込むように言った。「リチャード以外のみんなに」

そのために、リチャードは大きな代価を支払わされたのだ。スーザンはコーヒーを飲み、少しは朝食をとろうとしたが、何を口にしても喉につかえるばかりだった。このおぞましい一件のすべてが喉につかえていた。

その後、ダイニングルームを離れたスーザンはホールでマクヒューを見かけた。凍えつきそうな空気をまとっておもてのドアから飛び込んできたマクヒューは、生気と喜びに満ちあふれていた。トレヴァーの予想どおり、早くもスキーズボンとブーツをどこかから借り出したとみえ、ぴかぴかに磨かれた床板の上に、足跡のついた粉雪の塊《かたまり》を残しながらホールを突き進んでゆく。あの分厚いセーターも借り物だろう。彼はどこに放り込まれても、欲しいものを手に入れるすべを心得ているのだ。

マクヒューが酒場《バー》のドアを押し開けてずんずん入っていったかと思うと、すぐに、笑っているとも叱っているともつかない甲高い女の声が聞こえた。あれはメーレルト夫人でも、リーズルでもない。あの二人よりも高くて、どこか浮ついた感じの声だ。マクヒューがドイツ語で答えた。とうてい堪能とはいえない、出まかせの言葉のようだが、それでもじゅうぶん役に立つとみえ、いつもの自信満々の口調だった。

スーザンがホールを横切りかけたとき、ふたたび姿を見せたマクヒューがニッと親しげに笑いかけてきた。まるで死とも犯罪とも無縁の、ごく普通の一夜をすごした者同士がばったり顔を合わせたとでもいうように。

「やあ、今朝は気分はどうかな？　きみもちょっと外に出て新鮮な空気を吸うといい、スキーでもして。あまりうまくなくても、今が習っておくチャンスだぞ」

思えば、マクヒューは驚くべき男だった。エネルギッシュで有能で、動物的な勘をもっている。彼に関するかぎり、昨夜のことはリチャードともども、すでに葬り去られたも同然なのだ。

「道具を持っていないの」スーザンはとっさに、いちばん手っ取りばやい逃げ道を選んで言った。

「リーズルに頼めば、きっと彼女のを貸してもらえる。あの娘《こ》はきみより大柄だけど、たいしてちがわないから、どうにかなるんじゃないのかな。ただし、ブーツはちょっと問題かもしれない」

「ありがとう」とスーザン。「でも彼女に面倒をかけるのはやめておくわ。あなたはうまいことちょうどいいのを見つけたみたいね」

「ああ、こいつ?」マクヒューは磨きあげられた床を見るからに上等なブーツで軽く踏みつけ、スキーズボンの目のつんだ黒い生地を撫でた。「さいわい、おれはフラウ・アガーテのご亭主とちょうど同じぐらいのサイズだったから。彼女のご亭主は例の山道が開通するまで、こうしたものには用がなさそうだしね。彼は警察官で、下のバート・シュヴァンテック村に勤務してるから、この大雪で足止めを食らって家に帰れないんだ。ほとんど毎年のように誰かがそんな目に遭ってるみたいだけどね」

「じゃあスキー板も彼女のご主人のを使ってるの?」

スーザンはこれまで、スキーの道具はかなり個人的愛着の強いものだと考えていた。丹念に手入れしてきた大事な道具を貸すのは、愛犬を赤の他人に託すようなものではないか。どうやらフラウ・アガーテは平気で夫の持ち物を勝手に貸してしまうタイプのようだ。もっともマクヒューのような男は、相手がうまくまるめ込まれていることにろくに気づかないうちに、まんまと目当てのものを手に入れてしまうのだろう。

おりしも、くだんの女性がお湯の入ったプラスティックのバケツを手に酒場から姿をあらわし、にっこり笑いかけてきた。二人に向けた笑みではあるものの、その輝きの大半はマクヒューに降りそそがれていた。アガーテは抜けるように白い肌をした、とびきり愛らしい女性で、太い三つ編みにした黄色い髪を頭のてっぺんでぐるぐる結いあげている。齢は二十八歳ぐらいだろうか、山の女たちに共通の悠然とした雰囲気で、堂々と背筋をのばして歩く姿はじっさいよりも長身に見える。スキーはおろか、ただの歩きかたの美しさでも、スーザンにはとても太刀打ちできそうもない。

アガーテはホールに点々と残る解けかけた雪の足跡を見やり、大声で笑いながら、犯人に向かっていさめるように指をふり動かした。彼女が磨きあげた床を汚すにはまだ早すぎる時間だし、彼は屋内へ入るまえにトントン足踏みして難なく粉雪をふるい落とせたはずなのだ。マクヒューはやましげな顔でうなだれてみせたあと、いかにも彼らしくぬけぬけとアガーテのふりあげられた手をつかみ、自分の耳にぴしゃりと打ちつけた。相手も心得たものだった。すかさず指を広げ、嬉々として彼の思惑どおりに平手打ちのまねをしている。マクヒュー以外の誰がこんなことをやりおおせるだろう？

「彼女の道具を借りてあげてもいいけど」アガーテが笑顔で調理場に姿を消すと、マクヒューは続けた。「たぶんここの仕事がすんだら自分で使いたがるだろう。いちばんいい斜面をおれに教えてくれる約束だから。やっぱり、リーズルに頼んでみたらどうかな？」

「どのみち、わたしはうまくすべれそうにないわ。それに、じつはニールを捜してるところだったの。彼に話があるのよ」

「ああ、それじゃまた、ランチのときにでも」

颯爽《さっそう》と立ち去ってゆくマクヒューをスーザンは戸口から見守った。警察官のスキーの留め金に左右の足をすべり込ませ、ブーツの踵《かかと》の溝にパチッとスプリングをはめると、彼は己《おのれ》の未熟さを気にもかけずに進みはじめた。彼のずば抜けた身体能力と限りない自信は、経験の浅さを補って余りあるもののようだ。

マクヒューが行ってしまうと、スーザンは本腰を入れてニールを捜しはじめた。彼はリチャードの遺体が発見されたテラスルームで、いちばん奥の隅の席にひっそり腰をおろしていた。襲いかかる昨夜の記憶を押しやるために、壁を背にして部屋全体を視野におさめておかずにはいられないとでもいうように。目のまえのテーブルに書類を広げ、両手で頬杖をついてじっと見入っている。これほど憔悴《しょうすい》し切ったニールを見るのは初めてだった。マクヒューは疑惑や責任など知ったことではないのだろうが、どう見てもニール・エヴァラードはそうではないようだ。

スーザンがドアを閉めると、ニールは読みかけの書類からはっと目をあげた。

「ああ、スーザン、ちょうどあなたのことを考えていたんだ」ニールは彼女にすばやく同情深い視線を走らせ、「ろくに眠らなかったみたいだな」とあきらめ混じりの、とがめるような口調で言った。

「ええ、眠れなかったの。あなただって似たようなものみたいだけど」スーザンはテーブルの上を見おろし、そこに散らばった紙の一枚に自分の手書きの文字が並んでいるのに目をとめた。「今朝はもう――彼に会ってきた？　何か食べ物は届けられてるのかしら？」

ニールはその質問に苛立った。あるいは疲労のせいで、めずらしく怒りっぽさが顔をのぞかせたのかもしれない。「もちろん届けられている」と、ぎごちなく言った。「あなたは人を何だと思ってるんだ？　フランツが朝食を持っていったし、ぼくも足を運んで、風呂を使わないかと――」

「もちろん、監視つきの入浴ね！　そして彼に、余計なお世話だと言われたんでしょ」

「そんなことはない。ローレンスは分別ある若者らしく、与えられたチャンスを受け入れたよ」

そうね、とスーザンは考えた。あなたがくれたチャンスなら彼は受け入れるかも。あなたには何も個人的な恨みはないんですもの。

「これはわたしたちが昨夜――というか、今朝早くに書いた供述書？　じつはその件でお願いがあるの。わたしたちはまだまだ、あらゆる可能性を考慮してみるべきじゃないかしら」

「同感だ」ニールは言ったあと、ため息をついて目をそらした。「たとえあまり疑問の余地はなくてもね。じっさい、もう疑問の余地はないんだ、スーザン。見て見ぬふりをしても仕方がない」

「それでもやっぱり、それをじっくり読んでみたいの」

「よし！」ニールは壁ぎわの作りつけのベンチの向こうのほうからクッションを一枚引き寄せ、彼女のために座面を少しだけ高くした。二人は肩を寄せ合うようにして何枚もの筆記用紙に目をこらし、七人の人間のクリスマス前夜の行動をたどった。

「あなた自身の行動については、確認するまでもないだろうけど……まず、ローレンスのあとを追ってダイニングルームからまっすぐ酒場へ。ややあって、散歩にいこうと提案し、彼が二階へコートを取りにゆくあいだ、あなたのほうは階段の下で待っていた。そのあとホールで、この部屋から出てきたマクヒューと鉢合わせした——それが九時二十五分から九時半のあいだぐらい。ローレンスがここに入ってしばらくリチャードと話したあと、二人で深夜の零時ごろまで出かけていた。帰ってくると、リチャードがまだここにすわっているのが見えた……。

ローレンスもだいたい同じことを述べている。当然ながら、リチャードのグラスには何も入れていないと断言しているが、ローレンスにその機会があったことはあきらかだ。ただし、あなたたち二人の供述書には、ローレンスが正確にはどこで立ちどまり、その何秒ぐらいあとにリチャードが目をあげたか、といった詳細までは書かれていない。そうしたことは誰しもとくに問題になるまでは、こまごま考えようとしないものなんだろうな。

それじゃ、次はこちらの番だ。ぼくは頭にきたミセス・クウェインに食ってかかられたあと、二階の自分の部屋にもどった——いささかむっとして、と認めたほうがいいだろう。まずはミセス・バーンの遺言状を安全な場所にしまい、いくらか気分が落ち着くと、ゆっくり風呂に入った。それでもまだベッドに入るには早すぎたので、たぶん十時ごろだと思うけど、酒場へおりてみた。ちょうど寝床へ引きとろうとしていたドクター・ランドールと階段の上で出会ったが、ご当人によれば、あちらはその後じっさいベッドに入り、零時ちょっとすぎにローレンスに起こされるまでそこにいたそうだ。こちらは酒場で地元の連中と話しながら二杯ほど酒を飲み、十一時ごろに引きあげた。話し相手がみんな教会へ行く準備をしに帰ってしまったのでね」

「そのときマクヒューは酒場にいた?」スーザンは尋ねた。

「ああ、ぼくがあそこにいるあいだはずっといたし、昨夜はずっといたようだ。彼は何をするにも要領のいいやつだから、少々飲みすぎてもろくにこたえないらしくてね。ここの手伝いをしてるあの若い美人——フラウ・クロースターマンにえらく気のきいたせりふを浴びせていた」

「今もそうしているはずよ、スキーをする合間にね」

「ともあれ、そのあとこちらは寝床に就いた。それでぜんぶだ。マクヒューのほうは、本人によれば夕食後はずっと酒場にいたらしい——いちどだけしばらく中庭に出たのと、ここへリチャードにブランディを渡しにきたのを除けば。ここのドアはもともと開け放たれていたので、立ち去るときにもそのままにしておいたとか。ちなみに、ぼくがおりてきたときには閉まっていたけれど、誰が閉めたかは、このあとすぐにわかる。とにかくマクヒューは本人の言うとおり、ここに入ってきたときには両手がふさがっていたわけだし、その後はずっと酒場にいたのも間違いなさそうだ。どのみち、彼がリチャードを厄介払いしたがる理由なんてあるはずもないしね」

スーザンは眉間にぎゅっとしわを寄せ、無言で供述書に目を走らせていた。

「残るは三人……。彼らはみなダイニングルームに残り、あなたとローレンスが出かけた九時半ごろまで猛然と議論を戦わせていた。十時二十分まえごろにミセス・クウェインが最後の捨てぜりふを放ち、部屋から飛び出していった。ご当人によれば、寝床へ引きとってずっとそこにいたそうで、彼女の部屋の明かりは十時まえに消えている。そのあと、ぐっすり眠り込んでいるところへ例の騒ぎが持ちあがったそうだが、いずれも厳密な時刻は確かめようがない——彼女は一人きりだったんだから。ただし、これまでのところ、誰も彼女が歩きまわっているのを見たと述べていないことも事実だ。もちろん、誰にも姿を見られずに階下におりてくることもできたろう。ミセス・クウェインはリチャードと話をつけるために、この部屋にやってきたのかもしれない。彼女は誰かがそうすべきだとはっきり口にしていたし、ぼくには拒まれたわけだから。まあ、そんなところかな。

次はドクター・ランドール。彼は酒場向きの男じゃない。それでミセス・クウェインが出ていったあと、トレヴァーが酒場へ行って買ってきたビールを彼とダイニングルームで飲んだ。十時少しまえに、ドクター・ランドールはもう寝床へ行くと告げ、二人でダイニングルームの明かりを消してホールを横切った。すると、まだ開いていたこの部屋のドアの奥で、リチャードがすわって書き物をしているのが見えた。ドクターが立ちどまっておやすみの挨拶をしているあいだに、トレヴァーのほうは酒場に入っていった。彼はいちどもふり返らなかったので、ドクターがこの部屋の中にまで入ったのかどうかは見ていない。ドクター・ランドール自身は否定しているが、入った可能性は大いにある。とにかく本人の話からあきらかなのは、そこを離れるときにドアを閉めたということだ。そしてわれわれの知るかぎり、夜中までドアは閉められたままだった」

「なぜローレンスがそうしなかったの？」スーザンが不意に尋ねた。

「え？」ニールは目をあげ、つかのま戸惑ったように彼女を見つめた。

「なぜローレンスはドアを閉めなかったの？　彼がリチャードのお酒にモルヒネを入れたのなら、部屋のまえを通りかかった人からまる見えの状態にはしておきたくなかったはずでしょう？　だって昏睡《こんすい》状態に陥ったリチャードが椅子からころげ落ちたら？　あるいはテーブルに腕を投げ出して突っ伏した彼を、誰かが通りすがりに目にしたら？　すぐさま異変に気づかれてしまいかねないわ。そうしたらドクターが呼ばれて治療がほどこされ、リチャードは命を取りとめていたはずよ。殺意を抱く人間なら、手遅れになるまで彼が人目に触れないように、ドアを閉めていったはずでしょ。なぜローレンスはそうしなかったの？」

「それは殺人者は決してミスを犯さないという前提に立てばの話じゃないのかな？　だが彼らはたぶん、ほかの誰より——それに彼ら自身が日常的な作業をしているときより——多くのミスを犯すものなんだ。それに、あなたがすぐそこで待っていたから、もともと大きく開いていたドアを閉めたら、あまりに目立ちそうに思えたのかもしれない。あるいはずっとあとになるまで、そんなことは考えてもみなかったのか。彼は冷静そのものとはいえなかったはずだからね」

「たしかに、そうかもしれないわ。でもそのあとわたしと出かけて夜中まで村を歩きまわっているなんて、すごい度胸じゃない？　毒物が作用するまえにリチャードが遺言状を書きあげて署名してしまうかもしれないし、誰かが手遅れになるまえに彼を見つけるかもしれないのよ」

「そうはいってもローレンスとしては、リチャードが生きてるうちに遺言状をかっさらうわけにはいかなかったんじゃないのかな。いずれにせよ、何らかの賭けに出るしかなかったんだ。あなたと出かければ、その間ずっとアリバイができるはずだった。遺言状が未完に終わるとすれば、留守中にそれが発見されようがされまいが、彼にはどうでもよかったはずだしね。もちろん、リチャードが死ぬまえに署名してしまう恐れはあった。だがそれでも犯罪現場の近くにいたり、あまり早くもどってくるよりは危険が少ないように思えたんだろう」

「でもそれなら」スーザンは考え込むように言った。「どうして遺言状を燃やしたりするの？　彼がそれほどたしかなアリバイを作ったつもりだったのなら、なぜ遺言状を始末しなきゃならないの？　そんなことをしても、何も得るものはない——だって署名されてなかったことはわかってるのよ。マクヒューもほかの誰も、証人として呼ばれなかったんだもの」

「だからといって、署名されなかったとはかぎらない。かりにリチャードが遺言状を書き終えたあと、異様な眠気に襲われるのを感じたら、証人がいなくても署名を書き添えた可能性だってある。ローレンスはそれを見て、どこかの裁判所で有効性が認められかねないと気づいたのかもしれない。署名が本人のものだという有力な証拠があれば、認められるケースもあるからね。それなら、あえて危険を冒す手はないだろう。さっさと始末してしまうほうがはるかに安全だ」

どんな疑問にも答えが返ってくる。だが問題は、その答えがどこまで正しいのか確認しようがないことだ。ドクター・ランドールの驚くほど几帳面な筆跡を眉根を寄せて見おろしながら、スーザンは言った。「いいわ。じゃあドアを閉めたのはドクター・ランドールで、それは十時ごろだった。さてと、次は最後の一人ね」

「トレヴァー・メイスンだ。彼の話は二人がホールで別れる時点までドクター・ランドールの話と一致している。その後、トレヴァーはしばらく酒場にいたそうだ。たしかに、ぼくが入っていったときにも酒場にいて、十時二十分すぎごろまであそこにいたあと、おやすみの挨拶をして出ていった。ただし、彼が十時二十分まえごろにビールを買いにきたことも無視はできない。そのときそばにいて、トレヴァーの動きを見ていたと言う者はいないから、彼は途中でここに立ち寄った可能性もあるわけだ。

じゃあ今度はメーレルト一家の証言。彼らの話はおもに、われわれ残りの者たちの動きについて、細部を補足するのに役立っている。メーレルト夫人は昨夜はずっと調理場で菓子を焼いており、われわれの姿はほとんど見ていない。フランツのほうはその間、おおむね酒場ですごしていた。彼はリチャードに大ジョッキ二杯のビールを矢継ぎ早に出したのと、何か筆記用紙をくれと頼まれたことを憶えている。二杯目のビールはこの部屋に運んできたそうだ。フランツは昨夜は二、三回しかホールを通らなかったが、ここのドアは十時十五分まえごろには開いており、十時ごろからあとは閉まっていたと断言している。

マクヒューからコニャックの注文を受けたのは、フランツではなくフラウ・アガーテだ。彼女によれば、マクヒューは二つのグラスを取りあげるとまっすぐホールを横切って、ここにいたリチャードにひとつを届けにいった。彼の両手がふさがっているのを見て、森林監督官の一人が酒場のドアを開けてやったということだ。たまたま、ダイニングルームが空になっていたら食後の片づけをしようと様子をのぞきにいったリーズルが、そこからもどる途中でマクヒューを見かけている。彼はそこのテーブルにリチャードの酒を置き、ふたことみこと言葉を交わすと、ドアへともどりはじめたそうだ。彼女が立ち去った直後にあなたたちがやってきたんだろう」

「そういえばちょうどローレンスが階段をおりてきたとき、リーズルが奥の調理場へ入っていったわ」

「そのあと、しばらくしてフランツが——十時半少しまえだと思うそうだが——最後にホールを通りかかったついでにここのドアを開き、まだ誰かが中にいるかのぞいてみた。リチャードはまだ書き物をしてる最中で、すんだら自分が明かりを消しておくと言った。ビールのマグはもう空になっていたのでフランツが回収し、立ち去るときにまた部屋のドアを閉めておいた。そのときにはリチャードは意識も鮮明でごく普通に見えたそうだ。少なくとも、フランツは何も異常なことには気づかなかった」

「彼はグラスのブランディがどれぐらい減っていたか気づいたかしら？」

「さすがにあなたは鋭いな」ニールは感心し切ったように言った。「さっきも話したとおり、ドクター・ランドールは気づかなかった。だがフランツはそろそろ店じまいしようとしている老練な酒場の亭主で、その手のことを見落とすはずはない。もしもグラスが空ならそれも持ち去ったはずだが、空にはなっていなかった。ただし、中身は四分の一ほどになっていたそうだ」

「じゃあ例のモルヒネ――パパベレタムだか何だか――は、それ以前に混入されて飲まれたと見ていいわけね？」

「たぶんね。そんなに中身が減ってから薬を入れたりする者はいないだろうから。それにリチャードがビールを飲み終えてブランディのグラスを手元に引き寄せたあとでは、こっそり入れるのがはるかにむずかしくなったはずだ。ドクター・ランドールは薬が飲まれたはずの時刻については明言しようとせず、効果のあらわれかたは個々のケースによってまちまちだし、薬が何錠使われたのかも知りようがないと言っている。だがフランツの証言からして、あの錠剤がグラスに入れられたのは九時半から十時半のあいだだと見てまず間違いないだろう。

さて、では、今度は動機と機会について、ここにある供述書から何がわかるかな？　誰が動機を持っていたか……あなた、ミセス・クウェイン、ローレンス、ドクター・ランドール、そしてトレヴァー・メイスンはみな、リチャードが遺言状を残さずに死ねばかなりの利益を得る立場にあった。もちろんほかの動機もありえないわけじゃないだろうけど、今のところそんなものはこれっぽっちも見当たらない。昨夜、リチャードはここで――はっきり意図を表明したうえで――アントニアの遺産に関するあなたたちの希望をすべて打ちくだくような遺言状を書いていた。彼はそれを書き終えるまえに殺され、未完の遺言状は持ち去られた。この殺しには行きずりの犯行らしき点はなく、リチャードの札入れはそのままだったし、何も盗られたふしはない」

「そんなことはいちいち確認しなくても、わたしたちみんなが知ってる事実よ。とやかく言ってもはじまらないわ」

「じゃあ動機の話はこれぐらいにするとして……機会については、二つの面から考える必要がありそうだ。例の薬剤を手に入れる機会と、それを使用する機会。ドクター・ランドールはディナーの直前まで診察鞄に異常はなかったと断言している。部屋を出るまえに、開けてはいないが手には取ったのだそうだ。いずれにせよ、われわれの知る唯一の動機はアントニアの遺言状が読みあげられるまでは存在しなかったわけだし、ぼくがあれを読んだのはディナーのあとだった。誰であれモルヒネを盗んだ人間は、あの内容が明かされたあとで盗み出したんだ。

それじゃまず、ぼく自身について。ぼくはあなたたちみんながダイニングルームで言い争ってるあいだに、真っ先に二階へあがっていったから、モルヒネを盗み出す機会はあったことになる。それは十時二十分まえに二階へ引きとったミセス・クウェインも同じだし、九時半ごろに二階へコートを取りにいったローレンスにも機会はあった。ミセス・クウェインが出ていった直後にビールを買いにいったトレヴァーも、やろうと思えばできたろう。あまり時間はなかったはずだが——誰もじっさいに彼がもどるまでの時間を測っていたわけじゃない。

ほかの三人については、判断するのが少々むずかしいところだな。まずはあなた。あなたはローレンスを追って酒場に入るまえに大急ぎで二階へ行くこともできたはずだ、誰にも見られてたわけじゃないからね。だがさいわい、その後の展開からして、嫌疑からはずせるだろう。いっぽうマクヒューにはたしかに、こちらがみなでダイニングルームにこもって遺言状を読んでるあいだにモルヒネを盗む機会があった。ただし、彼には動機がない。遺言状の内容も知らないし、この問題にはかかわりがないわけだから、やはり除外していいだろう。

あとは当のドクター・ランドール。あきらかに彼はいつでも好きなときに自分の鞄から錠剤を入手できたはずだが、ディナーのあとまで彼がアントニアの遺言状の但し書きについて何も知らなかったことはたしかだ。それならなぜ、わざわざ薬を持ち出したりしなきゃならない？　それが必要になるとは知らなかったのに」

「そもそもドクター・ランドールなら薬を手に入れるために、鞄を切り裂く必要はなかったはずよ」スーザンは眉根を寄せて、ニールがまとめた名前のリストに目を走らせた。

「たしかにそうだけど、本人が正々堂々とぼくに指摘したとおり、それだけで嫌疑が払拭されるわけじゃない。もしも殺人のために薬が欲しければ、たんに鞄の鍵を開けて薬を取り出したりはしないはずだろう？　それでは、考えうる唯一の容疑者になってしまうからね」

「ええ、そのとおりだわ。それにとつぜん、すぐにもリチャードを殺したい理由ができたとき、ドクター・ランドールがたまたま、あの薬の容器を鞄にしまわず、ポケットに入れて持っていたとしたら？　まずはそれを使って、あとから鞄を切り裂くんじゃないかしら？　わたしたちみんなを容疑者にするために。鞄を切り裂くのは十時に寝床へ引きとったあと、いつでもゆっくりできたはずよ」

「なるほど」ニールは憮然として目を見開いた。「ただでさえ複雑な話をさらにこんぐらからせる必要はないけど、たしかにあなたの言うとおり、そういう可能性がなきにしもあらずだな。ともかく、あの劇薬を入手できたという点ではドクター・ランドールも除外できない。

じゃあ最後に、それを投与する機会について。薬を盗んだかもしれない人間のリストを基に考えてみると——まずはぼく。ぼくなら二階にいるあいだにいつでも薬を盗み出せたし、あとで階下におりたとき、ここに寄ってリチャードのグラスに入れる機会も作れたはずだ——何かそんなことをしたがる理由があったとすれば。とりあえず、ぼくは除外できない。ミセス・クウェインは二階へ引きとったあとは誰にも姿を見られていないけど、こっそりまた階下へおりてくるのはわけもなかったはずだ。彼女も容疑の圏内。次はローレンス——あなたも知ってのとおり、彼はどう見てもはずせない。トレヴァーは？　うん、彼にもできたはずだな。ビールを買いにきたときか、十時二十分ごろに酒場を出たとき——それだと、ずいぶん遅くなってからだけど。

あなたはどうだろう？　いや、よかった、やっぱりあなたは圏外だ。問題の時間帯にいちどもリチャードに近づいてない。あなた自身、ローレンス、それにマクヒューが保証してるんだから、それでじゅうぶんだろう。じゃあマクヒューは？　彼もかなり完璧なアリバイがあるから、除外してよさそうだ。ドクター・ランドールは？　ええと、十時にリチャードにおやすみの挨拶をしてるから、機会はあった」

「わたしたちはごく当然のことのように話してるけど」スーザンはしばしためらったあとで切り出した。「そんなふうにほんのしばらく近づいた隙《すき》に、リチャードの鼻先でブランディに薬を混入できるものかしら？　ああした錠剤は、そこそこ液体に溶けやすくても、瞬時に消えてしまったりはしないはずよ」

「リチャードはあの酒にはまったく注意を払っていなかったんじゃないのかな、まだビールを飲んでいたから。それにほら、彼は並々ならぬ決意でせっせと遺言状を書いているところで、その作業に没頭してたんだろう。彼と面識のあった者なら誰でも難なく薬を混入できたはずだよ。あのテーブルの上に身を乗り出し、ことによったら端のほうに腰かけて——上等な、しっかりした作りのテーブルだからね——自分の身体でグラスを隠しておいて、錠剤をすべり込ませればよかったんだ。ごく単純に、それが実行されたんだろう。ほかにチャンスはなかったから、やはりグラスがあのテーブルに置かれたあとで薬が投入されたにちがいない。それとも、何かほかの可能性を思いついたとか？」

かりに思いついたのだとしても、スーザンはそれを口には出さず、まつ毛を伏せて目のまえのリストを見つめ続けていた。ニールはとつぜんペンを放り出し、疲れたように両手で顔をおおった。

「ぼくたちは何を証明したがっているんだ？」彼はうめいた。「そりゃあ好きなだけ誰が何時にどうのこうのと数字をいじくることはできるけど、それで金庫の中のあの焦げた紙切れが消えるわけじゃない。モルヒネが入った錠剤の容器も。それでも何か逆の方向を差し示す、同じぐらい不審な事実が見つかりやしないかと、ぼくはみんなのあらゆる行動を見直さずにはいられなかった。いったい何を期待してたのか——新たな発見がどちらの方向を差し示しても、気に入らないことは同じだろうに。それにもちろん、今のところは何も見つからないし、これからも見つからないだろう。ああ、スーザン、こんなことはもう終わってくれればいいのに！　みんなで無事にここを出られたら！」

「もう逃げ出すには手遅れよ。起きてしまったことは仕方がないわ」

「こんなことは二度と起きないとわかればいいんだ、それだけさ。ひとたびこの手のことがはじまると、どこまで行くのか知れたものじゃないからね。受遺者は五人よりも四人のほうが取り分は増えるし、三人ならばさらに多くなる。加入者が死ぬたびに残りの者への配当が増えるトンチン年金みたいなもので、殺人への誘惑は膨れあがるばかりだよ」ニールは落ちくぼんだ両目の下にぎゅっと指先を押し当て、猛然とかぶりをふった。「まあ、彼は鍵のかかった部屋に隔離してあるし、ほかにできることはなさそうだ。それ以外の何ができたっていうんだ？　どこの裁判所でも有罪の評決が出るほどの証拠がそろっているんだぞ」

「そうね」スーザンは相槌《あいづち》を打ち、そこここに散らばった紙をかき集めてテーブルの真ん中にきちんと積みあげた。自分でもこの供述書から何を得ようとしていたのかわからなかったが、何であれ、それは見つかっていなかった。ここには奇跡的な救済など存在しないのだ。

スーザンは席から立ちあがり、寒気がするかのようにぎゅっと身体に腕をまわすと、落ち着きなく室内を行ったり来たりしはじめた。

「ニール」と不意に切り出す。「あれは失敗だった、あなたに話しておかなくちゃ。でも、これから話すことは秘密にしておいてほしいの」

「もちろん」ニールはあっけにとられて、気遣わしげに彼女を見あげた。「あなたがそう言うのなら、誰にも話さない」

「わたしには助けが必要だし、頼れるのはあなただけなの」スーザンは思いつめたようにひたとニールを見つめ、一気に吐き出した。「わたしはローレンスがリチャードのテーブルのそばに立っていたあいだ、ずっと手元まで見えてたわけじゃないと言ったけど、あれは嘘なの。わたしは彼の動きを残らず見ていた。ローレンスはわたしに隠れてあのグラスに何も入れることはできなかったわ。そんなことはできなかったし、しなかった。ニール、彼は完全に無実なの」

第九章

どいつもこいつも、顔が二つある！
一人残らず！
――〈薔薇の騎士〉第三幕

ニールはテーブルの端を握りしめ、疑念と驚愕に目を見開いて彼女を見つめた。「何だって？」ろくに聞き取れないほど小さな声で言う。「だがなぜ？　なぜそんな嘘をついたんだ？　即座に彼の潔白を証明できたのなら、いったいなぜそうせずに？」

「真犯人をあぶり出すチャンスだと思ったからよ」スーザンは答えた。「あのグラスにたまたまついたローレンスの指紋が見つかって、勢い込んだマクヒューがそれを有罪の証《あかし》みたいに言ったとき、わたしははたと気づいたの。わたしたちみんながあれほど神経質になっていなければ、あんな指紋は何の意味もないはずだった。でも本当の犯人は、罪を押しつけられそうな人間を必死に捜していたはずよ。そんなときに、信じられないような幸運が一人の人間を選び出してくれた――ぜったいに無実だと証明できる人間をね。ローレンスとは一晩じゅう一緒だったから、彼があのグラスに手を近づけもしなかったことをわたしは知っていた。それを誓って証言できたのよ」

「じゃあなぜそう言わなかったのか、ぼくには理解できない」

ニールはみるみる怒りをつのらせていたが、それも無理からぬことだった。スーザンは自分の衝動的な行為がどれほど次々と恐ろしい事態につながっていったかを思い浮かべた。ニールとしては、ローレンスにひどい一夜をすごさせてしまったことにさぞかし良心の呵責《かしやく》を感じていることだろう。

「正直なところ、スーザン」ニールは言った。「今さらそんなことを言い出されても――」

「あきれた話なのはわかってる、言い訳する気はないけれど、しばらく耳をかたむけてもらえれば、理由を話すわ。もしもわたしがあの場で即座にローレンスの潔白を証言したら、どうなってたかしら？　殺人者はたんに次のチャンスが浮上するのを待って、それに乗じていたはずよ。そしてそのとき選ばれた犠牲者には、あの時間帯のアリバイを裏づけてくれる証人がいなかったかもしれない。そのリストを見て！　証人がいなかったかもしれないどころじゃない！　現にいなかったはずよ！　昨夜はローレンスとわたしだけがずっと一緒にすごしてたんだもの。放っておいたら、ほかの誰かが窮地に引きずり込まれたうえに、それが誰のしわざか知りようがなかったはずだわ」

「それにしたって」ニールはいきり立って問いつめた。「そんな火に油を注ぐようなまねをして、どんな成果が得られると思ったんだ？　あなたはローレンスの潔白を証言するのを控えただけじゃなく、あれこれあげつらってみせたんだぞ。ローレンスがコートを取りに二階へ行ったことをみんなに話したのもあなただ。彼にはモルヒネを使う機会ばかりか、盗み出す機会があったと言わんばかりにね」

「そのとおりよ。わたしは真犯人に、ローレンスこそ格好の身代わりで、罪をなすりつけても安全だと思わせたかったの。真犯人がこれさいわいと、ローレンスに不利な決定的証拠をでっちあげるように仕向けたかったのよ。こちらは事前に知ってるわけだから、その人物が罠を仕掛ける現場を確実にとらえるつもりだったわ。もちろん、すでに罠が仕掛けられてるはずはなかった。そうでしょう？　最初に集められた証拠がどちらの方向を指さすか、その人物には知りようがなかったんだもの。真犯人はわたしたちのうちの誰が不運にも主たる容疑者にされるか見きわめたうえで、チャンスに便乗するしかなかったはずよ。

だからこちらはその人物に、ぜったい本命はローレンスだと思い込ませておいて、誰よりはやくローレンスの部屋に行けばよかった。みんなが同じひとつの部屋にいるあいだは、ローレンスの身辺に不利な証拠をまぎれ込ませたりはできないわ。そう、真犯人はあとで大急ぎで彼の部屋に何かを隠そうとするはずだった。

それに、たとえ当てがはずれて何も起こらなくても、こちらはいつでも本当のことを話してローレンスを窮地から救い出せるわ。ほんの一時間かそこら彼にいやな思いをさせて、わたし自身も同じぐらい辛い思いをするかもしれないけれど、それ以上の危険があるとは思えなかったの」

「しかしスーザン、いくら何でも無茶な話だ――」

「人を殺すのだってそうでしょう？　今のあなたには無茶に思えるかもしれないけど、あのときのわたしにとっては道理にかなったやりかただったのよ。どのみち身体検査をするなら、わたしたちが二手に分かれなければならないことはわかっていたし、わたし以外の女性はローレンスの母親だけだった。彼女一人なら、必要とあればどうにか厄介払いできそうだったわ。結局はその必要もなく、ミランダがみごとに自分で始末をつけてくれたわけだけど。あなたがわたしをリーズルと二階へ行かせてくれたときには、何もかもうまくいくとしか思えなかった」

ニールは左右の眉が一直線につながるほど眉間《みけん》に深々としわを寄せて、スーザンをにらんだ。「つまりあなたは今の与太話をそっくりリーズルに話して協力させたわけか。彼女はあなたの言いなりになるんじゃなく、あなたの監視をするはずだったのに」

「たしかにわたしは彼女にどうしてほしいか話したわ。理由を話してる暇はなかったけど、もっともらしい口調だったんでしょうね、リーズルはつべこべ言わずに聞いてくれた。二人で急いでわたしの部屋へゆき、こちらがすばやく着替えるあいだに彼女がざっとわたしの荷物を調べ、そのあとローレンスの部屋へ向かったの。

鍵はかかっていなかったから、わたしたちは中に入って、誰かが階段をあがってきたら聞こえるようにドアを少しだけ開いておいた。いっさい音をたてないようにしたから、外の動きを聞き取るのはむずかしくないはずだったわ。わたしたちはじっと身をひそめて待っていた。犯人は間違いなく来るはずだった――だってそうでしょう？　わたしがどうにかローレンスの部屋へ来られたのなら、犯人だってできるはずだわ。

わたしたちは窓辺のカーテンの陰にいたから、何もかも見ることができたはずよ。でも誰も来なかった。すべてがひどくおかしな方向に進んでしまったの。ようやくこちらへ近づいてくる足音が聞こえたと思ったら、それはあなたたちみんながぞろぞろ階段をあがってくる音だった。だからわたしたちは大あわてで部屋から飛び出し、翼棟の廊下にいるのを見られないように、あなたたちを迎えに飛んでいかなきゃならなかったのよ」

「で、そのあとは？」ニールはいかめしく言った。「ここまで来たら、最後まで聞かせてもらおう。ローレンスの部屋には誰も何も隠しにはこなかった――にもかかわらずわれわれが調べると、巧妙に隠された薬の容器が見つかった。あわてて燃やされたようだが、ほぼ完全に灰燼《かいじん》と化したリチャードの遺言状もだ」

「そのとおりよ。でもやったのはローレンスじゃない！　彼にいつそんなことができたのか、言ってみて！」

「薬の容器のほうはわけもない。あなたと散歩に出かけるまえに、盗み出した容器から必要な錠剤を取り出し、容器をあそこに隠したんだよ。そして深夜にホテルにもどると、あなたを先に二階へ行かせ、この部屋に駆け込んでテーブルの上の遺言状を取ったんだ。ドクター・ランドールを起こしにいくまえに自分の部屋であれを燃やすのに、さして時間はかからなかったろう。あれはかなり急いで燃やされていた——そうでなければ、もっと完璧に灰になっていたはずだ。むしろローレンス以外の者がいつ、あんなものを彼の部屋に置きにいけたんだ？　さあ、教えてくれ！」

「わからない」スーザンは認め、ニールのまえで立ちどまった。「彼は——つまり誰であれ犯人は——なぜか端《はな》から、誰を身代わりにすべきか確信してたのよ。どうやってかは知らないし、理由もわからないけど、その人物はいちはやくローレンスを選び出し、彼に罪をなすりつけるための証拠をあそこに隠したんだわ。ほかにもわからないことが山とあるけど、これだけはたしかよ——ローレンスはリチャード・ヘリヤーに毒を飲ませたりはしていない。わたしはそれを知ってるの。いちどもローレンスから目を離さなかったんだもの、間違いないわ。だからわたしたちは真犯人を突きとめるために、いくつかべつの方法を試してみなきゃ。みんなのために、今すぐにでも」スーザンはテーブルの上に身を乗り出し、ぐいとニールの両手をつかんだ。「ニール、助けて！　わたしを助けてちょうだい！」

スーザンのそのなりふりかまわぬ、死にもの狂いのしぐさは、とつぜん冷気に打たれたようなショックをニールに与えた。彼女につかまれた両手が震え、ゆっくり開いて、そっと彼女の手を包んだ。

「あなたがぼくに何をさせたがっているのかわからない」いくらか穏やかだが、当惑のこもった声でニールは言った。「ぼくたちはすぐさま思いつくかぎりのことをやり、それで何がわかったかはご承知のとおりだ。ほかの誰かを疑う根拠があるのなら、はっきり口にすべきだよ。あなたはまだ、そんなものはひとつも示してくれていないじゃないか」

「いくつかわたしの印象に残ってることなら話せるけど、あなたがそれを根拠と見るかどうかは別問題よ。ただし、わたしは最初から犯人はローレンスじゃないと知っていた。おかげで、ほかのみんなが彼に注目してるあいだにいろいろ様子をうかがうことができたの。ねえ、考えてみて、ニール！」

スーザンは意気込むあまり両手をぶるぶる震わせていた。そんなことでは説得力が薄れるだけだと思いつつ、抑えることができなかった。彼女は続けた——

「とつぜん話に割り込んであれこれ提案し、指紋を調べたりしはじめたのは誰？　グラスに自分の指紋がついているのはごく当然のことだとさりげなく主張して、誰も問題にしないように手を打った人間、つまりあのブランディをリチャードに届けた人間よ。それに、グラスにたまたまついていたローレンスの指紋を見つけるなり、有罪の決定的証拠であるかのように言い立てたのは誰？　わたしたちにじっくり考える暇さえあれば、どう見てもあんなものはろくな証拠にならなかったはずなのに。さらにそのあと、フランツが気にもとめなかった遺言状の燃えかすを見つけたのは誰？　自分は幸運な受遺者の一人じゃないし、一時的なビジネス上の契約以外にはアントニアやリチャードとはいっさいかかわりがない人間だと公言していたのは？　マクヒューよ！　どれもこれもマクヒュー！」

「そんな……どうかしてるよ！」優しくはあるが、きっぱりとした口調だった。「彼はどう見ても今回の件には無関係だと、あなた自身も言ってたじゃないか。自分には動機がないとマクヒューが騒ぎ立てたところで、じっさいそのとおりだという事実に変わりはない。彼がここにいるのは、たまたま〈ユーロピアン・チャーター〉社の上司からわれわれ一行を運ぶ仕事を任されたからにすぎないんだ」

「どうしてそれがわかるの？　わたしたちはマクヒューについて何を知ってるの？　チャーター機のパイロットとしてじゃなく、彼個人について。さっさとほかの人間を犯罪者に仕立てあげたのは彼よ。しかもその時点では、お粗末きわまる根拠しかなかったことはあなたも認めざるをえないはずだわ。マクヒューはわたしたちみんなが何ひとつ素性を知らない唯一の人間なのに、誰も彼には注目していなかった」

「あなたを除けばね」ニールはちらりと疲れたような笑みを浮かべた。

スーザンはその微笑をどう取るべきなのか決めかねた。それに彼のあきらめ切った口調も。公平無私な優しさの中に、よそよそしさが感じられる声だ。

「少しだけ彼の身元を調べてみても害はないはずでしょう？」スーザンは言ってみた。

「まあそうだろうけど、どうやって？　村の外には電話さえつながらない状態なのに。できればロンドンの〈ユーロピアン・チャーター〉社の事務所に問い合わせるところだが、それはできない。だったらぼくに何をしてほしいんだ？」

スーザンはふと、これがニールにとってどれほど気の重いことかに気づいた。たしかに、無理もない。彼はとつぜん周囲のみなに対して責任を負うはめになり、立派に務めを果たしてはきたものの、ひどく辛い思いをさせられたのだ。ようやく決着がついたはずの今になってすべてを蒸し返すのは、ごめんこうむりたいところなのだろう。警官だってときにはそんなふうに感じるはずだ。それでも彼らは少しでも疑いが残っていそうなら、しぶしぶまた港を出て荒海に漕ぎ出すにちがいない。けれどニールは警官ではないし、ようやくいくらか心休まる解決法が見えてきたのだ。こんな天気があと二日も続けば下の村への道が開通し、しかるべき筋の者たちにこの重荷をそっくり引き渡せるだろう。そう、退任を目前にした彼が調査の再開を渋るのは無理もない。それでも、スーザンは全力を尽くした。

「あなたなら、昨夜わたしたちがやりかけたことをやり遂げられる」彼女は訴えた。「まだローレンスを解放しないで、今のわたしの話もみんなには話さずに、このまま殺人者に自分は安全だと思わせておいて。ただしローレンスには事情を話して、安心させてあげてほしいの。お願い、わたしは彼が思ってるほど悪人じゃないと話して。彼はわたしの言うことにはぜったい耳をかたむけないでしょうから。そのうえで、あなたはフランツと一緒にこっそり、ほかのみんなの持ち物をローレンスのときと同じぐらい徹底的に調べて――」

「ええっ、彼らのいない隙《すき》に？　一言も話さずにか？　何てとんでもないことを言い出すんだ！」

「なぜ？　昨夜は全員の部屋を調べるつもりだったんでしょ。フランツが調べるのなら、誰も文句は言えないはずよ。昨夜もローレンスの部屋からはじめたのはほんの偶然で、彼があんな子供じみた挑発をしたからだわ。なのにあそこでいくつかのものを見つけると、わたしたちはそれ以上は調べようとしなかった。調べるべきだったのよ。全員の持ち物をよく調べるべきだった。警察ならそうしていたはずよ」

「だが、ぼくたちは捜していたものを見つけたんだ」

「わかってるわ。あなたを責めてるわけじゃない。あそこでやめたのはあきらかなミスだけど、わたしたちみんなの責任よ。でも、もし調査を続けていれば、ほかにもすごく重要なものが見つかったのかもしれないわ――何かを意識的に捜すほどの知識がわたしたちにはなかっただけで。薬の容器と遺言状の燃えかすを見つけたぐらいで、目的は遂げたと思い込むべきじゃなかったのよ。警察なら、それで終わりにはしなかったでしょうね」

　今では自分が厳密な事実を述べているのかどうかもわからなかったが、ニールのように生真面目な法律家らしい道義心の持ち主は、こう言われればぐさりとくるはずだった。現に彼の心は揺らいでいるようだ。そのいっぽうで、一行のみなをまたあの疑心暗鬼の状態に突き落とす必要があるのかと、ニールはあきらかにひるんでいる。やがて、同じぐらいはっきりと、彼はスーザンへの態度を硬化させた。

「けどね、スーザン、あなたは昨夜の発見がどんなたぐいのものか忘れているんじゃないのかな。ローレンスの部屋で見つかったものは、またとないほど決定的な証拠だし、ついさっきあなた自身がはっきり指摘したように、どちらも騒ぎが起きたあとでほかの人間がこっそり置くことはできなかったはずなんだ。世界じゅうのどんな警察だって、あれだけの証拠があれば迷わず彼を告発するだろう」

「あら、今でも？　わたしが彼の無実をはっきり証言したのに？　だから言ってるでしょ、ローレンスはやっていないの！　グラスに薬を入れたのは彼じゃない、彼にはできなかったのよ。彼がこの部屋でリチャードと一緒にいたあいだ、わたしはいちども目を離さなかった。それは伝聞じゃなく、疑いの余地のない、確固たる事実なの。だからその他のローレンスに不利な証拠はどれもこれも嘘っぱち――それ以外の何物でもありえないのよ。ただしその事実を利用して、それが何を物語るのか理解しようとするだけの分別がこちらにあれば、どれも立派な証拠だわ。ほかの誰かの罪を裏づける証拠よ」スーザンは今やニールの両手を夢中でふり動かしながら、死にもの狂いで叫んでいた。

ニールはそっと彼女の手をふりほどいて身を引いた。その顔は疑念と困惑の冷たい仮面におおわれ、もはや彼は手の届かない存在となっていた。スーザンは強引すぎた、これはとうてい利口なやりかたではなかったのだ。もしもきちんとニールに選択をゆだねていれば——あまり出しゃばらず、ニールに自分で決めさせていれば——彼はきっと行動を起こす気になっていただろう。けれどスーザンはあまりにしつこくガミガミ言いすぎてしまった。ニールから見れば、たんに目的を遂げようと必死の女、正義ではなく、自分自身の女らしい思惑しか頭にない女なのだ。だが今さら慎重に出て、すでにしてしまったことを帳消しにしようとしても無駄だ。

「ローレンスはまだ正式に告発されたわけじゃない」ニールは注意深く平静を保って言った。「身柄を拘束されたわけでもない。あそこにいれば何ひとつ危険はないんだし、どのみちそれに関しては、警察がここに着くまでどうしようもないはずだ。こんな天気が続けばあと二日か、せいぜい三日ですむ話だよ」

「でも二日後には、昨夜わたしたちが見つけてたかもしれない重要な証拠は始末されてるはずよ」

「残念ながら、それを心配しても手遅れさ。もう調査をやめてから何時間もたっている。それだけの間があれば、何でもとっくに始末できたはずだよ。あのときもっと続けるべきだったというあなたの意見はたぶん正しいのだろうし、ぼくも心からそうしていればと思うけど、われわれは調査を続けなかったんだ。今さら再開して何になる？　ああ、もうこれ以上こちらにできる有用なことはないと思うね。数日後にはすべてを警察に引き継ぐことになるだろうから、きみはもちろん、さっきの話をそっくりそのまま彼らに話すといい。あとは彼らの責任だ。少しでも疑問の余地があれば、ローレンスはきっと〈疑わしきは罰せず〉の原理を適用されるだろう」

「疑わしきは？」スーザンは一瞬、耳を疑った。ニールは本当にそう言ったのだろうか？　彼女は呆然としながら両手をあげ、指先をぎゅっとこめかみに押し当てたまま、恐怖に駆られて彼を見つめた。「わたしは疑いなんかないと言っているのよ。わからない？　彼はやってない可能性があるんじゃない、現にやらなかったと言ってるの。疑いなんて端から存在しない。これはたしかな事実なの」

ニールは悲しげに彼女を見つめ返して、こう答えただけだった。「それは警察に話してもらうしかない。もちろん、信じるかどうかは彼らしだいだ」

「信じるかどうか？」スーザンはささやくように言った。「あなたはわたしを信じていないのね？」

「そうは言ってない！　だけどスーザン、頼むからこっちの身にもなってみてくれ。あなたは最初、それとは逆のことを言っていたんだぞ。同じ一人の人間が二日のうちに正反対の話をしたら、どちらかは嘘だということになる。いちどは嘘をついた者にいっぽうの話を『これが本当だ』と言われても、そのとおりなのか、どうしてわかるんだ？　こちらには判断しようがない。

あなたによれば、昨日はもっともな理由があって嘘をついた、真犯人を罠にかけようとしたのだという。だがはたから見れば、あなたは不意にこんな事態に直面した昨日は本当のことを話したが、一晩じっくり考えて、今日は嘘をつくことにしたのかもしれない。あなたは――何ていうか、その……ローレンスに興味を抱いてたんじゃないのかな？　少なくとも、その気配があったのはたしかだ。それで彼のことが気の毒になり、自分が彼をこんな窮地に追い込んでしまったような気がして、無理やり細部の記憶を曖昧にしているふしすらある。それに――すまない、これがぼくの考えだと言ってるわけじゃなく、どんな問題点があるか指摘しようとしてるんだけど――みんなはこう考えるかもしれない。あなたは自分とローレンスがどちらもミセス・バーンの遺産を六万ポンド近く受け継ぐ立場であることを思い出し、かりにほかの誰かがリチャードを殺したかどで有罪になれば、さらに取り分が増えると――」

スーザンは両目を閉じた。周囲の部屋がゆっくり、ふらふらと回転しはじめていた。生まれてこのかた気絶したことはなかったが、それを言うなら、これまで殺人の事後従犯の疑いをかけられたこともない。しかも、自分の悲惨な行動を悶々《もんもん》と吟味しながら眠れぬ一夜をすごしたあとなのだ。

倒れかけたところをさっと抱き起こされたスーザンは、その感触に身をこわばらせ、たちまち反抗心を奮い起こした。両目を開けると、こちらへかがみ込んでいるドクター・ランドールの顔が見えた。

　誰かが彼女を抱えあげて椅子にすわらせていた。ニールにちがいない。だが彼女の唇にグラスを当てがっているのはドクター・ランドールの手だ。医師は絶好のタイミングで姿をあらわしていた。それに、スーザンの耳が思ったよりも長く機能を停止していたのでないかぎり、ひどく静かに入ってきたようだ。彼はあの最後のやり取りをいつから聞いていたのだろう？　剝《む》き出しの木の床の上でもこれほど足音をたてずに歩ける人々は、ときとして誰にも気づかれずにドアに近づく。そしてドアの開く音に室内の会話がぱたりとやんでしまうまで、しばらく興味津々でぐずぐずしていたりするものだ。家の中に殺人者がいるとなれば、何があるかわかったものではない。

「今度はあんたか」ドクター・ランドールがあきらめ切った口調で言った。「じつのところ、こちらは二階のあのご婦人で手一杯なんだがね。さあ、お嬢さん、飲みなさい、毒など入っちゃおらんよ。わたしはいつもクリスマスには休暇をとることにしとるんだ」

　何とまあ……スーザンは舌を刺す苦味に身震いしながら考えた。あのドクター・ランドールがとうとう、ジョークを飛ばすほど人生に苛立《いらだ》ったのだとしても、よりにもよってこんなジョークを飛ばすとは！

　スーザンは一口飲んで、医師の手を押しやった。気づくとニールの腕が肩にまわされており、彼が人のいい、気がかりそうな、当惑し切った顔でおずおず彼女を見おろしていた。スーザンは自分自身と同じぐらい彼が哀れになった。

「もうだいじょうぶ」彼女はきっぱりと言った。

「きみたち若者は、眠れぬ一夜のあともいつもの調子でやったりしてはいかんぞ。その種のことにびくともせんのは老人だけだ。いったいエヴァラードに何をされていたのかね？　いや、じっとして！　あんたがだいじょうぶなのは間違いなかろうが、あまりあせらんでも、それを証明するチャンスはまる一日あるんだからな」ドクター・ランドールはグラスを置いて立ちあがり、もじゃもじゃの眉毛をぐっとひそめて彼女を見おろした。「何とか歩けそうなら、陽のあるうちに、ちょっと外へ出て新鮮な空気を吸うといい。この家の中の光景は今日が終わるまでにいやというほど見られるだろう」

なかなかいい考えのように思えた。スーザンは彼らみなから逃げ出して、次はどうするべきか考える必要があった。ニールはてこでも動きそうになかったし、こちらがどれほどあやうい立場にいるか、もののみごとに気づかせてくれたからだ。試しに立ちあがってみると、脚がふらつく気配はない。ささやかな失態は終わったのだ。

「ありがとう、じゃあそうします。もうすっかり元気になりました。たいしたことはなかったみたい」

ドアまで進んだスーザンは、背中にじっと注がれた視線を感じてふり向いた。彼女を見守る二人の顔は、どちらも油断なく張りつめている。彼らはスーザンばかりか、互いに対しても警戒心を抱いているようだった。

「わたしが言ったことを心にとめておいてくれるわね、ニール？」

「ああ、だいじょうぶ。それと、ぼくならあれはほかの誰にも話さない」ニールは努めてさりげない口調で言った。「部外者には、という意味だけど」

「ええ、もちろん話す気はないわ」

いくらか希望に胸をはずませて部屋から出ると、スーザンはドアを閉めた。たとえ行動には出なくても、ニールはあの話を熟考し、最後には彼女を信じる気になってくれるかもしれない。すでに頭の中で再考しはじめているのでなければ、ほんのわずかでも彼女に与《くみ》することを承知するはずはないではないか。

だが、おもてのドアを出て、降りそそぐ陽射しの中へ踏み出したとたんに、ぎょっとして息がとまりそうになった。テラスルームの陰、ガラスの壁のすぐ下で、マクヒューが雪の中に立てかけたスキー板にもたれ、両目を閉じて日向ぼっこをしていたのだ。満足げな笑みを浮かべてときおりそっと口笛を吹いている様子から、眠ってはいないことがわかる。二日もこんなふうにしていれば、山の陽射しと雪の相乗効果で、あの一種独特の黄金《こがね》色の肌になっているだろう。何をするにも有能で幸運なマクヒューは、さぞかしみごとに日焼けするにちがいない。

彼の頭上にそそり立つテラスルームのガラスの壁は、てっぺんに穴が開けられ、換気扇の鉄格子がはめ込まれていた。彼が片目を開けてにこやかに視線を向けてくるよりまえに、スーザンはそれに気づいていた。マクヒューはいつからあそこにいたのだろう？　かなりまえからではないかと、不安でならなかった。

ニールの警告は手遅れだった。彼とスーザンは声を張りあげるまえに、窓の外に目をやるべきだったのだ。

第十章

あなたのような放蕩者《ほうとうもの》にとっては、
ただの遊びなのでしょう。
――〈薔薇の騎士〉第一幕

ニールを責めることはできない、彼女が自ら招いたことなのだ。しかも――それがいちばん恐ろしい点なのだが――被害をこうむったのは彼女自身ではなくローレンスだった。けれど、どうして想像できただろう？　これまでいちども本当にうまく嘘をつけたためしのないスーザンが、事実を話しても信じてもらえないとは。あれほど自信満々で確保していた命綱がぷつりと切れ、ローレンスを死の淵へ落とし入れてしまうとは。こんな恐るべき事態を生み出した彼女には、今まで以上に、ことを首尾よく解決する責務がある。ニールに助けてもらえないなら、一人で先へ進むしかない。少なくとも、二つのことを試してみられるはずだった。まず、ローレンスにメッセージを伝えること。あれこれ弁解するためではなく、できるだけ彼を安心させるためにだ。そしてもうひとつは、マクヒューの所持品を調べることだ。それが今のところ、彼自身について調査できる唯一の方法だった。

スーザンは昼食後にリーズルを捜し出し、ホテルのサービス用の鍵でこっそりローレンスの部屋に入らせてもらえないか探りを入れてみた。それを穏やかながら断固たる口調で拒まれると、今度はリーズルが夕食のトレイを運ぶついでに、短い手紙を届けてもらえないかと持ちかけた。しかし、どうやら囚人の身のまわりの世話はフランツが自ら手がけ、娘には入室を禁じているようだった。考えてみれば、父親として当然の配慮だろう。今やフランツにとってローレンスは殺人者以外の何者でもないはずなのだから。

そこでメーレルト一家を頼るのはやめにして、ほかのみんなが階下《した》へ行って周囲が静まり返ったお茶の時間に、鍵のかかったドアの下から手紙をすべり込ませた。だがやはり何の反応もない。ローレンスがスーザンの筆跡に気づくなり手紙をゴミ入れに投げ込んでしまうのは、内心とうに予想がついていたことだ。

スーザンはふたたび階下へ行くまえに、マクヒューの部屋のドアを調べてみた。彼の部屋は彼女自身の部屋のとなりで、建物の正面の長いバルコニーに面しており、彼女の部屋と同様、広いひさしの下の細長い窓からその木張りの床に出ることができた。だが今はドアも窓も鍵がかけられている。ドアは彼女の部屋のドアとそっくりだから、もしも同じ錠がついているのなら、自分の部屋でしばらくこっそり練習すれば押し入ることもできそうだった。ただしまだ人の出入りが多く、家じゅうの者が目覚めている今はだめだ。

ミランダは朝からずっと姿を見せておらず、普通ならそれは天の恵みのように思えたことだろう。だが今はむしろミランダがいるより、いないことのほうが重く心にのしかかっていた。ドクター・ランドールによれば、ミランダはいくらか落ち着いて、それほど具合が悪いわけではないという。だがローレンスは彼の息子ではないから、あれほど冷淡な見方ができるのかもしれない。

マクヒューは、午後の陽射しが薄れてくすみはじめたころにホテルへもどってきた。スーザンは彼が村の牧場《まきば》から元気よくすべりおりてくるのを目にしていた。踏み荒らされていない斜面から、つぶれた雪が凍りついた通りの上に突っ込むと、彼は自分のあぶなっかしさに声をあげて笑った。そのかたわらではフラウ・アガーテが難なく同じ速度を保って左右にターンしながら、歩きはじめた幼児を見守る若い母親よろしく、彼の誤りを正し、助言と励ましを与えていた。焦茶のスキーズボンと分厚いトウモロコシ色のセーターを着て、金色の髪の上にウールの帽子をかぶったアガーテは、こんな高所の村には決してあがってこない冬季の観光客、それもとびきり美人の有閑マダムのようだった。彼女はマクヒューを無事に戸口へ導くと、最後にころんだときの雪を尻からはたき落としてやり、笑いながらあっという間に家へと走り去った。その後ほどなく、ポーチのラックにスキーを収め終えたマクヒューが意気揚々と入ってきて、服を着替えに騒々しく階段をあがっていった。たらふくクリームを飲んだつややかな猫のように満足げな顔で、低く口笛を吹いている。

一時間後に夜の仕事をはじめにあらわれたアガーテは、分厚いラシャの上着にたっぷりしたスカートというかにも地元の人間らしい装《よそお》いで、落ち着いた女らしさをただよわせていた。夕食後、スーザンは酒場《バー》の隅の席に陣取り、マクヒューの屋内での手腕を見守った。それは野外でのそれに負けず劣らずみごとなものだった。誰にも見とがめられずにぶらぶらカウンターの中に入り込み、棚の酒瓶を勝手に取りおろせるまでになっている。昨夜もこうだったのだろうか？　誰も触れてはいなかったが、彼の特技は取りたてて話題にされないほど自然にそうしたことをやってのけることなのだ。

マクヒューはアガーテがあのブランディを注いだとき、カウンターの外側、それとも中にいたのだろうか？　それにアガーテは彼のためならどこまでするだろう？　彼の言葉を鵜呑《うの》みにして、自分の考えであるかのように断言する……彼のために嘘をつく……あるいはひょっとして……。いや、その先はありえない。気さくで明るい彼女は他人に好かれることが大好きで、マクヒューと同様に気晴らしを求めてはいるが、悪事に加担するほど不誠実なタイプではなさそうだ。ただし、女の利用法はひとつきりではないけれど。

あのブランディに毒が盛られたのは、リチャードの手元に置かれてからだとニールは言っていた。それしか考えられないと。だがニールが間違っている可能性だってある、きっと間違っているのだ。スーザンは自分の推理に自信を持っていた。マクヒューはわが身をかばうためでなければ、なぜあんな不たしかな、馬鹿げた検査でローレンスへの疑惑の種を撒いたりしたのだろう？　それになぜあの灰皿の中のひねりつぶされた黒焦げの紙に、迷わず飛びつくことができたのだろう？——どこに目を向けるべきか、そしてあの紙に何が書かれているのかを正確に知っていたのでなければ。

そう、やはり間違いない。いくら人並みはずれた見当ちがいのエネルギーの持ち主でも、それだけではとうていあのつかのまの、はた迷惑な探偵ごっこの説明にはならないはずだ。マクヒューが焼け焦げた遺言状の見つかる場所を知っていたのは、彼がそれを燃やし、あそこで見つかるようにしておいたからだ。フランツがあれを一瞥《いちべつ》しただけで通りすぎてしまうと、マクヒューはやおら主導権を握りはじめた。うまくことを運びたければ、自分でやるしかないというわけだ。

「少なくとも一人はオーバーシュヴァンデックの休日を楽しんでいる男がいるようだ」トレヴァー・メイスンが、ホワイトベルモットのグラスを片手にスーザンのそばにやってきた。「フラウ・クロースターマンのご亭主は谷間の村で不吉な夢でも見てるんじゃないのかな」

「たしかに、この状況じゃそうかもしれないわ」とスーザン。「たとえマクヒューみたいな人間がいなくても。アガーテはすごく魅力的な女性ですもの」

「ああ。おおかたご亭主は夜ごと天候の回復を祈り、昼間はせっせと雪を掻いてるんだろうよ。それにしても、彼が警官とは奇遇だな」トレヴァーは顔をしかめた。「ここにたどり着いたときには、きっと大歓迎されるぞ——細君からとはかぎらんが。こちらは一刻も早く来てほしいところだ」

スーザンは話し相手など欲しくはなかったし、今はマクヒューを見張るので精いっぱいだった。マクヒューはいつまでここを動かないと考えてよいのだろう？　それに二階の廊下はいつになれば、彼の部屋のドアを開けてみられるぐらい人気《ひとけ》がなくなるだろう？　ところが、ようやくスーザンがおやすみの挨拶をして二階へ引きとる気になったとき、マクヒューが席から立ちあがり、あくびを隠しながらのびをしたかと思うと、彼女が言おうとしていたせりふをそっくりそのまま口にした。

「いやあ、眠いな！　こんなに新鮮な空気を吸ったのは何年ぶりだろう。今夜は早めに休むとしよう」マクヒューは部屋の隅のスーザンたちには英語で、室内のみなにはドイツ語でおやすみの挨拶をすると、うやうやしくアガーテの肩をたたいて悠然と部屋から出ていった。

「彼の言うとおりよね」スーザンはすかさず言ったものの、内心はチャンスを逃してしまったことへの失望と驚きでいっぱいだった。まだ十時にもならないのに、最後までいるとばかり思っていたマクヒューが真っ先に引きあげてしまうとは！　だが少なくとも彼が本当に寝床へ向かうつもりなら、こちらもそうできるわけだ。たとえ眠れなくても、せめて一人静かにすごすために。今日はもういやというほど頑張った。

「昨夜はみんな、ろくに休んでいないことだし」スーザンは言った。「わたしも失礼することにするわ。おやすみなさい、トレヴァー」

「明日になれば一日分、わが家へ近づくさ」トレヴァーは彼女に微笑みかけた。

たしかにそういう見方もあるし、トレヴァーは善意で言ったのだ。だが一人ぽつんと翼棟の端の部屋にいるローレンスには、どんなふうに見えるのだろう？　朝から片時も彼のことが頭を離れなかった。ローレンスがすぐ横にいたら、とてもこれほど手に取るようにその心情を思い浮かべたりはできなかったろう。まるで会えないあいだに何年分も彼と親しくなったかのようだった。

スーザンは自分の部屋に入ると、ベッドに腰をおろして、となりの部屋から聞こえる威勢のいい音に耳をかたむけた。何はともあれ、マクヒューは自分の居場所を隠したりはしなかった。その時々の都合でどこにいようと、常にそれがはっきり聞き取れる。彼がベッドに向かう過程は、一連のまぎれもない大音響でたどることができた。片足の靴、次いで反対側の靴がドサッと脱ぎ捨てられ、裸足で元気よく床を踏みしめる音。すぐに、蛇口からどっと水が流れ出し、やかましい排水管がゴボゴボいった。彼は歌いながらバスルームへ向かい、口笛を吹きながらもどってきた。明かりを消したときには、スイッチのパチッという音までは聞こえなかったものの、その後にとつぜん静かになったのは、音そのものと同じぐらい容易に聞き取れた。あれでは、自分のあらゆる動きをわざわざ周囲の人間に知らせているようなものだ。

ふと頭に浮かんだその考えが正解のように思えてきたのは、しばらくたってからだった。

こちらも明かりを消したあと、服を着たままベッドに横たわったスーザンは、悶々《もんもん》と思いめぐらしていた。もういちどローレンスに話しかけてみるのは無駄なことだろうか？　彼が耳をかたむける気になりそうな話の切り出しかたをみじめな思いであれこれ練習していると、不意にとなりの部屋でベッドのスプリングがかすかにきしむのが聞こえ、スーザンは暗闇の中で起きあがって息を殺した。

今度の音は、さっきの寝床に着くまでの一連の音とは大ちがいだった。もしも彼女がはっきり目覚めて静寂の中で耳をそばだてていなければ、聞き逃していただろう。スーザンはとなりの部屋とのあいだの壁に頭を寄せ、身震いしながら耳をかたむけた。こそこそとした衣《きぬ》擦《ず》れの音、そっと敷物から床板の上に踏み出す音。ほとんど音とも言えない、静寂を揺るがすただの気配だ。だが間違いない。マクヒューがふたたびベッドを出て着替えているのだ。

スーザンの腕時計の光る針は、零時ちょっとすぎをさしていた。彼がこちらの動く音を隠してくれそうなこまごました動きをしているうちに、スーザンはつま先だってドアへと進んで掛け金をはずし、扉を少しだけ開いた。こうしておけば彼がとなりの部屋を出たとき、余計な音をたてずに様子をのぞけるかもしれない。あんな手の込んだ芝居でおもて向きは十時に就寝しておきながら、こんな時間に彼は何をしようというのだろう？　じっくり見届けなければ。

スーザンは腰をおろして、となりのドアがカチャリと開くのを待った。ところが聞こえてきたのは部屋の反対側で、閂《かんぬき》がそっと金具から引き抜かれる音だった。マクヒューがバルコニーに面した細長い窓を開けようとしているのだ。

スーザンは急いで窓辺へ行き、カーテンを押し分けて彼の部屋のほうをのぞき見た。ほどなく蝶番《ちようつがい》がゆっくりキーッと音をたて、となりの窓が開いた。建物のおもて側のバルコニーの端には、地上へおりられる木の階段がある。踏み板の雪はきれいに掻き落とされているから、おそらく板の表面をうっすらおおう霜《しも》が黒ずむ以外、彼が通った痕跡は残らないだろう。

やがて、一本の長い腕がガラス戸を押し開くのが見えたかと思うと、星空の下に踏み出したマクヒューがごく静かに、そろそろと背後の窓を閉めた。掛け金が音もなく金具の中にすべり込む。彼は大股の軽やかな足取りでバルコニーを進み、階段をおりはじめた。もこもこのダッフルコートを着た黒っぽい姿と、すばやく背後に目をやる彼の顔がちらりと見えた。

スーザンは大急ぎでコートを引っかけ、自分の部屋の窓の閂をはずした。マクヒューは今ごろはもう地上におりているはずだ。たとえまた背後をふり向いても、こちらがひさしの下の暗がりを出て階段をおりはじめるまでは姿を見られる恐れはないだろう。

闇に包まれた壁に張りつくようにしてバルコニーの端まで進み、階段のてっぺんの彫刻入りの柱の陰からのぞくと、雪の中に彼の姿が見えた。村の通りを教会のほうにずんずん歩み去ってゆく。月は出ていなかったが、白一色の景色の中では、かすかな星明かりだけでもあらゆる動きがはっきり見て取れた。自信家のマクヒューは、無事にホテルを離れた今ではふり向こうともしなかった。それでもまんいち彼が首をめぐらした場合にそなえ、たっぷり距離を保って家々の戸口から戸口、木戸から木戸へとすばやく進んだほうがよさそうだ。

今では動くことに気を取られ、意識的な思考はすっかり停止していた。すべてのエネルギーをかたむけて注意深く彼を見守りながら、そのあとを追ってそっと階段をおりると、スーザンはうずくまるように建ち並ぶ大きな屋根の家々のあいだの、雪の掻かれた通りをおっかなびっくり進みはじめた。

思えば、マクヒューは全身これ謎の塊《かたまり》だった。たんに自分たちをここに運んできたパイロットだという以外、身元もろくにわからない。だがいずれは何か正体が露見するような不注意な動きをするはずだ。あるいはもっとはっきり罪が露見するような動きを。

気づくと彼は通りを離れていた。つい今しがたまで見えていたのに、あっという間に姿を消している。これきり見失うのではないかとあわてふためき、スーザンは足を速めたが、彼は家々のあいだの細い小道に曲がっただけだった。そこでは深い雪が踏みしだかれてつるつるに凍りついており、左右のフェンスの杭にしがみつかなければ立っていられないほどだった。それでもマクヒューは例の完璧な平衡感覚を頼りにスキーでもするように両足をすべらせ、まっすぐ突き進んでゆく。さいわい、家々の影がスーザンの姿を隠してくれた。

ほどなくマクヒューが動きをとめ、高いフェンスの中の細長い扉に肩をもたせかけたかと思うと、霜におおわれた金属のこすれ合う音とともに掛け金があがるのが聞こえた。彼は一軒の家の小さな中庭に入ってゆくと、慎重に手探りしながらおもて側にまわり、鎧戸《よろいど》のついた窓のひとつに近づいていった。スーザンはフェンスの板の隙間から目をこらした。彼は静かな暗闇の中でうごめく黒っぽい影にしか見えなかったが、鎧戸のハート形の穴から漏れる小さな光線が一瞬ちらりと、あざやかにその横顔を照らし出した。嬉々とした、悦に入った笑み。そのときスーザンは胸の奥ですべてを悟ったが、彼女の意識はべつの結末に向けられ、それに気づこうとはしなかった。

今やマクヒューは、フェンスの太めの杭のひとつにぎごちなくもたれかかったスーザンのすぐ目のまえにいた。彼が鎧戸をそっとたたくのが聞こえた。それ以上は必要なかった。すぐに黒々とした家のドアが開いた。中から漏れ出た光はごくわずかだったが、スーザンは暗闇に目が慣れていたので、それだけでじゅうぶんだった。薄明かりに包まれた空間がマクヒューの大きなシルエットでふさがれる直前に、ふくよかな白い腕がのびて彼のうなじにまわされ、豊かな金色の髪が彼の袖に垂れかかるのがはっきり見て取れた。

つかのま、マクヒューの肩の上にフラウ・アガーテの顔がそっくり浮かびあがった。興奮に見開かれた両目にも、不安げな熱い唇にも、歓喜と絶望、恐怖と抑えがたい切望が狂おしく入り混じっている。そのあと、二人が抱き合ったまま家の中へ姿を消すと、ドアが静かに閉じられ、あたりは静寂に包まれた。そして間もなく、鎧戸の奥の明かりが消えた。

もはや動く気力と目的を失ったスーザンは、さらにしばらくフェンスのそばに立っていた。少々気分が悪くなってもいたが、それは図らずもこんな密会をのぞき見るはめになってしまったからというより、自分の馬鹿さかげんにうんざりしたからだった。彼がどこへ向かうつもりか、どうしてすぐに見抜けなかったのだろう？　マクヒューがどんな男かはとうにわかっていたはずだ、当人が派手に示していたのだから。彼はどんなゲームもとことんやるまで、決して満足しないのだ。

とはいえ、相手のほうは馬鹿を見るばかりだ！　アガーテは彼女自身にも、下の村でじりじりしているしかない気の毒な若い警官の夫に対しても、何ということをしてしまったのだろう？　彼女は本来、マクヒューのような男と出会うべき女性ではない。彼のようにうぬぼれた非情なところはないし、そもそも――さきほど薄明かりの中にちらりと顔が見えたとき、不意にはっきりわかったのだが――アガーテは彼のように経験豊富でもないのだ。彼女はかつていちどもこんな不義を働いたことはないはずだ。とてもマクヒューに太刀打ちできるはずはなく、彼のように何をしても翌日にはけろりとしていられるとは思えない。ああいやだ、とスーザンは闇の中で身震いしながら考えた――オーバーシュヴァンデック村の人々は、よりにもよってクリスマスにわたしたちを運んできた風を呪いたくもなるだろう。

だが自分たち一行は現にここにいて、逃げ出すこともできないのだから、それについてはどうしようもない。ややあってスーザンは、アガーテの災厄はこちらのチャンスでもあることに気づいた。マクヒューはホテルにもどったらすぐ部屋へ入れるように、窓の鍵を開けたままにしていた。もうドアをこじ開けたりする必要はなくなったのだ。それに当分――こちらの目的を遂げるにはじゅうぶんすぎるほど長く――邪魔が入る心配はなさそうだ。

スーザンは急いで〈牧場の馬〉へもどり、窓からマクヒューの部屋に入った。彼はカーテンを閉めたまま、左右にかき分けて外にすべり出たようだった。そのどっしりとした分厚い布地は、枕元のスタンドの光が外へ漏れるのを防いでくれそうだったから、暗闇の中で手探りの調査をする必要はなかった。

明かりをつけて室内を見まわすと、彼女自身の部屋とよく似た作りで、同じ白木の家具と堂々たるベッドが置かれていた。それに色あざやかなウールの敷物が数枚。カバーをはがされたベッドの羽根の掛け布団には、マクヒューの大きな若い身体が残したくぼみがあり、そのくっきりとした輪郭からも、彼の能天気な図太さがうかがえた。彼は期待にそわつくこともなく、悠然と横たわっていたにちがいない。結局のところ、行儀よく退《しりぞ》くふりをしてひそかに勝利を楽しむことにしたのは、彼にとっては譲歩も同然だったのだ。マクヒューはこれまで誰ひとり達成できなかったはずのことをたったの二日で成し遂げた。本来なら屋上で勝どきをあげたいところだったのだろう。

スーザンは不意に、はたと気づいてブーツを脱いだ。靴底のまわりにこびりついた霜が部屋のぬくもりで解け、淡い色の床板に濡れたしみがついてしまうまえに、脱いだブーツを外のバルコニーに置いて、ふたたび窓を閉めた。あわてることはない。注意深くきっちり作業を進め、最後にはすべてを元どおりにしておくだけの余裕はあるはずだ。

スーザンはたんすの衣服を一枚ずつ丹念に調べ、あらゆるポケットの中身を取り出してみた。次にはたたんで棚にのせられていた数点の品、革の化粧ケースの中身。マクヒューはあまり多くのものを持ち歩くタイプではなかったが、衣類はどれも上等で、カジュアルだが丁寧な仕立てのものだった。本は一冊もない。どうやら読書はしないとみえる。雑誌は二冊あり、どちらもイギリス製で、一冊は車の愛好家向けのもの、もう一冊はもっぱら女性に関する種々のテーマを扱った、もっぱら男性向けのものだった。

衣服の一部はごく丁寧に手際よく繕《つくろ》われていた。これは何を示しているのだろう？　子煩《こぼん》悩《のう》な母親、あるいは献身的な妻？　マクヒューが既婚者かもしれないとは考えてもみなかったスーザンは、その考えを真に受けようとはしなかった——ベッドのわきのテーブルの引出しに入っていた小さなレターファイルを開き、所帯じみたマクヒューの写真を目にするまでは。

ファイルの一ページ目の薄い透明なシートの奥のマクヒューは、芝生に腰をおろして一歳ぐらいの男の赤ん坊と遊んでいた。そのかたわらでは、デッキチェアにすわった若い女性が晴れやかな笑みを二人に向けている。もちろん、それは赤ん坊を連れたマクヒューの既婚の姉妹、あるいは友人の妻という可能性すらあるのだが、なぜか二人はまぎれもない夫婦、それも幸福な夫婦にしか見えなかった。意外にもマクヒューはそれなりによくできた、思いやりのある、申し分ない夫なのだろう。とはいえ――彼は今回、たったの二日で遊び相手をくどき落としたうえに、それが最短記録かどうかもあやしいほどなのだ。

彼の手紙に触れるのは不本意だったが、スーザンは覚悟を決め、少なくとも冒頭の部分には残らず目を通してみた。どうでもいい私的な手紙だとわかるや否や、彼女はほっとして封筒の中にもどした。これほどローレンスのことがたえず気になっていなければ、嫌悪のあまり途中でやめていただろう。今は躊躇《ちゅうちょ》などしている場合ではない。けれど、小さな束がみるみる薄くなって最後の絵葉書になっても、そこから見えてきたのは家族と友人たち、雇い主と同僚たちに囲まれたごく普通の男の姿だけだった。

ブリーフケースの中には、もう少し興味深いものがあったが、調査の役には立たないたぐいのものだった。そこに入ったもうひとつの革のフォルダーに、マクヒューは家庭外の人生の一部を保存していた。ぜんぶで八人の若い女性の写真だ。黒髪、金髪、洗練されたタイプやスポーツ向きのタイプ……彼の嗜好《しこう》にこれといった偏向はないようだ。写真の多くには愛情のこもった題辞と日付が記されており、範囲はヨーロッパ全土に及んでいた。ただ一人、愛らしい小柄なマレー系中国人が異国情緒を添えている。スーザンはふと考えた――彼はもうこのギャラリーに収める写真をアガーテにねだったのだろうか？　それとも、かつていちどもねだる必要はなかったのだろうか。

すべてを見終えたときには涙があふれ出していた。理由は説明できそうになかったが、ひたすら快楽を追い求めるマクヒューの旅には、何ともいえないもの悲しさが感じられた。これを記憶から洗い流せるものなら、スーザンは何でも差し出したろう。せめてアガーテの悲喜劇を似たり寄ったりのエピソードのひとつではなく、唯一無二のものとして見られたら……。

スーザンはすべてを注意深く元の場所にもどすと、少々ぎごちなく敷物の上から立ちあがり、苛立《いらだ》たしげに手の甲で目元をぬぐった。そういうことだ。何もわからなかったわけではないものの、たしかにマクヒューとリチャード・ヘリヤーの関連は不明のままで、マクヒューがリチャードを始末したがるような動機は見つかっていなかった。

スーザンは明かりを消して、用心深く部屋の外へ出ると、凍えつきそうなバルコニーでブーツに足をすべり込ませた。村は星空のもとで眠りにつき、すでに深夜の一時半近くになっていた。彼女はマクヒューの部屋の窓を閉め、忍び足で自分の部屋にもどった。やましさと恥ずかしさは徐々に薄れていた。何も盗ってはいないし、誰にもいっさい話す気はないのだから、必ずしもマクヒューのプライバシーを冒したことにはならないだろう。とはいえこちらは何も達成できず、ローレンスはまだ囚《とら》われの身のままだ。

このさいもういちど、思いきって彼に話しかけてみるしかない。こちらはしっかり目覚めているのだし、家じゅうが寝静まっている。

スーザンはブーツを脱ぐと、靴下一枚の足で母屋の廊下を進み、角を曲がって翼棟のせまい廊下に踏み入れた。そこに面したドアはたったひとつだ。扉に頬を押し当てて耳をすますと、中では物音ひとつしていなかった。ローレンスは眠っているにちがいない。起こすのはむごいようにも思えたが、こぶしでそっとノックしたあと、爪の先でもう少し鋭くドアをたたいてみた。そうしているうちに、何が何でも彼の声を聞き、彼がそこにいるのを確かめたくなった。たとえまた〝さっさと失せろ〟と言われるだけでも。

だが室内はしんと静まり返ったままだ。ある種の沈黙は、こちらの呼びかけを拒否しているように思える。相手がすぐそこにいても、怒って口をきこうとしない場合や、冷淡に耳と口と目を閉ざしてしまう場合もあるだろう。だがローレンスの部屋の中にただよっているのは、不動の、死んだような静けさだった。彼女に悪意を抱いているのではなく、たんに気づいていないのだ。

「ローレンス、起きてるの？　ねえローレンス、聞いて！　何か言って！　ローレンス、目を覚まして！」

いつしかぎょっとするほど声が高まり、コツコツ扉を打つ爪の音がハンマーの音のように鳴り響いていたが、何の反応も動きも感じられなかった。目覚めるほどでなくても眠りを妨げる彼女の声に、ベッドの中の身体が落ち着きなくもぞもぞ動くどころか、呼吸が乱れる気配すらない。何ひとつ。

第十一章

助けて、助けてくれ！　医者だ！

人殺し、人殺し、人殺し！

——〈薔薇の騎士〉第二幕

そっと頰に触れたとたんに、リーズルはきゃっと悲鳴をあげてベッドの中で起きあがり、上掛けを胸に押し当てた。スーザンは両手で彼女の肩をつかんでじっとさせた。大あわてで開けっ放しにしてきたドアから隙間風が吹き込み、二人の周囲で冷たい空気がうず巻いた。

「しーっ、わたしよ、スーザン・コンロイ。ねえ、リーズル、ローレンスの部屋の鍵が欲しいの。どうしてもいるのよ、今すぐに。どこにある？」

「調理場よ」思わずありのままに答えたリーズルは、泡を食ったような自分の声の響きにひるみ、用心深く身構えた。「でもあなたには貸せない。無理なのはわかってるでしょ。父が——」

「そうね、だけど緊急事態なの。どうも様子が変なのよ。彼は物音ひとつたてないわ。あの部屋に入ってみないと」

「でもあの人はいつもそんなふうでしょ」リーズルはにわかに自信を取りもどしていた。

「あなたとは話したくない、それだけのことよ」

「いいえ、そうじゃない。彼は話せるものなら、今ごろはもうぜったい話しているわ。さっさと失せろ、放っておいてくれって。だから二人で様子を見にいかなくちゃ。鍵を取ってきて！」

「だめよ」リーズルはきっぱりと言った。「あたしはさわっちゃいけないことになってるの。それにあなたはこんな夜中に、どうしてまだパジャマに着替えてないの？　このことはぜんぶ父に話したほうがよさそうね」

「お父さんには好きなように話せばいいし、誰でも好きな人に話してかまわないけど、そのまえにまず鍵を取ってきて」波打つ白い羽根布団をぎゅっとつかんでベッドから引きはがし、「さあ、起きて！　あなたがいやなら、わたしが自分で捜しにいく。ただし、もしローレンスがあの部屋で具合が悪くなって死にかけてたら、あなたは助けようとしなかったことをみんなに話してもらいますからね」スーザンはいちばん近くの椅子の背にかけられていた分厚いウールのガウンをさっと取りあげ、ためらうリーズルの腕に押し込んだ。「ほら！　ほんとに不安でならないの。何かひどくおかしなことが起きているのよ」

「そんなはずないわ」リーズルは不機嫌に言いながらも、いくらかあわててガウンの袖に腕を通しはじめた。「あの人は十一時に父が会ったときにはぴんぴんしてたのよ。ドクター・ランドールに彼は風邪気味だと言われてたから、あたしがスパイス入りのホットワインを用意して、父が二階の部屋に届けたの」

「ひょっとすると、ただの風邪じゃなかったのかも。急に具合が悪くなったのかもしれないわ。とにかく、ちょっと様子を見にいきましょう。彼は逃げ出したりはできない——そうでしょう？　たとえ逃げたくても、どこにも行き場がないんだもの。それにこちらは二人いるのよ」スーザンはじれったげに両手を揉みしぼりながらリーズルをドアへと進ませた。今や言葉は相手をせっつく手段にすぎず、牛の群れを駆るコーギー犬よろしく、リーズルの踵《かかと》に食いつかんばかりにして彼女を追いたてていた。「早く——お願い！　彼の部屋のまえで待ってるから」

　フェルトのスリッパを履いたリーズルは静かに階段を駆けおりてゆき、大きな古めかしい鍵を手に、ふたたび静かにやってきた。ホテルの裏手の部屋はあまり近代化されておらず、ローレンスの部屋の錠は監獄並みの大きな仰々しいもので、ドアの木材にすっぽり埋もれかけていた。リーズルがようやく鍵をまわしてドアを開けるや、スーザンはもどかしげに彼女を押しのけてベッドに駆け寄り、枕元のスタンドのスイッチに手をのばした。

　ローレンスはドアが開く音にも、二人があたふた駆け込んでくる音にも気づいていなかった。円錐形の光がぱっと顔一面に降りそそいでも、彼はまったく動かない。じっと仰向けに横たわり、二人のほうにわずかに頭をかたむけたまま、ごくゆっくりと、浅い呼吸をしているだけだ。その顔は血の気がなく、青白い頬はげっそりとこけ、うっすら開いた唇の周囲には黒ずんだしみがついている。やつれて落ちくぼんだ目元の中で、ぴたりと閉じた薄青いまぶただけが異様に大きく盛りあがっていた。一見、死後のリチャードとそっくりだが、ローレンスのほうが若いだけに、はるかに哀れで痛ましい。それでも、彼は息をしていた。

スーザンはベッドのわきにひざまずき、ローレンスの顔を両手ではさんでそっと頭を揺すり、頬をさすった。彼は何をされても、気づいたふしもなく受け入れている。スーザンは首をめぐらし、恐ろしげに見入っているリーズルをせきたてた。「ドクター・ランドールを呼んできて！　早く！　またモルヒネが使われた、事態は深刻だと話すのよ！　それからコーヒーを淹《い》れてきて。砂糖抜きの濃いのを、山ほどね」

リーズルは枕に力なくもたれた青白い顔から目をひき離せずにいた。彼はまるで、ままごと遊びで何やらみじめな役をふり当てられたボロボロのぬいぐるみ人形のようだった。

「自殺しようとしたんだわ！」リーズルはささやくように言った。「じゃあほんとに彼が犯人だったのね！　可哀相な人！」

それはほかのみんなも口をそろえて言うはずのことだった。けれど今は反論している暇はない。スーザンはかっとして肩ごしに叫んだ。「ドクター・ランドールを連れてきてと言ったのよ！」その怒り狂った顔を見て、リーズルは、はっとわれに返って駆け出した。

スーザンはローレンスの肩をつかみ、彼のぐったりした身体を揺さぶった。力なく垂れた頭があちこち揺れ動くのを見て、どっと涙があふれるのを感じて手をとめた。彼は今にもばらばらに壊れてしまいそうだった。今度は両手を彼のわきの下に突っ込んで抱き起こし、石のように重たい身体に腕をまわして、なだめるように揺さぶりながら、死にもの狂いで名前を呼んでみた。だが何の効果もなく、ふにゃふにゃの枕を抱いているのも同然だった。

スーザンは両手を自由に使えるように、ローレンスの身体をそっと倒してベッドのヘッドボードにもたせかけると、青白い頬を初めは軽く、徐々に力を込め、ついには破れかぶれで鞭でもふるっているようにぴしゃぴしゃとたたいた。ヘッドボードに立てかけられた枕の上で、哀れな虐《しいた》げられた頭がなすすべもなく左右にころがり、乱れた金色の髪が額に垂れかかる。落ちくぼんだ青黒い目元の下の頬に、彼女の指が真っ赤な跡を残しはじめた。それでもローレンスは何の動きも痛みも感じているふしはない。頬に手が当たるたびにたじろいでいるのはスーザンのほうだったが、ほかにどうすることもできずに、泣きじゃくりながら彼をたたき続けた。

「ああ、可哀相なローレンス！」スーザンは痛ましげに言った。「可哀相な人！」それでも手を休めずに彼をたたき続けていると、ふと洗面台の上の、冷たい水が入ったピッチャーが目についた。タオルの端を水にひたし、ぎゅっとしぼってローレンスの顔をはたいてみると、その冷たさに、彼の口元の皮膚がピクリと引きつったようだった。それに勇気づけられ、スーザンは心を鬼にして夢中でたたき続けた。しばらくすると、あのゆったりとしたいびきのような呼吸が途切れ、彼が顔を引きつらせてかすかにあえいだように思えたものの、そうであってほしいという気持ちが強すぎてすぐには信じる気になれず、手をとめることができなかった。少なくとも一時間は彼を痛めつけているような気がしたが、じっさいにはほんの五分ぐらいのはずだった。

診察鞄を抱えたドクター・ランドールがさっとドアを開け、小さな灰色の旋風のように部屋に飛び込んできたころには、スーザンは全身汗だくになっていた。彼女はすっかり忘れていたのだが、医師はその鞄を金庫から取り出す必要があり、そのためにフランツを起こして鍵を渡してもらわなければならなかったのだろう。だが少なくともランドールは、ただの空騒ぎのために寝床から引きずり出されようとしているのではないかと疑ったりはせず、こちらの言葉を額面どおりに信じたわけだ。

医師はスーザンの肩ごしに患者を一目見るなり、彼女の背中をたたいて簡潔に言った。

「そのまま続けたまえ、適切な処置だ」

背後で彼が動きまわるのが聞こえ、さまざまな器具がテーブルに置かれる小さなカチャカチャという音が響いたが、スーザンはふり向こうともしなかった。途中でほかの誰かも入ってきた。力強い大股の足取りからして、フランツにちがいない。スーザンは涙が頰を流れ落ちるのもかまわず、またもやタオルを濡らし、せっせと手を動かし続けた。

ついに何かが起きようとしていた。ほんのかすかな抗議の兆《きざ》し――哀れっぽい苦しげなあえぎ声が、長々とした呼吸のリズムを乱し、断ち切りはじめたのだ。頰をたたかれるたびに、ローレンスのなめらかな額に震えが走り、ぐっと眉根が寄せられた。けれどスーザンがほっとして少しでも手をゆるめるや、彼の額はまたもや大理石のように冷たくなめらかになり、あの揺るぎない、ゆっくりとした呼吸がもどってきた。ようやく意識を取りもどしかけたかと思うと、すぐにまた彼はスーザンの指先をすり抜けて暗黒の淵へと沈んでいった。

「起きて、このわからず屋！」しゃがれ声で叫び、涙に濡れた頰をつかのま彼の熱い頰に押し当てたスーザンは、彼のため息を耳にして歓声をあげた。

「よしよし、お嬢さん、それでいい」ドクター・ランドールが穏やかに言い、ベッドの反対側にやってきた。「ではわたしの手元の明かりをさえぎらん場所に引っ込んで、この気の毒な若者をしばらく休ませてやりなさい」

スーザンは言われたとおり邪魔にならない場所にしゃがんで、医師の診察を気遣わしげに見守った。

「脈はもっと乱れていても不思議はないところだ。呼吸のほうも悪くはない」ドクター・ランドールは腫《は》れぼったいまぶたのいっぽうをつまみあげ、瞳孔が縮んだうつろな目を見て眉をひそめた。「彼はあんたが考えとるよりタフなようだぞ、お嬢さん。そんなに絶望し切った顔をせず、さあ、患者の身体をひっくり返すのを手伝ってくれ」

スーザンがローレンスの肩の下に腕をすべり込ませて彼を持ちあげようとすると、フランツが進み出て仕事を引き継いだ。それしきの重さはフランツには何でもなく、赤子を扱っているも同然だった。

スーザンはベッドの向こうの医師が手にしている注射液に目をやった。「それは何ですか？」不安のにじむ鋭い声で問いただす。

「催吐薬だよ。それも強烈な。選択の余地はない——もっと患者に負担をかけずに毒物を排出させる手段はないのでね。これはちょっと枕のしわをのばしてやるようなきれいごとではすまんぞ。あとはこちらに任せたければ、そうしなさい」だが医師はスーザンがそうはしないことを心得ていた。もしも彼女がおとなしくベッドのそばを離れたら、度肝《どぎも》を抜かれたことだろう。「さて、あの薬はいつごろ摂取されたのか……知っているかね？」

スーザンは枕元のテーブルに置かれた小さな楕円形のトレイに目をやった。取っ手に紙ナプキンが巻きつけられた金属のホルダーつきの、ガラスのタンブラーがのっている。「かなりまえじゃないかしら。きっとあのワインに入っていたんだわ。リーズルによれば、運ばれたのは十一時ごろだそうです。あの——彼は助かりそうですか？」

注射針を射されても、ローレンスは身じろぎもしなかった。

「まだ何とも言えんな。厳しい闘いになるだろう。これがうまくいけば、いくらか見通しがつきそうだが」医師はローレンスをふたたび仰向けにして、上体をベッドのヘッドボードにもたせかけると、首元まで羽根布団を引きずりあげた。「もう患者の世話はフランツに任せたほうがいい、あんたの手には負えんだろう」

「いいえ」スーザンはローレンスのじっとり湿った額と頬に冷たい濡れタオルを当てた。またもや青白い唇がピクリと動く。「いいえ、何とかなります」

とても彼を残してゆく気にはなれなかった。どうしてそんなことができるだろう？　誰かが彼を殺そうとした、しかもそれが誰かもわからないのだ。ドクター・ランドールは彼女自身と同じぐらい懸命にローレンスを救おうとしているように見えたが、今は自分の直観すら信じられなかった。瀕死の患者の元に呼ばれれば、医師としては懸命に闘うしかないだろう。断固としてベストを尽くさなければ、すぐさま疑いの目を向けられる。プロとしての習性からも、ひとたび逃げ道はないとわかれば、せいぜい腕を奮うのではなかろうか？　そう、やはりこちらは一歩も引かず、無理なくできる唯一の方法で頑張り抜くしかない。少しでも泣いたり、役立たずの馬鹿なまねをすれば、それを口実に追い出されかねないし、彼女が追い出されればローレンスは死ぬだろう。

どうにか意識を回復させかけたとき、彼が激しい吐き気に喉を引きつらせ、全身の筋肉を震わせた。スーザンはベッドの端に片膝をかけ、彼の肩から胸へと腕をまわして抱き起こすと、力なく前のめりになった身体の重みをその腕で支え、頭がぐらつかないよう、反対側の手で彼の額を押さえた。腕がひどく痛んだが、それでも彼を支え続けた。彼が何度も苦しげに身を引きつらせて吐くたびに、スーザンも同じように身を震わせた。そうこうするうち、初めて本当に眠りから覚めたローレンスは苦痛にもだえる合間に、医師が口元にかかげた生暖かい薄めの溶液をどうにか飲み込んだ。それが何であるかは、尋ねるまでもなく察しがついた。あの紫がかった赤い色は過マンガン酸カリウム（漂白、殺菌などに広く使われる）だ。そんなものを飲ませるのは奇妙に思えたが、あれだけ薄ければたしかに害はないだろう。

断続的な嘔吐はしばらく続き、ローレンスが息を吸おうとあえぎ、むせび泣くたびに、スーザンは——何とも嬉しいことに——自分の手の中で彼のまぶたがヒクつき、こめかみと額の筋肉が震え動くのを感じた。反対側の腕の中では彼の胸が苦しげに波打っている。それらの動きは初めて彼女ではなく、ローレンスが自発的に起こしたものだった。ただひとつ心配なのは、ひどい吐き気が長びきすぎて体力を消耗し、そのせいで彼が死んでしまうことだった。だが吐き気は徐々におさまり、なかば意識を回復したローレンスは身を起こそうとする力が出ないまま、ぐったり彼女の腕にもたれかかった。スーザンはベッドの端に腰をおろすと、肩のくぼみにローレンスの頭を抱き寄せ、彼のじっとり湿った冷たい額と苦しげにゆがんだ唇を濡れタオルでぬぐった。

「よしよし」ドクター・ランドールが満足げに言い、ボウルを持ったフランツにベッドから離れるように身ぶりで合図した。「天使のようにすなおな反応だ。これほどいい患者はいないだろう」医師がローレンスの顎をつかんでやつれた顔を光のほうに向けると、うっすら開いた両目がしばし焦点を合わせようとしたあと、ふたたび疲れ切ったようにまぶたが閉じられた。「おっと、そうはいかんぞ！　ひとたびこの世にもどったからには、ずっといてもらおうじゃないか――きみにとっては大いに快適とはいかなくともな。さて、では、ちょっとばかり覚醒剤を注入してやろう。最後の仕上げをするまえに、きみにはそれが必要になりそうだ」

　医師はベッドの反対側のスーザンを見て、すばやく笑みを浮かべると、彼女に尋ねる暇も与えずに言った。「メトアンフェタミンだ。といっても、わかるかな？　あとで調べてみなさい。わたしは少々厄介な術後の患者のおかげで、たまたま持っていたんだよ。レプタゾールがあればよかったんだが、あいにく持ち合わせていない。ともあれ、ついでにデキストロース（ブドウ糖）も打っておくとしよう」

　ふたたび針が射されると、今度はローレンスも気づいた――彼にとっては、たんに眠りを侵すものでしかなかったとしても。チクリとするたびに、抗議でもするように肌を引きつらせ、ゆがめた口を枕に押し当ててあえぐ。

「ああ、気に入らんだろうとも」ドクター・ランドールはほとんど愉快そうに言った。「だがきみの意見など聞いてはおらんぞ。好きなだけ悪態をつくがいい。きみにとって害にはならんはずだし、こちらはむしろ励みになる。さあ、それじゃ少しは自分でも頑張って。いい子だから、仰向けになってきちんと起きあがってみなさい」

ローレンスに選択の余地はなかった。さっさと抱き起こされて、元どおりスーザンの肩に頭をのせられると、食事用の高椅子にすわらされた幼児のようにそこに身を落ち着けた。

「さてと、メーレルト」医師は言った。「おたくの娘さんが淹れてくれるはずだったコーヒーはどこかな？　そろそろ患者に飲ませてみようと思うのだがね」

「すぐに用意できます！」部屋の入口でリーズルが勢い込んで言った。しばらくまえからじっとそこに立ち、誰かが気づいてくれるのを待っていたのだろう。ようやく何かの役に立てることに嬉々として、彼女はコーヒーを取りにすっ飛んでいった。

今ではニールもやってきていた。誰の邪魔にもならないようにそっと壁ぎわに立ち、自分が必要とされる機会を待っている。彼が来たのに少しも気づいていなかったスーザンは、こちらが必死に集中しているのを静かに見ていてもらえたことにぼんやり感謝した。さいわい、ミランダはずっと眠ったきりのようだった。今度の件では騒がしい音はほとんどたてていないから、運がよければ危機がすぎ去るまで、ミランダには何も知られずにすむだろう。

リーズルが湯気のたつブラックコーヒーが入った大きなポットを持ってもどると、ドクター・ランドールはまたもやローレンスの顎をつかんでぐいと揺さぶった。彼がもうまぶたを閉じてしまっていたからだ。ローレンスは顔をしかめて医師の手をふり切ろうとした。弱々しい試みではあったが、その憤慨ぶりに周囲の面々は拍手喝采せんばかりだった。

「少しはいつもの好青年らしくなってきたぞ」ドクター・ランドールは嬉々として、ぴしゃりと患者の頬をたたいた。そのショックで意識を取りもどしたローレンスは非難がましく両目を見開いたが、まだ特定の何か、あるいは誰かに気づいているのかどうかは疑わしかった。ふたたび眠りに落ちる間もなく、口元にカップを押し当てられ、しきりに小突かれ、揺すぶられ、無理やりせっせとコーヒーを飲まされ続けた彼は、ついに疲れ切ってふたたびスーザンの肩に頭をあずけ、ハーハー苦しげに息をした。

その後も、ほかの者たちが彼を休ませてもスーザンは注意を怠らず、彼が眠りそうになるたびに肩を丸めて揺り起こし、彼の額の冷や汗をぬぐい、パジャマと上掛けにこぼれたコーヒーをふき取った。ローレンスが震え声でみなを部屋から追い出そうとしたときには、優しく口元をぬぐってやった。

「いくらか顔色がよくなったみたい」スーザンは言ったが、それはたんなる感想というより、医師の同意を求める訴えかけだった。

「呼吸はごく順調だ。このまま目覚めさせておければ問題ないだろう。ただし長丁場になるぞ。お嬢さんたちは少し眠りにいったほうがいい」

リーズルは父親にうながされ、すなおに寝床へもどっていった。朝には誰かが仕事を引き継げるように身体を休めておく必要がある。だがスーザンは挑むように医師を見つめ返して、一歩も動かなかった。

「いいだろう、頑固な女性《ひと》だ」ドクター・ランドールは、気を悪くしたふしもなく言った。

「じゃあ患者にもう少しコーヒーを飲ませてやりなさい」

スーザンは一人でゆっくり時間をかけて、さっきよりいくらかうまくローレンスにコーヒーを飲ませた。彼は何を求められているかを徐々に理解して、彼女に身体を揺すられるたびに、反射的にすすったり飲んだりしはじめた。片手で彼を支えたまま、もういっぽうの手でコーヒーを飲ませてあちこち拭いてやるのは、根気のいる仕事だった。いつか母親になったときのためのいい訓練ね、とスーザンは苦々しく考えた。なるほど、ときおりじれて幼児をたたく者がいるのも不思議はない。

「脈がしっかりしてきたぞ」ドクター・ランドールが満足げに言った。「鼓動も力強いし、じつにいい反応だ。もう虚脱状態になる恐れはあまりないだろう。では、きみ、そろそろ立ちあがってもらおうか」

ベッドから引きずり出されたローレンスは初めてしゃべり、その夜が終わるまで何度も口にすることになるせりふを吐いた。うまくろれつがまわらず、音がひとつながりになってはいたものの、みながそれを聞いて理解した。「ああ、頼むから！」ローレンスは懇願するように言った。「もう放っといてくれ！」

だが彼らは気にもしなかった。みなでローレンスにスリッパをはかせ、無理やりガウンを着せると、ドクター・ランドールが彼の身体に腕をまわして、力ない腕のいっぽうを自分の老いた痩せた首にかけ、まっすぐ立ちあがらせた。スーザンは医師が夢中になるあまり、その役目をニールかフランツにゆだねなかったことを喜んだ。おかげでこの室内で唯一、医師と背丈のつり合う彼女自身が、すんなりローレンスの反対側の腕を取れたからだ。

二人は彼をまるごと引きずるようにして、小さな部屋を端から端へと歩きはじめた。無力なローレンスの足は、みじめにずるずる床をこするばかりだ。彼らは一歩ごとに容赦なく叱咤激励し、彼を揺さぶり、おだて、脅しつけ、ついにはその絶え間ない声を聞かされるだけで鞭打たれているような気分にさせた。彼の頭がだらりと医師の肩の上に倒れると、手荒く揺さぶり起こされた。疲れ切ってスーザンの肩にもたれかかると、頬骨があざになりそうなほど勢いよく撥《は》ねのけられた。ローレンスはしばしの安らぎを得るためだけにでも、彼らの望みどおりにするしかなくなった。理屈に合おうと合うまいと、何でも言われたとおりにするしかない。

彼らはしつこく、歩け、さあ立て、しっかりしろと責めたてた。ローレンスは徐々に、弱った筋肉と寝ぼけた頭を無理やり従わせはじめた。そうしなければ、決して放っておいてはもらえないからだ。ところが、彼がやむなく言われたとおりにしても、彼らはまだ放っておいてはくれなかった。

「もうくたくただ」ローレンスはスーザンの髪に口をつけ、哀れっぽくつぶやいた。「横になりたい――お願いだ!」けれど、どうにかまともに言葉を口にすればするほど、彼らはさらに無慈悲に彼を部屋じゅう引きずりまわした。彼が何を言っても心を動かさず、何をしても態度をやわらげない。相手が誰なのかはっきりわかりもしないうちに、ローレンスは彼らを一人残らず憎みはじめた。

「きみが疲れてるのはわかっているさ。こちらだって疲れてる。だがまだ休ませるわけにはいかんぞ。さあ、いい子だ、これはきみ自身のためなんだ」

ローレンスはこれまでの生涯に何度、そのせりふを聞かされたことだろう。そうしていつもいやでならないことを強《し》いられたあげくに、彼に思い当たるかぎり、少しもいいことがあったためしはない。

「無理だ！　ああ、もう放っといてくれ！」それだけの力が残っていれば、ローレンスは大声で叫んでいただろう。彼らに容赦なくまっすぐ立たされていなければ、ひざまずいて慈悲を乞うているところだ。

「ダーリン、放っておくわけにはいかないの。あなたは動き続けなきゃならないのよ。まだ眠っちゃだめ。あとで眠らせてあげる、約束するから。さあ、わたしたちの言うとおりにして」

ローレンスは従った。選択の余地がなかったからだ。つかのま漠然と、左側にいるのは母親にちがいないと考えた。もうずいぶん長年、母親にダーリンなどと呼ばれたことはない。だがそんなふうに優しく呼びかけながら、彼のいやがることを強要するのはいかにも母親らしい。

「喉が乾いた」ローレンスは哀れっぽく言った。目覚めかけた頭の中で、さまざまな考えがつながりはじめていた。今はほぼ間違いなく夜だ。夜に母親がそばにいれば、二人で何か飲むのがお決まりだった。そして何か飲むのは中休み、腰をおろす許可を意味するはずだ……。彼らはローレンスをベッドの端にすわらせ、彼が濃くて甘いコーヒーをカップにまる一杯飲みほすあいだ、身体を支えていてくれた。しかも、どうしたものか、嬉しげに彼を見ている。なぜなのか、さっぱりわからなかった。

彼らがカップを安全なところへ置くためにしばし手を放すや、ローレンスのまぶたがさがり、彼は嬉々としてスーザンの膝の上に倒れ込んだ。

スーザンはつかのま、ローレンスのくしゃくしゃの頭を抱き寄せて泣きじゃくったが、次の瞬間には彼をそっけなく揺さぶり起こした。

「だめよ！　さあ、立って！　聞こえる？　立ちあがるのよ！　まだ眠らせるわけにはいかないの」

スーザンと医師が疲れると、ニールとフランツが仕事を引き継いだ。そのほうがローレンスにとってもいいことは、スーザンも認めざるをえなかった。彼は小柄な彼女たちにもたれかかるより、上背のある二人に吊りあげられたほうが、ふらつく足をうまくコントロールできたからだ。だがそれはスーザンにとっては、はるかに辛いことだった。無我夢中でローレンスを支えるのと、彼がほかの者たちに果てしなく引きずりまわされるのを部屋の片隅にすわって見守るのでは大ちがいだった。ローレンスは疲労困憊《ひろうこんぱい》してべそをかき、もうやめてくれと懇願し続けている。それでもかまわず、彼らは進み続けた。冷たく光り輝く冬の夜明けが訪れても、彼らはまだ容赦なく彼を部屋の端から端へと歩かせていた。

そうこうするうち、ごく普通に一夜をすごした者たちが目覚めてやってきた。リーズルからニュースを聞かされたトレヴァーは、気遣わしげな目つきで息を殺して部屋に入ってきたが、ぐったりした患者がいやいやながらたしかに動いているのを見てほっとしたようだった。彼はいかにも察しのいい人間らしく、ミランダに立ち向かう責務を引き受け、彼女が姿を見せたら病室から遠ざけておくために目を光らせにいった。

ほどなくマクヒューもあらわれ、泡を食ったようなわざとらしい態度で、フランツと交代しようと申し出た。いつもと変わらず元気はつらつとしていたが、おそらく二時間ぐらいまえ、夜が明ける直前に村からもどったばかりなのだろう。まだ満ち足りた勝利の余韻が見て取れる。彼は肩に力なくぶらさがった哀れな病人を意外なほど優しく扱った。

「あなたも少し朝食をとってこいよ、エヴァラード、こっちはしばらくおれ一人で何とかなりそうだから。さあ坊や、マックに体重をあずけて。きみを見離したりはしないぞ」

マクヒューはローレンスを陽気に励ましながら巧みに一歩ずつ歩かせ、ときには軽く鼻歌を口ずさんだりもした。なるほど哀れな犠牲者の世話は、あまり相手のことを気にしていない人間に任せたほうがいいようだ。スーザンの見るところ、マクヒューの優しさはたんに彼自身のあふれんばかりの幸福感のおこぼれ、それほど運のよくない者に恵んでやれるボーナスみたいなものなのだ。彼はそうした感情を胸に秘めておくすべを知らず、そうしたいとも思わない人間なのだろう。

スーザン自身は朝食をとりにゆくように勧められても、じっとすわって二人を見守っていた。マクヒューにローレンスの世話を任せて出てゆくこと自体には、とくに不安は感じなかった。マクヒューは今や彼らのうちでただ一人、疑う理由のない人間だ。その点はけりがついていた。彼は十一時にリーズルがワインを温めたときにはとっくに一人で部屋にもどっていたし、その後はまっすぐアガーテとの密会に向かった。彼がオーバーシュヴァンデック村でのつかのまの休日にどんな悪さをしたにせよ、ローレンスに毒を盛っていないことだけはたしかだ。それなら当然、リチャードも殺してはいないことになる。スーザンはまたもやふりだしにもどっていた。とはいえ、少なくとも新たな出発はできそうだ。ローレンスは生きている。

「で、これを夜通し続けてたのかい？」マクヒューが言った。「どうしておれには物音ひとつ聞こえなかったのかな」

「聞こえるはずないわ——あんなに遠くの部屋にいたんじゃね」スーザンは初めてにやりとしたい気分になったが、今でもゆがんだ笑みしか浮かばなかった。「わたしたちは大声で騒いだりはしなかったし。だって騒いでどうなるの？」

「気の毒に、これじゃ罪を認めたも同然だよな。そのまま逝かせてやれなかったのが残念に思えるほどだ。彼がまだまだ、どんな目に遭わなきゃならないか考えてもみてくれ！」

またもやこれだ——端《はな》から自殺と決めつけている。だが少なくともマクヒュー自身は殺人者ではなく、ほかのみんながローレンスの命を救い、自殺の企《くわだ》てをぶちこわしたことをとがめているだけなのだ。その憐《あわ》れみは見当ちがいではあるが、心からのものだった。それほどマクヒューを毛嫌いする必要はなさそうだ。

「きみも少し休みにいったらどうだい？　彼はもう心配ないはずだ」

「ドクター・ランドールが保証してくれるまで油断はできないわ」

やがて、ドクター・ランドールが淹れたてのコーヒーと卵料理の入った小さなボウル、それにブランディ入りのミルクがのったトレイを手に、調理場からもどってきた。

「よしと、お嬢さん、患者はじきに持ちなおすだろう。心配せずとも、最悪の状態は脱したようだ。ベッドを整えてもらえれば、そこに寝かせて少し腹ごしらえをさせてやろう。さあ、いい子だ、もうきみをいじめたりはせんぞ」

彼らはローレンスをベッドにもどし、上体を起こして背中に枕を当てがった。そのあと、スーザンが赤ん坊にでも食べさせるようにスプーンを口元に運ぶと、逆らう気力もなくした彼は何でも与えられたものをすなおに飲み込んだ。頰にはかすかに血の気がもどり、両目と口の周囲の青い影があきらかに薄れて、呼吸も正常になっている。だがローレンスはまだ彼らを誰ひとり、個人として認識していなかった。彼らは彼の意志に反することをあれこれ強いる、わけのわからない勢力でしかないようだ。

「念のためにまた注射をしておこう。彼はもう心配ない、じきに元気になるはずだがね。明日にはぴんぴんしているさ」

彼らはローレンスを横にならせ、上掛けで温かくくるんでやった。垂れかかっていたまぶたはすでにほっとしたように閉じられ、やつれた顔は驚くほど穏やかになっている。

「もう眠ってしまったわ」スーザンは不安に身を震わせた。

「あれはモルヒネのせいじゃない、疲労困憊しただけだ。脈はこれ以上ないほどしっかりしている。今は睡眠が必要なんだ、まともな睡眠でさえあればな。彼がどれほど大変な一夜をすごしたか考えてみたまえ」

スーザンは眠りに落ちた患者の向こうの医師の顔を見あげ、ごく慎重に切り出した。「ローレンスは死のうとしたんじゃありません」

「わたしはそうだと言ったかね？」

「いいえ、口に出しては。でもそう考えていらっしゃるんでしょ」

「わたしがどう考えているか、顔を見ればわかるとは思わんことだ」ドクター・ランドールは静かに言った。「こちらはそれほど世間知らずの青二才ではないぞ」医師はローレンスの肩をさらにぴっちり上掛けでくるみ、スーザンの腕を取った。「さあ、何か食べて、少し休みなさい。あんたが眠っているあいだは、わたしが患者の面倒を見るから」

二人はマクヒューのあとに続いて部屋を出た。

「ドアに鍵をかけて」スーザンは廊下に出るなり、頑として立ちどまった。

マクヒューは驚いたふしもなく、彼女を見つめて穏やかに尋ねた。「なぜだい？　彼は犯行を見破られた殺人者だというみんなの意見が証明されたから？」

「誰かが彼を殺そうとしたからよ」スーザンは答えた。「それに今でもまだ殺そうとしかねないから」

第十二章

ぼくは何か心ない、
罪深いことをしてしまったのだろうか？
――〈薔薇の騎士〉第三幕

「彼は自殺しようとしたんじゃありません」スーザンはテーブルの端にのせた両手を握りしめ、これで三度目になる言葉を口にした。

二階で眠っているローレンスを除いて、一行の全員がこの場に集まっていた。彼女の左右にはドクター・ランドールとマクヒュー、その向かいにはニールとトレヴァー。彼らにはさまれてすわったミランダは、さきほど息子を見舞ったばかりで、まだ真っ赤な目をしている。医師はほんの数分しか面会を許さず、患者の眠りを妨げることを固く禁じたので、ミランダは一人静かに愁嘆場《しゅうたんば》を演じるしかなくなっていた。

「しかしね、きみ」トレヴァーが穏やかに言った。「ランドールによれば、今度も間違いなくモルヒネが使われたそうじゃないか。あの錠剤の容器がどこで発見されたかは、きみもよく知っているはずだぞ。残念ながら、それは認めるしかない。容器の中には二錠しか残っていなかった。残りは緊急時にそなえて、ローレンスがどこかほかの場所に隠しておいたにちがいない。あのときランドールは、リチャードを殺すのにはなくなっている分の半量で足りたはずだと言っていたからな。それに、ローレンスの飲んだ薬があれとはべつのものだとはまず考えられない。このホテルにいるほかの誰がモルヒネを持っていたと思う？　やはり、どう見ても残りの錠剤があの部屋のどこかに隠されていたんだ、じつに巧妙に。そしてローレンスは今日か、遅くとも明日には警察がここにやってきそうなことを知ると――」

「彼はそんなことを知っていたかしら？　なぜわかったの？　ずっと部屋に閉じ込められて、わたしたちがそんな話をしているのを聞く機会はなかったのよ」

「残念ながら彼は知っていた」ニールが静かに言った。「フランツが話したんだよ」

スーザンは苛立《いらだ》たしげに肩をすくめて受け流した。「どのみち、そんなことは問題にもならないわ。彼が知っていようといまいと、関係ない話なの。ローレンスは自分でモルヒネを飲んだわけじゃない。なぜってモルヒネなんか持っていなかった、ドクター・ランドールの鞄からあの薬を盗み出したりはしなかったからよ。彼は自殺しようとしたんじゃないわ、罪を逃れたくなるようなことは何もしていないのよ」

ミランダはすでに二度、息子をかばおうと勢い込んで口を開きながら、二度とも声を出せずに終わっていた。今では驚愕のあまり言葉を失っている。彼女は鼻に押し当てたハンカチごしにテーブルの向こうのスーザンを見つめ、ついに呆然とした声でかろうじて言った。

「でもあなたは——そもそもあなたが——」

「わたしが口火を切った。ええ、たしかにそうだけど、あれには理由があったんです。これからお話しすることはすでにニールには話したし、今度はみなさんにお話ししますから、どうぞ聞いてください。ローレンスは決してモルヒネを盗んだりはしていない、リチャードを傷つけようとはこれっぽっちも考えたことがないはずです。グラスについた指紋が彼の犯行を示す強力な証拠だとほのめかされたとき、わたしはみなさんにそう考えさせておいた。むしろそう考えるようにたきつけました。でもそれはただ、本当の犯人がローレンスに不利な証拠をもっとばら撒こうとして、尻尾を出すかもしれないと思ったからです。結局、それはとんだ見込み違いで、なぜかローレンスに罪をなすりつけるための証拠はわたしの知らないうちにまんまと用意され、みなさんにローレンスの有罪を確信させることになりました。でもリチャードを殺したのは彼じゃない。それは断言できるし、いつでも正式に証言するつもりです。何があってもわたしの決意が揺らぐことはないでしょう。

あのブランディグラスがリチャードのテーブルに置かれたときから、深夜の零時ごろにリチャードの遺体が発見されるまで、ローレンスはわたしと一緒にいた。二人で散歩に出かけるまえに、彼がいちどだけあのテーブルに近づいたときも、わたしには彼の姿とあのグラスがずっとはっきり見えていたんです。ローレンスはグラスに触れたり、中に何かを入れたりはしなかった。それは昨日、ニールに話したけれど、殺人者を警戒させてしまわないように、みなさんには伏せておきました。ただし、少なくとも二人の方がわたしたちの会話を耳にしたはずです。そして昨夜、誰かがローレンスを殺そうとしました」

そこここで、あえぎながら抗議する声があがったが、スーザンは負けじと声を高めた。

「誰かがローレンスを殺そうとしたんです。みなさんは今しがた、トレヴァーが口にしたことをお聞きになりましたよね？　ローレンスはまぎれもない殺人者であり、警察がここに着けばもう逃げられないと気づいて自殺しようとした……。今回の件で、彼の母親を除く誰もがそう考えたことでしょう。それこそ、あなたがたが考えるはずのこと、警察も考えるはずのことでした。

さて、ではもういちど考えてみてください！　わたしはたった今、ローレンスは誰ひとり殺してはおらず、自殺など考えてもみなかったはずだと言いました。あらためてそれをみなさんに断言し、メーレルト夫妻とリーズルにも話すつもりです。ですからもういちどローレンスの命が狙われれば、その理由は誰の目にもあきらかでしょう。そしていずれ警察がここに着いたときには、彼らもそれを知ることになる、必ずそうするつもりです。じつのところ、わたしはみなさんの一人に今ここで、警告を発しているのです――もうローレンスには手を出すなと！」

話を終えるまえに立ちあがったスーザンは、顔を真っ赤に火照《ほて》らせていた。みなすっかり気おされて黙りこくっているが、それは悪くない沈黙で、こちらの意図はじゅうぶん伝わったようだった。よくわからないふりなど誰にもできっこない。頭のおかしい人間でもなければ、今後はこの警告を無視できないはずだった。ローレンスに指一本でも触れたら最後、スーザンの話が合理的な疑いの余地なく裏づけられてしまうのだ。もしも彼女のにらんだとおりなら——もしも真犯人は、絶望した罪人が自殺したと見せかけることで事件にけりをつけようとしたのなら——今回の失敗を甘んじて受け入れるしかないだろう。もういちどローレンスの命を狙えば、自らの罪をあばき、彼女の主張に信憑性を与えてしまうことになる。ローレンスはふたたび傷つけられた時点で無実を証明されるようなものなのだ。

ドクター・ランドールが最初に立ちなおり、両目をきらめかせてスーザンを見あげた。

「いやお嬢さん、みごとだったよ！」と、感心し切ったように言う。

次いでトレヴァーが、いつもの冷静さを少々欠いた口調で言った。「つまりきみは、ここにいるわれわれの一人を糾弾しようとしているのか、スーザン？」

「どうご理解いただいてもかまいませんけど、わたしは現に糾弾しているんです——ここにいるみなさんの中でリチャードを毒殺し、ローレンスまで殺そうとした人間を。それが誰かは、当人にしかわからない。わたしは知りません。知っていれば、お話しするところですけど」

短い沈黙のあと、ニールがしっかりした口調で切り出した。「これでもうすべてが公《おおやけ》になるわけだから、昨日スーザンにこの話を聞かされたときのぼくの反応もお話ししておいたほうがいいでしょう。ぼくはそのとき、すぐにはその話を受け入れることも、退《しりぞ》けることもできそうにないと言いました。同じ一人の人間が二日のうちに正反対の話をすれば、そのどちらかを無条件で信じるのは誰にとってもひどくむずかしいことだと。そのいっぽうで、もしも今の話が本当だった場合にそなえて、殺人者に警戒心を抱かせないように、これはほかの誰にも話すなと助言しました。そしてこちらはすべての事実を忠実に記録して、可能になりしだい警察に引き渡すつもりだと言ったんです。その後は――ありがたいことに！――ぼくではなく、彼らが証拠にもとづいて調査を進めるはずだとね。

それしかぼくにできることはなかったはずだし、誰にも害はないように思えたんです。ローレンスが自殺を図るほどやけになるとは予想もしませんでした。あるいは――リチャードを殺したのがほかの誰かだったとしても――その人物がローレンスの有罪を決定づけるために彼を殺そうとしたりするとは。はっきり言って、誰かがそんなもくろみを抱いても、実行に移す機会があるとは思えなかった。ローレンスはあそこにいれば、われわれの誰より安全なように思えたんです。彼はフランツが部屋に運んでくるものしか口にしないわけだから、ぜったい危険はないはずだった。だが自殺未遂であれ殺人未遂であれ、こんな恐ろしいことが起きたからには、あらためて状況を精査せざるをえないでしょう」

「そうこなくっちゃ」スーザンはふたたび腰をおろした。

「そういうことなら」とドクター・ランドール。「ここでわたしもざっと意見を述べさせてもらおう。まず、ローレンスがふたたび本人もしくはほかの誰かに命を脅かされることはないはずだ——少なくとも例の薬によっては。スーザンが指摘したとおり、真犯人がべつの者ならそんな馬鹿なまねはするまいし、そもそも、錠剤の蓄《たくわ》えが尽きてしまったからだ。ローレンスはリチャードに使われた薬剤の残りをそっくり飲んでしまったと断言してさしつかえないだろう。むろん、容器に残っていた二錠はべつとしてだが、そちらは今では鍵のかかった金庫に保管されている。わたしの診察鞄も同様で、緊急のさいにもフランツに立ち合ってもらわんかぎりは二度と手を触れられない。つまり、われわれの仮想上の敵はもうあの薬を入手できないわけだ。その点を明確にしておけば、みな安心なのではないかと思ってね。ローレンスはかなりの量を飲んだようだが、たまたまきわめて強靭《きょうじん》な若者で、すばらしい抵抗力をもっていた。さもなければ、今はもうこの世にいなかったろう。それに、手遅れにならんうちに発見されたのも幸運だった。

さて、彼は昨夜遅く——聞くところによれば十一時ごろに——スパイス入りのホットワインを飲んだ。問題の薬はそれと一緒に、あるいはそれに混ぜ入れて飲まれたと見て間違いなかろう。もっと早く、たとえば夕食時に飲んだのなら、命を救える望みはなかったはずだ。ちなみに、ローレンスが自ら進んで飲んだとすれば、グラスの底に残ったワインの中に薬物の痕跡があるとは思えない。人は錠剤を飲むときにはそれをたんに舌の上にのせ、飲み物で喉に流し込むものだ。しかし誰か他人に薬を飲ませたければ、飲み物に溶かすか、食べ物に混ぜる。だから昨夜のグラスを調べてモルヒネの痕跡が見つかれば、スーザンの言うとおり、これは殺人未遂だったということになる」

医師は細い指を広げてテーブルにつき、もじゃもじゃの眉毛の下からにこやかに一同を見まわした。「言うまでもなかろうが、そのグラスはほかの証拠物件とともに金庫に納められている。あとはリーズルとヘア・メーレルトにそのワインが運ばれるまでの正確な経緯を聞くべきだと思うのだがね」

「彼らにここへ来るように頼んできます」ニールが立ちあがった。

ほどなく調理場からリーズルが刺繡入りのエプロンで両手を拭きながらやってきて、知っているかぎりのことを英語で述べた。

「父が夕食を運ぶときにドクター・ランドールが一緒に様子を見にいって、階下《した》にもどると、ミスタ・クウェインは風邪気味のようだと言われたんです。だから寝るまえにスパイス入りのホットワインでもあげるようにって。あれを届けるのが少し遅くなったのは、葬儀屋のケルナーさんとフリッツィがまたミスタ・ヘリヤーのことで訪ねてきて――つまりその……」リーズルは口ごもりながら説明した。「ケルナーさんは棺《ひつぎ》を作ってるんです。それであの人たちにもホットワインを作ってあげて、用意ができると――たしか十一時ちょっとまえだったと思うけど――二つのトレイを持って調理場から――」

「ちょっと待った」とニール。「調理場でワインを温めているあいだに、誰かがそばに来たかい？」

「いいえ、誰も」

「きみはいちどもコンロのそばを離れなかったんだね？」

「ええ、いちども。で、まずケルナーさんとフリッツィのグラスがのったトレイを酒場《バー》に持っていきました、あそこで父が二人と話していたので。でも両手がふさがったままだとドアを開けられないから、あの若い方のほうのトレイをホールの階段の下にあるテーブルに置いたんです」

「そしてそのまま、酒場に入っていったのか」

「はい」リーズルはそれを思い出してぎくりとしたようだった。

「だがそれはほんのしばらくのはずだ。酒場のドアは閉めなかったんだろう？」

「いえ、閉めました。父はケルナーさんと話しはじめるときりがなくて……ときには長いこと、ずっと話し込んでるんです。だからってあたしが自分で二階へトレイを持ってくわけにはいきません、父が許しませんから。それでドアを開けるや否や、『お父さん、ミスタ・クウェインのトレイの用意ができたわよ』と叫んでみたけれど、父は話し続けるばかり。仕方なくドアを閉めてそばへ行き、もういちど同じことを言いました。父は『ああ、今行くよ』と答えたけど、すぐには来ませんでした。こちらはワインを冷ましたくなかったから、何度もせっつき、そのうちにようやく父はトレイを二階へ持っていったんです」

「それまでどれぐらいの間があったのかな？」

「それほど長くはありません。三分か、せいぜい四分ぐらいじゃないかしら」

「そしてそのあと」ニールは、しばらくまえに姿を見せたフランツに尋ねた。「あなたはまっすぐローレンスの部屋へゆき、トレイを置いてドアから出ると、ふたたび鍵をかけたんですね？　途中でほかの誰かに会いませんでしたか？」

「いや、誰にも。あの青年はもうベッドに入っていたが、眠ってはいなかった。すぐにワインを飲みはじめましたよ」

「しかしあなたは、彼がぜんぶ飲むまで見てはいなかった――それまで待ってはいなかったんですね？」

「そう、あとは自由にさせてその場を離れたんです」

「じゃあ彼は一人になってからベッドを出て、どこかに隠しておいた薬を取り出すこともできたわけだな。そのいっぽうで、トレイが三、四分ほどホールのテーブルに置かれていたあいだに、誰でもいじくることができたはずだ。リーズル、その数分間に誰かがホールで動きまわっているのが聞こえなかったかい？」

「すみません」リーズルは悲しげに答えた。「あたしたちはみんな酒場で話してたから、誰かがホールを通っても気づかなかったと思います。でも何人かの人たちはもうベッドに入ってたんじゃないかしら。ミス・コンロイが早めに引きとられたのは憶えているし――ミスタ・マクヒューも――」

「なるほど。ありがとう、お二人とも。確認したいのはそれぐらいだと思います」

メーレルト親子が立ち去ると、ニールは重々しく先を続けた。「もちろん、早めに引きあげた人たちがふたたび階下へおりてくるのはわけもなかったはずです。このホテルは十時半ごろから比較的静かになって、あまり人目を気にせずに歩きまわれる。となると、どうやらわれわれ全員が、昨夜の行動をあきらかにする必要がありそうですね。ワインが運ばれた時刻が少々あやふやなことを考慮して、そうだな……十一時前後の二十分間の行動を。まずぼく自身からはじめると――まだベッドには入っていなかったけど、十時半ごろから部屋にいて、いちども外には出なかった。ミセス・クウェインは？」

「十時には寝床に就いていましたよ」ミランダはぎごちなく答えた。「どのみちわたしがじつの息子を傷つけたがるとは、とうてい考えられないでしょうけど」

本当にそう言い切れるだろうか？　どんな状況でも？　母親が子供を殺した例や、逆の例は過去にいくらもある。スーザンは身震いし、そのおぞましい考えを押しやった。いいえ、どう見ても馬鹿げてる。ミランダはリチャードのことなら金のために殺したかもしれない。けれどたとえそうだとしても、それは彼女自身だけでなくローレンスのためでもあったはず。彼女は決して息子を傷つけたがったりはしなかったろう。たんに、望みもしないのに息子を傷つけてしまう不運な性分なのだ。どれほど彼の人生を束縛してきたにせよ、彼女はローレンスを愛している。ぜったいに――ちがうだろうか？

「トレヴァーは？」

「もう少しまえなら酒場にいた。出たのは十一時二十分まえごろだ。あそこは地元の連中が帰ってしまうと退屈になるんだよ。十一時には風呂に入っていた」トレヴァーは落ち着きはらって言った。「というわけで、わたしが証人を挙げることは期待せんでくれ」

「ランドール先生は？」

「メイスンのすぐあとに二階へあがったから、彼が部屋のまえに着いたところまでは保証してやれるぞ。彼がきみに話した時刻もおおかた合っているはずだ。こちらは夕食後はずっとここで本を読んでいた。十一時少しまえにベッドに入ったよ」

「マクヒューは？」

スーザンはこの質問がマクヒューをとんだ窮地に追い込みかねないことを忘れていたのだが、彼は嘘をつく必要すらなかった。昨夜の快楽を思い浮かべてにんまりしつつ、マクヒューは陽気に答えた。「おれもベッドの中にいましたよ。まったく、模範的なご一行じゃないですか。自分の部屋に引きとったのは、十時ごろだったかな」

「スーザンは？」

「わたしも、彼のすぐあとに部屋にもどったわ。酒場を出たのはほんの一分ぐらいあとよ」

「で、その後は――十一時ごろに――誰かが動きまわるのを見たり聞いたりした人はいないんですね?」

この質問には沈黙しか返ってこなかった。用心深い、堅苦しい沈黙で、誰もが周囲の者たちをひそかに観察している。

「すると、ごく単純に、われわれのうちの誰でも階下にもどってワインに薬を入れられたわけか。誰ひとりシロとは言い切れない。そのいっぽうで、ローレンスが室内で自ら薬を飲んだ可能性も大いにある。彼がもういちど襲われればとうてい自殺では通らないというスーザンの主張は、理にかなってはいるものの、あくまで仮定上の話だ。やはりこのさい重要なのは、将来起きるかもしれないことより、現に起きたことじゃないのかな。そして今回の出来事は、ローレンスが自らしたことだという可能性も捨て切れない。ことによると、警察は今でもそちらの解釈を選ぶかもしれないし、いずれにしろそれを決めるのは彼らの務めだ。まあ、こちらにできるのは何もかもありのままに報告することだけだから、そうすることにしましょう」ニールは椅子をうしろへ押しやって立ちあがった。「ぼく個人としては、これから雪掻きを手伝いにいくつもりです。うまくいけば今夜には連絡路が開通するかもしれない」

「いい考えだ!」マクヒューが元気いっぱい立ちあがる。「おれも行こうかな。少しは役に立つことをしなくちゃね」

トレヴァーは一緒に行くとは言い出さなかった。どれほどこの村から逃げ出したくても、岩だらけの斜面で凍りついた雪を掻いて道を開くのはごめんだったのだろう。ドクター・ランドールのほうは、眠り続ける患者の元へ即座にもどろうとしたので、不安になったスーザンは医師の袖をつかんで尋ねた。「彼はもうだいじょうぶなんですよね？」

「ああ、もう心配ないだろう、峠は越した。ただもうちょっと刺激が必要になった場合にそなえて、しばらくそばにいたいんだ」

「わたしが様子を見ていてもいいかしら？　ランチの時間までても。そうすればあなたは何時間か休めるし、わたしはあとで眠れるわ。彼が目を覚ますか、何か様子がおかしかったらすぐにお呼びしますから」

「いやはや、無茶なお嬢さんだ！　それにこちらはたった今、患者の世話があると言って彼の母親の追及をかわしたところなんだぞ」

それでも医師はスーザンを患者の部屋に入らせた。追い払っても無駄なのは目に見えていたからだ。

ローレンスは枕に深々と頬をうずめて、疲れ切った子供のように眠り込んでいた。スーザンがベッドのそばに椅子を引き寄せ、彼を注意深く見守りながら朝の残りをすごしていると、じきにメーレルト夫人の料理の快い匂いがただよってきた。雪掻きからもどった者たちの騒々しい声からも、昼食の時間が近づいているのがわかる。その後しばらくして、ドクター・ランドールがふたたび顔を見せたときにもローレンスは動かなかった。髭を剃って腹を満たし、元気を回復した医師は、今度はスーザンを階下《した》に行かせたが、彼女が食事を終えてもどったときにもローレンスは身じろぎひとつしなかった。

やがて、ニールが雪掻きにもどるまえに少しだけやってきた。彼はベッドの反対側の椅子に腰をおろすと、枕の上のやつれた顔を悲しげに、考え込むような目で見つめた。

「さっきはみんな訊くのを忘れてたようだけど、スーザン」患者の眠りを妨げないように、ニールは声をひそめて言った。「あなたはあんな夜中に服をすっかり着込んで何をしていたのかな?」どんな答えが返ってくるか予測がつくとばかりに、顔をあげてちらりと親しげな笑みを浮かべた。

「わたしはまだ寝床に入ってなかったの。そのままずっと、ローレンスと話しにいく勇気を奮い起こそうとしてたのよ。わたしがなぜ彼をこんな恐ろしい立場に追い込んだのか説明し、もちろんいずれは事実を話して彼を救い出すつもりだと伝えたかったから。最初に説明しようとしたときは、彼もあなたと同様、耳を貸そうとしなかった」声が苦々しげになり、「拒みかたはちょっとちがったけどね。昨夜だって、もっとうまくいったとは思えない。でも結局、説得するどころじゃなかったわ。ローレンスは何ひとつ反応を示さなかったの。それでリーズルを起こして、異常はないか一緒に見にいってもらったのよ」

「彼はついてたな! だがあなたのほうは、例の未知の殺人者に悪さをされないように注意しないと。なにせ、そいつの仕事に特大の横槍を入れたんだから」ニールはにやりと、同情混じりの笑みを浮かべた。

そりゃあ、あなたは笑っていられるでしょうよ、とスーザンは皮肉っぽく考えた――どうせそんなことは信じていないんだから。ニールは今でも、当の殺人者は目のまえのベッドですやすや眠っていると確信しているのだ。

ドクター・ランドールが、コーヒーのしみだらけのシーツをめくってローレンスの手首に触れた。「よし、脈はしっかりしているぞ」と満足げに言い、「では患者を起こさずに鼓動を調べられるかやってみよう。もういちどデキストロースを注射したほうがいいかもしれん、昨夜はかなり消耗したはずだからな」

医師が処置にかかると、ローレンスはかすかに動いてため息をつき、何度か深々と呼吸してまた静かになった。それからぶるっと身を震わせ、仰向けになると、両目を閉じたまま眉をひそめて乾いた唇を嘗《な》めた。まだ嘔吐の不快きわまる苦い後味が残っているようだ。

「喉が乾いた！」彼は嫌悪に顔をゆがめてつぶやいた。

スーザンはリーズルが用意した水差しに手をのばし、その中のレモネードをグラスにたっぷり注ぐと、右腕でそっとローレンスを抱き起こした。すぐに反対側からニールが腕をまわして、ローレンスの身体の重みが彼女にかからないようにした。黒ずんだくまの上の、まだ青みがかった重たげなまぶたがゆっくり開き、ハシバミ色のぼんやりした目がのぞいたかと思うと、ローレンスの唇が飢えたように開いて飲み物のほうに向けられた。そこで初めて、そのグラスをかかげる手に気づいたかのように、ローレンスの視線が懸命にスーザンの腕をたどり、彼女の顔に行きついた。

しばし眉根を寄せて見つめるうちに、ローレンスの頬に血の気がもどり、両目に鋭い、苦痛に満ちた認知の光が浮かんだ。彼はゆっくり横柄に首を引き、彼女から顔をそむけると、ニールの肩に頬をあずけた。

ニールが一瞬、はっとしたように当惑と憐《あわ》れみの目を彼女に向けたあと、あわててそらすのが感じられた。テーブルのまえで注射器の用意をしていた医師も首をめぐらし、こちらに鋭い視線を向けている。スーザンはつかのま身を凍りつかせたあと、細心の注意を払って腕を引っ込め、にべもなく彼女を拒んだ病人の身体をニールにゆだねた。彼女がベッドの向こうにグラスを差し出すと、ニールは気まずげに目をそらしたまま受け取った。

ローレンスは彼がかかげたグラスに飛びつくように口をつけ、中身がほとんど空になるまで飲みに飲んだが、スーザンはそこまで見ようともせず、すでに部屋を出て静かにドアを閉めていた。それがいくらか慰めになるのなら、少なくとも自分の部屋で一人になるまで威厳はくずさなかった。そこのドアも、とくに目立った音はたてずに閉められた。ローレンスはドクター・ランドールにはできなかったことをまんまとやってのけ、ついに彼女を寝床へ追い払ったのだ。

ニールはグラスをトレイにもどし、医師に向かって意味ありげに眉をあげてみせると、病人の頭をそっと枕の上にもどした。「じゃあ、こちらは仕事にもどったほうがよさそうだ」その目つきと、ちょっぴりたじろいだような困惑した笑みは、あきらかにこう言っていた――「雪掻きなら、こんなややこしいことにはなりませんからね」

ニールが立ち去ると、室内は重苦しいほどの沈黙に包まれた。あの断固たる拒絶の行為で完全に目覚めたローレンスは、いくらか過敏にもなっていたので、ほかのことはいっさい理解できなくても、自分が著しい非難の的になっていることは感じ取っていた。呼吸がわずかに速まり、例によって頬が真っ赤になるのを感じながら、彼は医師の顔を弁解がましくひたと見すえた。だが相手はごくそっけなく、「うつ伏せになって!」と言ったきりだった。

ひとたび医師に身をゆだねたら――たとえ、どうしてそうなったのかろくにわからなくても――彼らがどれほど問答無用の権威をもつかは驚くばかりだ。ローレンスはすなおにうつ伏せになった。すぐに注射針がぶすりと突き刺され、痛みが広がった。おおかた、わざと痛むように射したのだろう。ローレンスはびくりとして腹立たしげにあえぎ、どうにかわずかに首をめぐらして驚きと非難のこもった片目を医師に向けた。

「いいかね、お若いの」ドクター・ランドールは厳しい声で言い、彼をにらみ返した。「きみがいつもどおりぴんぴんしていれば、こんな注射よりもっと痛い目に遭わせてやるところだぞ。よし、もう仰向けになっていい」

患者が元の姿勢にもどって傲然《ごうぜん》と枕に頭を沈めると、医師はベッドの端に腰をおろしていかめしく彼を見つめた。「きみは自分が恥ずかしくないのか?」

「べつに」ローレンスは怒りをくすぶらせながら答えた。

「だが、これを聞き終えれば恥ずかしくなるはずだ」ドクター・ランドールは深々と息を吸って話しはじめた。

ローレンスの失われた一夜の顚末《てんまつ》がわずか三分で語られ、彼自身のおぼろな記憶の底から浮かびあがったみじめな屈辱の数々とひとつに溶け合った。魅入《みい》られたように医師の顔を見つめるローレンスの両目がしだいに大きく見開かれてゆく。

「そのあげくに」医師は語気を強めた。「目覚めたきみは、一晩じゅうきみのために果敢に闘い続けた女性をあんなふうに侮辱したんだ。それで恥ずかしくないとはな! 彼女が階下できみのためにわれわれみなに食いついたのを聞かせたかったよ。おっと、やめなさい! 横になるんだ、ベッドから出ていいとは言っておらんぞ」

医師は動揺し切った患者の肩をつかみ、さほど手こずることもなく寝床に押しもどした。ローレンスはまだ自分で思っているほど体力が回復しておらず、そんなわずかな奮闘をしただけで額に汗が噴き出していた。

「彼女と話さなきゃ」彼は熱にうかされたように言った。「ちっとも知らずに——ああ、もうっ! どうしても彼女と会わなきゃならないのがわからないんですか?」

「それならいずれ会えばいいが、今はだめだ。まずは心を静めて昼食をとり、もう数時間ほど眠ってもらおう。そのあとスーザンに、もういちどきみを訪ねてもらえるか尋ねてみようじゃないか」

「でも何てひどいことをしてしまったんだろう。もしも彼女が二度とぼくに近づこうとしなかったら？　やっぱり今すぐ会いにいかせてください、ほんのしばらく、あやまるためだけにでも。とにかく彼女に言っておきたいことが——」

「きみがこのベッドから少しでも出ようとしているのを見つけたら、昨夜よりさらにこっぴどい目に遭わせてやるぞ。だが今夜には少しは自力で歩けるようになるかもしれんから、ここは気に入らずとも、もう数時間だけ恩知らずだと思われるのを我慢することだ。それは自業自得というものさ」それでも、医師の口調はぐっとやわらいでいた。患者の反応に大いに気をよくしていたのだ。

ローレンスは頰を紅潮させて目を丸くしたままベッドに身を横たえ、「彼女はほんとにみんなのまえで、犯人はぼくじゃないと言ったんですか？　いちども本気でぼくだと思ったことはないって？　だのに——くそっ、ぼくは結局、彼女に愛想を尽かされるようなまねしてしまったんだ。まったく、自分を蹴飛ばしたいほどだ！」

「それはいい考えだぞ」とドクター・ランドール。「やってみたまえ」

「でもこちらには知りようがなかったんですよ、そうでしょう？　ぼくだけが悪かったわけじゃない。彼女の仕打ちを思うと、むちゃくちゃ辛くて——でもそのあと、彼女がそこまでしてくれたなんて！」失われた数時間の暗闇の中から、ひとつの漠たる記憶が浮かびあがった。あくまで彼を放すまいとする死神の手を、懸命に断ち切ろうするスーザンの声が。「そういえば、誰かがぼくを呼ぶのが聞こえたような気がするんです。よくは憶えていないけど、誰かが〝ダーリン〟と言ったみたいだった――二度も！　でもあれが彼女だったはずはないですよね？」

「なぜかね？」医師はまだ、分別くさくチクチクといたぶらずにはいられなかった。「大事なペットの犬が病気になれば、彼女はそう呼ぶだろう。おそらくきみも、うまいこと女らしい同情心につけ込んだのさ」

だが驚きに目を見張ったローレンスは、その冷水を浴びせるような言葉を気にもしていなかった。彼が腕をのばしてドクター・ランドールの手を握りしめると、その震える長い指の熱さに、医師はぎょっとしながらも胸を突かれた。

「彼女にほんのしばらくここに来るように頼みにいってもらえませんか？　ぼくはひどく後悔している、自分のしていることがわからなかったんだと言って。どうか来てほしいと伝えてください」

ついに、ドクター・ランドールは患者を落ち着かせるために出てゆかざるをえなくなった。だが彼は何の成果も得ずにもどってきた。

「いいかね、よく聞きなさい。きみは今は彼女に会えない、なぜならあちらはベッドに入ってぐっすり眠っているからだ。ほかの誰より、彼女は眠りを必要としている。たぶん恩知らずな若造のきみのせいで、一人こっそり泣くためにベッドにもぐり込んだものの、横になるが早いか眠り込んでしまったのだろう。本当に疲れ切っていたからな。彼女が目覚めたらすぐに合わせると約束するが、それまできみやほかの誰かのために起こす気はないぞ。何も心配せずとも、彼女は快く耳をかたむけてくれるさ。さて、では行儀よくわたしの言うとおりにしてくれるかな？」

ローレンスはやむなくそれで手を打つことにして、何でも言われたとおりにすると答えた。とにかく、大きな先の楽しみができたのだ。スーザンは昨夜、彼へのあらゆる仕打ちを補って余りあるほどのことをしてくれたのだから。彼女と和解できるという思いはうっとりするほど快く、ローレンスはいつしかふたたび眠りに落ちた。今では悔恨の情と添い寝するのも、それほど悪くはないようだった。

第十三章

何とも奇妙に心が揺れる、
すべてを知りたいけれど、知るのが怖い。
――〈薔薇の騎士〉第三幕

はっと目覚めたスーザンは、胸をどきどきさせながら、薄暗い室内で身を震わせた。ここがどこで、今はいつなのかもわからない。過去数時間の出来事を懸命に思い出そうとしてみたが、手がかりひとつつかめなかった。不安のあまり息を殺してドアの外の低い話し声に耳をかたむけていると、なぜかとつぜん思い当たった――さきほど眠りの中に入り込んできたのは、ドアの掛け金がカチリとはまる音だったのだ。

「彼女はまだ眠っています」と、小さくひそめられたリーズルの声。「夕食のトレイも手をつけられていません」

ニールが同じようなひそひそ声で答える。「それじゃ彼がほかのみんなと話し終えるまで、このまま眠らせておいてもかまわないだろう。彼女は疲れ切っているんだ。誰の話を最初に聞くのでも、彼にとっては同じだろうしね」

男性の声がドイツ語で何か言った。山国の人々に共通の大らかな朗々たる響きだが、ただし、この声は少し高めで、フランツ・メーレルトのものではない。もっと若い男の声だ。あれは誰だろう、とスーザンは懸命に耳をそばだてながら考えた。それほど長く思いめぐらす必要はなかった。

「クロースターマンさんは、まったくかまわないそうです」とリーズルが言った。「彼女には、必要になったら声をかけることにしましょう」

クロースターマン……ではあの生真面目な気遣わしげな声は、アガーテの夫の声だったのだ。でも彼は山の下のバート・シュヴァンデック村にいるはずなのに、いったいどうしてここに？

スーザンがじっと横たわっているうちに、ドアの外の声は遠ざかり、徐々に鼓動が落ち着いた。それとともに、真っ暗な穴倉に逃げ込んでいた彼女の意識がしぶしぶ首をもたげた。延ばしに延ばした眠りにどっぷりひたっていたせいか、初めは様子を見にきたリーズルに起こされなかったことへの感謝の念しか感じなかった。そのあと、支離滅裂な記憶が次々とよみがえり、目のくらむような苦痛とともに、すべてが一気に浮かびあがった。死と病と恐怖——数ある恐怖の中でも最悪の、他者のための恐怖。腕にかかったローレンスの頭の重みと、ひたとこちらを見つめる、外の雪と同じぐらい冷たいハシバミ色の目がまざまざと思い出された。そして、彼の顔がゆっくりそむけられてゆく……。

ここそこどこかへ逃げ込もうとしたスーザンは、あまりにうまくそれをやってのけたとみえ、その後の記憶は何ひとつなく、今では警察がやってきていた。岩場の道を切り開いて下の村から来た一行が、最後の吹き溜まりを突破すると、次には殺人事件が待ち受けていたというわけだ。これ以上、考え込んでいる暇はない。とはいえ、さいわいこちらは土壇場まで眠りこけていたおかげで、いちばんあとに話を聞かれることになっている。あの警官がほかのみんなと話し終えるまでにどうにかうまい説得法を考え出せば、ローレンスを助けられるはずだ。

スーザンはベッドの中で起きあがり、腕時計に目をやった。このところ、すべてが夜のうちに起き、昼間は闇夜の奮闘にそなえて眠るためのものとなっていた。今は十一時ちょっとすぎ——例の生死を決する重大きわまるときだ。だが十時間もぶっ続けで眠ったせいで、しばし現世から離れていたように感じられ、当面は怪我人が歩き方を一から学びなおすように、まともに動き、考え、ふるまうすべを思い出す必要がありそうだった。

枕元のテーブルには、リーズルが言っていたとおり、手のつけられていない小さなトレイがのっていた。コーヒーが入った魔法瓶、ワインが入った小さな水差し、それにナプキンがかぶせられた皿にはコールドミートとチーズとピクルス。バターつきのビスケットとフルーツも添えられている。彼らはスーザンにできるかぎりの配慮を示してくれていた。

おりしも、みなが眠りに落ちるかわりに目覚めはじめた階下では、山男たちの大きな耳慣れない声と、ゆったりとした軽やかな足音が響いているようだった。

スーザンはベッドから足をおろしてガウンを着ると、そっと廊下に出ていった。階段のてっぺんまで来ると、階下で飛び交ういくつもの声がはっきり聞こえ、空気を震わすような興奮が手に取るように伝わってきた。スーザンは忍び足で踊り場におり、折れ曲がった階段の奥の壁に頬を寄せてすわった。これなら、すぐ下のホールでせわしなく動きまわる人々からは見えない。

ニールが周囲のざわめきを圧するように、声を張りあげて説明していた。

「恐縮ですが、これは不可欠な手続きなんです。巡査も必要以上に長くみなさんを起こしておくつもりはありません。ただ、今夜のうちに全員の話を聞いて、事件の概要をざっとつかんでおきたいそうです。どうか、名前を呼ばれるまでダイニングルームで待機していてください」

誰より声高《こわだか》に抗議したのは、言うまでもなくミランダだった。だがどうやらトレヴァーも、寝床へ行かせてもらえないことに文句をつけているようだ。

「これは殺人事件なんですよ」ニールがぴしゃりと指摘した。「そしてわれわれはみな重要な証人なんです、それをお忘れなく。あなたが疲れているとしたら、クロースターマン巡査はどうでしょう？　一日じゅう雪を掻きわけてここにたどり着いたとたんに、仕事を続けなければならないことがわかったんですよ。しかも、こんなろくでもない責務を負わされて、ちょっと奥さんの顔を見に帰る暇すらなかったんです。だのにあなたが文句を言うとはね！」

彼らは静まった。そうするしかなかったのだ。

誰かが言った。「スーザンがいないぞ。彼女も呼ぶべきじゃないのか？」

「いや、眠らせておきましょう。彼女のことは巡査にも話してあるし、順番がきたらリーズルが呼んでくれるはずです。それと、ローレンスはもちろん自分の部屋にいます。マクヒューはどこかな？」

誰も知らなかった。

「彼は寝床へ引きあげたと思っていたんだが、そうじゃなかったようだ」とトレヴァー。「ついさっき、起こしてやろうとのぞいてみたんだよ。あるいは夕食後にまたフランツやほかの連中と山道の雪掻きにくり出し、まだもどっていないのかもしれない。昨夜は早々に引きあげていたが、あの男が二晩続けて真夜中まえに寝ようとするはずはないからな。まあ、じきにあらわれるだろう」

「じゃあ、もどったら彼にも待機するように言ってください。ぼくはこれから事務室へ行って、金庫に納めておいたものをそっくり巡査に引き渡すつもりです」

事務室は奥の調理場のそばの小さな静かな部屋で、どうやらクロースターマン巡査はそこでみなの話を聞こうとしているようだった。じきにドアが閉ざされる音がした。

ダイニングルームのドアのほうは開かれたままとみえ、気遣わしげなひそひそ声のおしゃべりがまだはっきりと聞こえる。今ではそこに残っているのは英語を話す声だけで、オーストリア人たちは調理場か酒場《バー》に引きあげたらしく、ラム酒入りのコーヒーの香りがあちらこちらから階段の上にただよってきた。

スーザンは身震いしていたが、それは寒さのせいではない。すでに事務室では金庫の扉が開け放たれているはずだった。ニールはうっかり手を触れないよう、細心の注意を払って証拠品を並べてみせながら、気の重い責務をようやくしかるべき相手に引き継げるのを心から感謝していることだろう。トレヴァーの手になる現場写真、マクヒューが集めたみごとな指紋のコレクション、リチャードの遺言状の黒焦げの残骸が入った灰皿……。わたしたちはみな何と有能な素人探偵だったことか、とスーザンは苦々しく考えた。不可解な証拠を山ほど集め、すべてを足し合わせ、誤った答えにたどり着くだけの知恵しかなかったとは。しかもわたしは端《はな》から嘘をつき、それを認めた今では誰にも二度と容易には信じてもらえそうにない。誰よりこざかしい、いちばんの愚か者だ。みんなにわたしを眠らせておくように言ってくれたニールにも、もうあまり感謝する気にはなれない。最後になってからでは打ちくずすのがひどくむずかしそうな構図が、今しも描きあげられているはずだ。むしろ最初に一撃を加えたほうがいい。けれどニールは好意でしてくれたのだ。彼はいつでも親切だった。

そこでとつぜん、ぎょっとするような考えが意識の表面に浮かび、スーザンは震えながら立ちあがった。彼らはマクヒューがいないと言っていた！　よりにもよって、マクヒューが！　さいわい、彼が夜の闇にまぎれてどこへ消えたかスーザン以外は誰も知らない。彼はなぜ、こんなに早くからアガーテの家へ行くような無茶なまねができたのだろう？　スーザンはほかのことにはいっさい気を取られずに、ローレンスのことだけ考えていたかった。何より彼への誤解を正し、彼の無実を証明したかった。だが、不当に傷つけられてあっさり破滅させられそうな人々がほかにもいるのだ。

スーザンはきびすを返して大急ぎで部屋にもどると、無我夢中で着替えてコートとブーツを身に着けた。もちろん、マクヒューのためではない——彼には何の義理もなかった。けれど、あんな男のクリスマスのお楽しみのために、気の毒なアガーテの結婚生活が粉々に破壊されてよいものだろうか？　そんなことで二つの人生を台なしにすべきではないし、侵入者であるわたしたち一行は、すでにこの村の太古からの平和をじゅうぶんかき乱してきた。せめてこれだけは事前に防げるはずだ。

スーザンは枕元のスタンドが投げる小さな光の輪の下で、短い手紙を走り書きした。閉じた封筒には〈フラウ・アガーテ・クロースターマン〉と宛名をしたためたが、その中の半分に破った便箋には、英語でこう書いただけだった——「クロースターマン巡査は、こちらで事件について調査中。今夜遅くに到着した模様」

マクヒューはこの筆跡に気づくだろう。みなの供述書を興味津々で眺めていたから、誰の字かすぐにわかるはずだ。けれど、それが何だというのだろう？

スーザンは窓からバルコニーに踏み出し、頭上に大きなひさしが張り出した壁ぎわの暗がりを進むと、すばやく木の階段をおりて外の通りに出た。自分で手紙を届けたくはなかった。リーズルがいつ起こしにやってくるかわからないのだ。だがいざとなれば、自分で行くしかない。

腰をかがめてダイニングルームの窓の下を走り抜けていると、中庭へ続く木戸が開き、一人の男がよろよろ姿をあらわした。あれはフリッツィ、葬儀屋の助手をしている少々頭の鈍い初老の男だ。フリッツィはいつも追い払われるまえに奥の調理場で、一杯のコーヒーとブリキの缶に入ったリーズルのアーモンドケーキをせしめている。そういえば、今夜はリチャードの棺《ひつぎ》が運ばれてくることになっていた。彼は今ごろバルコニーの向こう端の部屋で、棺の中に横たわっているのだろう。可哀相なリチャード……生き残った者たちに論争と脅威をもたらすだけの存在にされてしまうなんて。

「フリッツィ！」スーザンは小声で呼びかけ、手紙としわくちゃの十シリング札を差し出した。「フラウ・クロースターマン……アガーテに届けて。わかる？《フェアシュテーエン・ズィ》」

フリッツィはみごとに理解した――その単純な思考は、手間賃をもらうことにまでは及ばなかったが。彼はすばやく手紙を受け取ると、何度も首をうなずかせ、スーザンの耳にはドイツ語にすら聞こえない言葉でしきりにだいじょうぶだと請け合った。たしかに彼なら帰宅するついでにこの手紙を届けてもさしてまわり道にはならないし、全面的に信頼できそうだった。

「急いで！」スーザンはうながし、フリッツィがガラスのような氷におおわれた通りをぴょんぴょん走り去るのを見守った。家々の屋根の上に広がる空には鉛色の雲が垂れ込め、たえず向きを変える風がヒューヒュー吹き抜けている。雪というにはあまりにはかないものが、チクリと唇を刺した。スーザンは震えながらきびすを返し、同じ径路で急いでホテルの中にもどると、ふたたび階段の上にうずくまり、階下から聞こえる声に耳をそばだてた。

こちらがいないあいだに調査はどこまで進んだのだろうか？　どうやらニールはまだクロースターマン巡査と事務室にこもっているようで、スーザンに聞こえる三つの声はトレヴァーとミランダ、ドクター・ランドールのものだった。

ミランダはときおり憤懣《ふんまん》やるかたない口調で、息子への処遇に文句をつけている。その口ぶりからして、彼女はそれをローレンスへの不当な仕打ちというより、彼女自身への侮辱と感じているようだった。彼女は本当に息子を愛しているのだろうか？　そもそも、愛など抱ける人間なのだろうか。かりにミランダが——自分ではごく当然の権利とみなすはずの——怒りに駆られ、ほとんど衝動的にリチャードを殺したとしよう。その後、ひょんななりゆきで周囲の疑惑がローレンスに向いてしまったら、彼女は保身のために彼に責めを負わせるだろうか？　わが身と、六万ポンドを守るために。さらに必要とあれば、彼に毒を飲ませて事態にけりをつけようとさえするだろうか？　当のミランダにこの質問をぶつければ、さぞかし憤然《ふんぜん》と息子を愛していると断言し、自分のために息子を苦しめるよりは彼のために自分が苦しむほうがましだと言うだろう。その言葉に嘘偽りはないはずだ。けれど、彼女は自分自身のことがろくにわかっていない人なのだ。

「動機か？」トレヴァーがもどかしげに言っていた。「むろんアントニアの金とアントニアの遺言状さ。あまり決めつけるなと言うのは大いにけっこうだが、ほかにどんな動機が考えられるんだ？　どう見たって、あの彼女らしくもない、いまいましい遺言状しかないだろう。強盗の線は論外だ。リチャードの金は手つかずのままだった。それに、われわれは彼の荷物を調べあげたが、何もなくなってはいないようだった」

「ああ」医師がため息をついて相槌《あいづち》をうつ。「いかにも彼が持っていそうなものはすべてきちんとそろっていて——とくに見当たらないものはなかった」

そうなると、容疑者は彼らほんの数人だった。同じ立場の、五人の受遺者たち。その全員に、リチャードの死を望む強固な理由があった。彼があの早計な遺言状に署名するまえに死ぬことを望む理由が。けれどスーザン自身は彼を殺していないし、ローレンスもそうだ。すると残りはたったの三人、まさにあのダイニングルームにいる三人だ。

ミランダ？　そんなことがありえるだろうか？

「だが考えてみると」はっとしたように、トレヴァーの声がとつぜん鋭くなった。「リチャードの荷物の中には、何か思いがけないものがあったはずじゃないのか？」

「どういう意味かね？」

「何か知らないが、アントニアがいまわのきわに贈ったものだ。彼女を思い出すよすがとして！　忘れたのか？　偉人の最期の言葉は常に即座に書きとめられるべきだな。アントニアに何を贈られたにせよ、そんな記念の品をリチャードがおいそれと手放すはずはない」

「ああ、あのことか！」医師は鼻であしらった。「それなら、われわれは間違いなく見つけたぞ。彼のブリーフケースの中にあった、娘時代のアントニアが描かれた象牙《ぞうげ》の細密画だ」

「いやいや！」とトレヴァー。「ちがうな！　あの細密画ならリチャードは何十年もまえから持っていた。どれほど傷だらけか気づかなかったのか？　あれは彼と一緒に地球を二周はしているはずさ」

「じゃあアントニアの形見は何だったんだ？　いったいどこにあったのかね？　そんなものをリチャードがどこかに放り出しておくはずはない」

まったく、容易には理解できない男だ――あのトレヴァー・メイスンは。どこまでが彼の許容範囲で、どこからがそうでないのだろう？　彼は奇妙な自己矛盾を抱えているようだった。ときにはほかの誰より思いやり深いが、いざとなれば誰より非情に目的を遂げようとする。だが殺人まで犯すだろうか？　否定はしきれない。殺人者だって人間なのだ。

ならば、ドクター・ランドールは？　彼はローレンスを救うために必死で戦った。だがそれだけで、彼はローレンスを殺そうとしなかったと言い切れるだろうか？　ひとたび患者の元へ呼ばれたら、懸命に尽くすのが疑惑をそらす最善の方法だろう。とはいえ彼が患者を始末したければ、スーザンの目のまえでも、注射一本で難なくできたはずではないか。

「あれこれ考えても無駄だ！」医師が苛立《いらだ》たしげに言った。「やはりアントニアの遺言状と例の但し書きを無視するわけにはいかん。強盗がどうとか、ほかの動機をほじくりまわすのはナンセンスだよ。あれほど決定的な動機があったのに、偶然、まったく異なるほかの動機で殺人が起きたはずはない。不自然な話だ」

彼らの声が、さまざまな思考のバックコーラスのようにスーザンの耳元を通りすぎていった。一部の言葉はあざやかな印象を残し、残りはそのまま流れ去ってゆく。その中でこの医師の言葉は、不意に高々と鳴り響いたトランペットのように脳裏に押し入ってきた。偶然、まったく異なるほかの動機で……とスーザンは小声でくり返してみた。そう、偶然にはありえない。けれど、最大の動機が故意に作られたとしたら？　まったくべつの動機とべつの殺人者をおおい隠すために。偶然ではなく、故意に……。

ただしあの遺言状はアントニアが作ったもので、彼女はすでに死んでいる。そもそも生きていようといまいと、こんなひどい災厄を引き起こすような遺言状が彼女に作れたはずはない。それに、この件はすべてが場当たり的に進んできた。自分たち一行がここに来たのもたんに気まぐれな天候のせい、急場しのぎの措置だったのだ――殺人をごまかすための、にわか仕立ての遺言状のように。

スーザンは壁にぴたりと身を寄せたまま、ゆっくり立ちあがった。寒けがしていたが、夜の冷気のせいではなく、胸の底からわきあがってくる冷え冷えとした寒さだった。

「それは認めざるをえんだろう」医師はまださきほどの問題にこだわっていた。「この目で確認したことを無視はできない」

「耳だ」とトレヴァー。「ここはぜひとも、厳密な表現を心がけようじゃないか」

「ほう？　というと？」

「だから、耳だと言ったんだ。こちらは正確にはあの遺言状の内容を見たのではなく、聞いたのだからな。われらが友人のクロースターマン巡査なら、きっと伝聞証拠と呼ぶだろう」

トレヴァーは自分が言っていることの意味に気づいていなかった。そうでなければ、あの皮肉めかした冗談口調は消え失せていただろう。けれどスーザンは気づいた。遅まきながら撒かれた種が、みるみるうちに根づいて芽を出し、花を咲かせたのだ――わずか一分で恐るべき自然界の驚異を見せつける早回しのフィルムのように。今やすべてがあきらかになり、事実がすぐそこに見えていた。

何とも驚くべきことに、人は愛する者に対してすら、じつのところはろくに信頼を抱いていないのだ。誰もが「彼女らしくもない！」と言っていた。にもかかわらず誰ひとり、「ゆえに彼女がそんなことをしたはずはない」とは言わなかった。むしろ、ころりと見方を変え、「彼女はわれわれが考えていたような人間ではなかったのだ」と言い出した。リチャードまで。可哀相なリチャードでさえ。

スーザンはうしろを向いて、静かに階段をのぼった。足元が揺らいでぱっくり口を開きかねない未知の場所を歩いているかのように、細心の注意を払い、ぎごちなく廊下を進んでいった。

ニールの部屋のドアは、施錠すらされていなかった。たんすの中にあった彼のブリーフケースもだ。わけもなかった。例のあの細長い封筒は、ぱっとケースを開けるや否や見つかった。

スーザンは折りたたまれた分厚いリネン紙の書類を抜き出し、ベッドの枕元のスタンドの下で広げると、敷物の上にひざまずいて目を走らせた。かなりの時間がかかったが、それは法律用語に手こずったせいばかりではなく、魅入《みい》られたようにゆっくり読み進めたからだ。ひとつひとつの言葉をむさぼるようにたどり、信じられない思いで、懸命に脳裏にたたき込んでゆく。もう急ぐことはない。こちらは必要なものをすべて手に入れ、ローレンスは安全になったのだ。そしてスーザンのかたわらにはアントニアがいた。これぞアントニア、彼女はまさにこんな人間だった。この遺言状を読んで、「彼女らしくもない」と言う者はどこにもいないだろう。

遺言状を読み終え、ふたたび折りたたんでいたとき、そっとドアが開かれるのが聞こえ、人の身体が動くまえのかすかな気配が感じられた。スーザンは書類を胸に押し当て、ひざまずいたままくるりとふり向いた。目を皿にして見つめていると、ニールがゆっくり室内にあらわれ、ゆっくり背後のドアを閉めた。

彼はスーザンがいるのをとうに予期していたかのように、怒りも見せず、疲れ切った知的な眼差《まなざ》しを彼女に向けていた。スーザンはその顔に死の影と、途方に暮れたような癒しがたい哀しみを見て取った。そしてニールの手には、よもや彼が手にしようとは思えなかったはずのもの——小さな、つややかな黒い拳銃が握りしめられていた。

第十四章

時はすぎ去り、風が吹き抜けるように、
わたしたち二人も消えてゆく。
――〈薔薇の騎士〉第三幕

スーザンはひざまずいたまま足を踏ん張り、徐々に力を奮い起こした。悲鳴をあげようと口を開いたが、とても無理なことがわかった。喉がカラカラに乾き、声を絞り出すこともできない。そんな狂態とは無縁の生活を送ってきた者には、意のままに絶叫するのは容易なことではなさそうだった。

「ぼくならやめておく」ニールが抑揚のない、疲労のにじむ声で言った。「大声を出されたら、こちらはあなたを殺すことになるからね。すべてを知られたからには、やむをえないだろう。それはわかるよな?」彼は拳銃をつかんだ自分の手をちらりと見おろし、スーザンと同じぐらい驚いたようだった。「あなたには想像もつかないだろう」と、当惑し切った声で言う。「この拳銃が誰のものだったか。ぼくは銃なんてさわったこともなかったよ――リチヤードのスーツケースからこいつを取るまでは」

「例のダイヤモンドと一緒にね」スーザンは言った。われながら驚くほど冷静な口調で、これならまだ捨てたものではなさそうだと勇気づけられた。つかのま、自分というものが消え去り、二度と元にはもどれないように思えていたのだ。

「いや、あちらは彼のブリーフケースに入っていた。それであのブリーフケースを機内へ取りにいったとき、初めてあのダイヤがあることに気づいたのさ。あなたは知っているのかと思ったよ、いろいろ知ってるみたいだからね。しかし、おかしなものだよな、人間のすることときたら！　リチャードは世界じゅうの誰より拳銃なんか持っていそうになかったのに、ほら、このとおり。身を守るにはよさそうだったから、もらっておいたんだ。だがじっさいにこれを使うことになろうとは思わなかったよ」

「それを使う必要はないわ」スーザンはひたとニールの顔に目を向けたまま、「静かにしてるから。で、あなたはこれからどうするつもりなの？」

「逃げる」あの抑揚のない、悲しげな声が答えた。「こうなったら、そうするしかないだろう？　あなたにも一緒に来てもらう。ここに残していけば、すぐにも追手をかけられそうだからな。ぼくには時間が必要なんだ」

ニールは片手で額をこすり、そのしぐさの何かがスーザンに気づかせた――あれはひそかに頭の痛みをぬぐい去ろうとするむなしい試みなのだ。

「とにかく騒ぐのはやめろ」ニールは続けた。「でないと、死んでもらうことになる。事実を知られたからには、そうするしかない。なぜあれこれ探り出さなきゃならなかったんだ？ すべてがうまくいっていたのに、あなたがぼくを休ませてくれなかったんだぞ」

彼は本当に撃つ気だろうか？ そもそもあの拳銃には弾が入っているのだろうか？ いまいましいことに、見ているだけではわからない。だがそう、彼はその手の準備は怠らないだろう。これまで拳銃に触れたことさえなくても、しっかり使い方を確かめたはずだ。しかもここ四十八時間は極度の緊張状態の中で、必死に生き残るすべを探ってきたにちがいない。ニールが大きな肩を怒らせてたくましい背中をのばすのを見て、スーザンは彼が感じているはずの重圧を推《お》しはかってみた。全世界を背負っているのとさして変わりはなさそうだ。やはり、必要となれば彼は撃つだろう。

「いつもあなただった」ニールは続けた。「いつもあなたが、ぼくの前途に立ちふさがった。なぜだ？ ぼくがあなたにいったい何をした？ あなたに好意すら抱いてたんだぞ！ さあ立って、その遺言状をブリーフケースにもどすんだ。いや、ここから両手が見えるように、まっすぐこちらを向いたまま」

スーザンの両手は震えていたが、内心恐れていたほどではない。彼女の神経はまだ、頭で思うほど自分が死に瀕しているとは信じていないのだ。スーザンは遺言状を封筒の中にもどし、ブリーフケースに入れて、ケースの蓋を閉めた。

「コートのボタンをとめろ」とニール。「手袋は持っているか？　ぼくのそのウールの手袋を持っていけ」彼女が夜の寒さをしのげるようにあれこれ気遣うあいだも、手にした拳銃は微動だにしない。

ニールが背後のドアに手をのばし、施錠するのが聞こえた。用心するのが少々遅れたとはいえ、今度はぬかりなく鍵をポケットにしまい、横向きに進んでたんすからコートを取り出した。

「やめろ！」と彼女の考えを読み取って言う。「ぼくを追い詰めないでくれ。そうするしかなくなれば、引き金を引く」

彼は両目をひたとスーザンに向け――左右の腕を袖に通す数秒間のほかは――拳銃の小さな黒い目も彼女に向けたまま、もぞもぞコートを着はじめた。何ともぶざまな光景だった。だがその滑稽《こっけい》さは、ニールの絶望し切った苦悶の表情のまえでは小さくかすみ、スーザンはじっと身を凍りつかせた。生き延びたかったからだ。ローレンスは安全になり、次には何が来るにせよ、彼の頭上の影は消え去ろうとしている。それがわかった今では、何としてでも生きていたかった。

「窓を開けろ！」

スーザンの部屋と同様、ここの窓もバルコニーに面している。背中に銃が食い込むのを感じながら大きく窓を開くと、スーザンは思いめぐらした。バルコニーの端の木の階段をおりたら、ダイニングルームの窓のまえを通らなければならないはずだ。誰かが人の動く気配を感じて外を見れば、きっとわたしたちを目にする……。ふり向く勇気はなかったが、肌を刺す風と、不意にちらつきはじめた雪の中へと踏み出すあいだも、彼が肩のすぐうしろにいるのはわかっていた。

ブリーフケースをわきに抱えたニールは、背後の細長い窓を閉めるあいだだけ拳銃を左手に持ち替えた。だがその動きはスーザンには見えず、彼女はニールを驚かせたりあわてさせたりしないように必死に気遣いながら、彼のまえを進み続けた。あの緊張し切った指がピクリとでも動けば、こちらはアントニアが人生最後のときにもどれほど通常どおりにふるまったかを誰にも話せなくなってしまうのだ。

二人はバルコニーの端までくると、スーザンのほうが一歩だけまえに立ったまま、霜《しも》のついた板を注意深く踏みしめて階段をおりた。それから明かりのついた窓のまえを進みはじめたが、彼らの足音は、うなりをあげて吹きすさぶ風にかき消されていた。絶え間なくガラスに打ちつける水っぽい横なぐりの雪のせいで、室内からは彼らの姿も暗闇でうごめく影にしか見えないはずだ。誰も窓辺に来て、遠ざかってゆく二人に目をこらしたり、大声で呼びかけたりはしなかった。

「さあ」とニール。こめかみに彼の息が吹きかかるのが感じられた。「村の中を山道のほうに進むんだ。もっと足を速めろ」

スーザンは足を速めようとした。逆らうのが怖かったからだが、そのいっぽうで、カチカチに凍りついた路面が怖かった。新たな雪にうっすらおおわれた通りは、四方八方から襲いかかる雪と暗闇のせいで、足元もろくに見えない。こんな場所で急ごうとするよりは、ガラスの上を歩くほうがまだ安全だ。小さな、凍りついた雪片が頬と唇をチクチクと刺し、まつ毛の中で溶けて視界を曇らせてゆく。スーザンは踏みつぶされていない雪に足を食い込ませようと道の端っこを進んだが、すでに二日もほかの人々が同じことをしたあとでは、つるつるに凍りついていない場所はほとんど一インチ四方も残っていなかった。足をすべらせては立ちなおり、できるだけバランスを取りながら、スーザンは風の中へと突き進んだ。

「逃げ切れっこないわ」ヒューヒュー吹き荒れる風に負けじと声を張りあげて叫んだ。「この雪はひどくなるばかりよ」

「逃げてみせるさ」とニール。

「みんながあなたを捜しはじめてるはずよ」

「いや、そんなはずはない――今はまだ。クロースターマンはぼくの話を聞き終えたばかりだ。当分はドクター・ランドールが彼を満足させておいてくれるだろうし、その後もほかの連中がいる」

「でも最後にはわたしを起こしにいくわ」

「まだしばらくは行かない。それでじゅうぶんさ」

恐ろしいことに、ニールの言うとおりなのかもしれない。この村はとても小さくて、すぐに通り抜けられる。すでに二人は村の向こう端へと半分近く進んでいた。最後の家並みが背後に消えれば、あとは何もない斜面が岩だらけのせまい谷へと続き、そこを通る小道は大雪になればすぐにふさがれてしまう。それに村人たちはみな早々に寝床へ引きとり、こんな白一色の闇の中を歩きわっている者はいそうにない。フリッツィでさえ、とうの昔に使い走りの用事を終えて眠りについているはずだ。

そこではたとマクヒューのことを思い出し、燃え尽きたはずの炎がとつぜん息を吹き返したように、スーザンの胸に希望がひらめいた。この寝静まった村にも、少なくとも一人は起きている人間がいるわけだ。ここからあの左側の路地への曲がり目までのどこかで、きっと彼に出会う。マクヒューはずいぶんまえに手紙を受け取ったはずだから、今こそあの警告へのお返しをしてもらおう。けれど彼はなぜまだ姿を見せないのだろう？　アガーテの家はそれほど遠くないはずだし、彼はすぐにあのメッセージの意味に気づいたはずだ。

そのとき、しだいに強まる悲しげな風の音に混じって、一瞬かすかに、人間の叫び声らしきものが聞こえた。だが吹きすさぶ夜風は奇妙な錯覚を起こさせるものだ……。と、背後の手が警告するようにぐいと銃を食い込ませてきた。ではニールもあれを耳にしたのだ。あの声は前方のどこかから聞こえた。うず巻く雪をヴェールのようにわきへかき寄せられれば、ほんの数ヤード先に見えそうなところから。

じっと目をこらしていると、通りのわきの雪の中にころがった何やら黒っぽいものが、むっくり身もたげてぎごちなくこちらへ這い進んできた。左右の腕をのばして凍りついた路面に懸命に手をつき、ふたたび身体を持ちあげる。二人は今ではアガーテの家へと続く路地の入口のすぐそばにいた。あの家は雪の中のおぼろな影のほんの数ヤード向こうにあるはずだ。片手でまつ毛の雪を払い落として前方に目をこらしたスーザンは、自分がマクヒューを見つめていることに気づいた。

とっさに頭をよぎったのは、「彼は怪我をしている！」という、相手を気遣う考えだった。そのあと、わが身を気遣う――さらに痛切な――「彼は役に立たない！」という考えが浮かんだ。こんな夜中に出歩いている唯一の人間……にもかかわらずマクヒューは、凍《い》てつく晩に手紙を投函しに出かけたか弱い老女よろしく、大あわてで注意散漫になり、氷の上に倒れて骨折してしまったのだ。あれほど体力に自信を持ち、どんなときでも姿勢をコントロールできるとうぬぼれていたマクヒューが、よりにもよって今夜――彼の転倒が周囲のみなに最大の危害を及ぼしかねないときに――みごとに鼻っ柱をへし折られるとは。

「進め！」耳元でニールがしゃがれ声をあげ、背中に銃口を食い込ませてきた。「とまるな。声を出すんじゃないぞ」

もしもマクヒューに意識があれば、黙っていても声を出すのと同じだろう。スーザンは言った。「彼は怪我をしてるわ。ここに残って手当てをさせて。あなただって、わたしがいないほうが早く進めるはずよ」

「いいから、黙ってさっさと進むんだ。あいつのことは放っておけ」そう答えたニールの声は、彼のほうが地面に倒れているのかと思うほど絶望し切った響きに満ちていた。

おりしも、マクヒューがのばした両手――すでに新たな雪にうっすらおおわれている――のあいだから頭をあげ、青ざめた顔を彼らのほうに向けて、うめきながら深々と安堵《あんど》のため息をついた。スーザンは一瞬、かがみ込めば彼に手を触れられそうな気がしたが、もちろんそうはできない。とつぜん、そのことが自分自身の恐怖よりもさらに辛く感じられ、目のまえの光景が涙でにじんでまばゆいばかりの白黒の画像になった。

「彼を助けさせて！　あなただって知らん顔はできないはずよ！　遠まわしの方法でなら、人を殺すこともできるでしょう。それは理解できるわ。でもすぐそこにいる怪我人を見棄てて凍死させるなんて、できっこない」

「進め！」ニールは窒息しかけたような声でささやいた。「その口を閉じないと、殺してやるぞ！　もうこれからは何が起きても、殺してやる！」

スーザンはちらりとニールに目をやった。思い切ってふり向いたのはホテルを出てから初めてだったが、彼の顔がつかのま、芝居がかったすさまじい苦悩にゆがむのが見えた――まさにそのとき、これまでずっと罪なき人生を歩んできた世界から、正式に最終的な追放を言い渡されたかのように。いつしかその世界を離れてしまった彼は、今では一歩ごとにそこかを見せつけられているのだ。

マクヒューがしゃがれ声で言った。「エヴァラードか、ありがたい！　てっきり、もうだめかと――」

二人はそそくさと、よろめきながら彼のまえを通りすぎた――顔を固くこわばらせ、やみくもに前方を見すえたまま。あまりの驚愕にマクヒューも口をつぐんだ。白昼に二人のゾンビが目のまえを歩いていったかのように、わけがわからず、信じられない思いなのだろう。つかのま、彼ら三人はそろって沈黙と恐怖の輪の中にとらわれた。二人の背中が遠ざかり、降りしきる無情な雪の向こうに消えかけると、ようやくマクヒューは肘をついて身をもたげ、死にもの狂いで叫びはじめた。「エヴァラード、いったい何のつもりだ？　早くもどってきてくれ！　ちくしょう、助けてくれよ、脚の骨を折ったんだ――」

その言葉はたちまち吹きすさぶ風に引き裂かれ、声そのものまでもが、フェンスの杭に猛然とからみつく風の音とろくに見分けがつかなくなった。ほどなく、マクヒューの叫び声は二人の耳には届かなくなった。こんな強風が吹き荒れていたのでは、周囲のどこかの家に届くかどうかも疑問だ。

やがて、村の最後のフェンスが背後に消えた。通りは細い下り坂になり、雨裂《うれつ》にそって小川のようにきっちり左右にうねりながら進んでゆく。最後の広々とした斜面では、強まるいっぽうの雪が、目まいがするほどぐるぐるうず巻きながら舞っていた。岩場の入口まで手探りで進んだ二人は、最初の大きなごつごつした岩の陰で立ちどまり、一息ついて目元の雪をぬぐった。

「今ならまだ引き返せるはずよ」スーザンは言った。たとえ殺されても言わずにはいられなかったのだ。けれど、それは事実ですらなさそうだった。おそらくニールが引き返すための唯一の条件は、本人にとってはとうてい受け入れがたいものだろう。それでもスーザンは言った。「あなたはまだ彼を助けにもどれるわ」

「進め」ニールは彼女をぐいと押しやり、岩のあいだを下る曲がりくねった小道へ進ませた。風に吹き寄せられた雪がすでに膝まで積もり、下の村からあがってきたクロースターマン巡査たちの一行が残した踏み跡をすっかり埋めていた。朝にはこの道はふたたび閉ざされてしまうにちがいない。不安定な気流と岩の並び方のせいで強風が吹き荒れる地点では、スーザンは腰まで埋もれてもがきながら、岩から岩へと手探りで進んだ。もはや両目は役に立たなくなっていた。下の谷間からもときおり旋風にのって、雪が霧のように舞いあがってくる。

スーザンは息を切らしてしばし立ちどまり、背中を岩にもたせかけると、「とてもみんなは殺せないわよ」と大声で叫んだ。「マクヒューやわたしみたいな邪魔者を残らず殺せるはずはないでしょ？　わたしたちは彼に話しかけなかった。だからどうだっていうの？　これ以上ないほど大声で事態を告げたようなものよ。いずれはみんなが知るでしょう。それはわたしが気づいたときから避けられないことだった。じつのところ、初めからずっと避けられないことだったのよ」スーザンはもう叫んではいなかった。ニールも喜んで立ちどまり、大きな岩の隙間の、荒れ狂う風から守られた静かな一角に、彼女と向かい合わせにもたれかかっていたからだ。彼もスーザンと同じぐらい疲れ切っていた。唇のあいだから苦しげに息を吐く音が聞こえる。

「もうもどりましょう」とスーザン。

「そうできたら、どんなにいいか」ニールは恐ろしいほどの諦観《ていかん》を込め、ごく静かに言った。「もしも可能なら、ぼくは今度の件をすべてなかったことにして、元の自分にもどるに決まってるじゃないか。だが人は過去にはもどれない。ひとたび誰かを殺したら、もうあともどりはできないんだ」

彼の顔がすぐそこにあった。真っ白な雪におおわれた赤茶色の濡れた髪。その下の悩ましげな広々とした額に、あたりのわずかな光が残らず集まっているようだ。彼はあのブリーフケースを左の腕にしっかり抱えたまま、右手を深々とコートのポケットに突っ込んでいたが、その手がまだ拳銃を握りしめているのがわかった。

「わけもなかったよ」疲れたような驚嘆のにじむ声だった。「彼に触れる必要すらなくて、まったく手を汚した気はしなかった。ただ、その後はもう引き返すことも、立ちどまることもできなくなった。いろんな出来事がたえずぼくを突き動かした。あなたがたえずぼくを突き動かしたんだ、無理やりぼくの手を駆り立てて。今もそうだ。ぼくにあなたを殺させようとしている。こちらはちっともあなたを殺したくなんかなかったのに」

スーザンも心の底では、初めからわかっていた。やはりニールは彼女を殺すつもりなのだ。彼はスーザンと一緒に姿を消したことで疑いの目を向けられるかもしれないが、それだけで殺人の罪が——彼女を殺した罪ですら——証明されるわけではない。彼女以外には誰ひとり、アントニアの遺言状と大公家のダイヤモンドに関する事実を証言できる者はいないのだ。スーザンが二度と生きて帰らなければ、ほかの誰も知ることはないだろう。彼女の失踪は少なくとも事態を混乱させるかもしれないが、そうしてことが滞っているうちに、運がよければニールは無事に逃げ出せるだろう。とりわけこの吹雪《ふぶき》で朝になるまえにこの道がふたたび不通になってしまえば……。けれど足手まといになるだけの彼女のほうは、もうあまり長くは生き延びられそうにない。それはよくわかった。彼にとっては時間が何より貴重なはずだ。

「わたしが死んでもまだ、いろんな出来事があなたを突き動かすわ」スーザンは言った。「それをとめる唯一の方法は、もどって事態と向き合うことよ」

ニールは何度か深々と——肉体的な疲労というより、心にのしかかる重みのせいだろう——苦しげに、ため息をつくように息を吐き、ようやく答えを口にする力を奮い起こした。

「それはぼくも考えたよ」

耐えがたい重荷を彼女と分かち合えば心が軽くなるとでもいうように、すべてがあっさりと明かされた。「あなたがいなくなったら、ぼくはもどるつもりだ。そしてみんなにこう話す。もう起きているか部屋をのぞいてみたら、あなたは姿を消して――逃げ出していたとね。ローレンスにアリバイを与えようとして嘘をついたあなたは、いざ警察がやってくると、怖《おじ》気《け》づいてしまった。事後従犯になるわけだからな。それで逃げ出したんだ。ぼくはあなたを捜して連れもどそうとあとを追ったが、見つけることはできなかった。ただし明日には――明るくなれば――あなたは発見されるはずだ。この下の、片側が崖になってるところで道を踏みはずしてすべり落ちているのがね。かなりの急斜面だし、あとは雪がうまくやってくれるだろう。ほかには誰もあのミセス・バーンの遺言状を見ていないから、ぼくの話はすんなり信じてもらえるはずだ。必要ならあの遺言状も始末する――理由はどうにか説明できるさ。ああ、そうとも、みんなこの話を信じるだろう」

　その抑揚のない、悲哀に満ちた声には、自己満足も、勝ち誇った響きも感じられなかった。せめてそうしたものがあれば、スーザンにはいくらか耐えやすかったろう。もちろん、殺されるだけでもひどいのに、ローレンスの頭上の死の影を払いのけることもできずに殺されるなんて、あんまりだ。とつぜんスーザンの胸に、目のまえの男がついぞ感じたことがないはずの、正真正銘の燃えるような殺意がこみあげた。純粋な怒りから来るその衝動は、容易には抑え込めないほど強く、無意味な悪態や猛《たけ》り狂った動作ではとうてい表現できないほど激しいものだった。スーザンは地団駄を踏み、必死に戦った。

「それじゃ、わたしは逃げ出したのね？　お金も——パスポートも持たずに。そんな話を誰が信じるかしら？」

「彼らは信じるさ」ニールは苦しげに胸を波打たせながら答えた。「こちらがもっともらしく話してみせれば。人はパニックを起こすと馬鹿げたことをするものだ」

「でもわたしがパニックを起こしたところなんて誰が目にしたの？　あなたは見た？　今もわたしはパニックを起こしてる？　あの人たちはあなたよりもずっと、わたしのことを知ってるわ。そんな話を鵜《う》呑《の》みにはしないわよ。それに——」スーザンは笑みを浮かべて怒りに燃える目でニールを見あげ、濡れそぼった黒っぽい巻き毛を額からかきあげた。「それならあなたはマクヒューを殺すべきだった、そうでしょう？　今さら彼に何かをもっともらしく話してみせる必要はない。彼は知ってるんだもの！　わたしが逃げ出したから連れもどそうとしたなんて、マクヒューに話しても無駄よ——彼はわたしたち二人が立ち去るのを見たんだから！」

「マクヒューがそれをほかの誰かに話すはずはないさ」ニールは息をはずませ、復讐心に燃える彼女の目から無理やり顔をそむけた。「雪と霜が始末してくれる」

「彼は今ごろはもうどこかの家に運び込まれてる、それはあなたもわかってるはずよ。彼は誰かが助けにくるまで大声で叫び続けるはずだもの——人間らしい心を捨てていない誰かが助けにくるまでね」

「誰にも聞こえやしないさ！　どんなに声をあげても風にかき消されて——」

「だったら、彼はきっとどこかの家まで這いずってくわ。それに、今ごろはみんながわたしを捜してるはずだってことも忘れないで。わたしがホテルの中にいないことがわかれば、彼らは外を捜しはじめる。そしてマクヒューを見つけるはずよ。そうしたら彼が、あなたとわたしがどんなふうに村から出ていったかを話す。ほらね」スーザンは一語ずつ、ニールに向かって吐き出すように口にした。「あなたはこれからもずっと、ほかの誰かを殺し続けなきゃならないの、次から次へと。犠牲者がどんどん増えていく。今ここでやめたほうがいいわ。こうしたことにはきりがないのよ」

それはニールにもわかっていた。たしかに、どれほど遠い先へと目をこらしても、殺人にはいっさい終わりがない。まるで死そのものが彼の肉体を糧《かて》に無限に再生されてゆくかのように、たえず犯行を重ね、そのたびに恐怖が膨れあがってゆくのだ。ニールは嗚咽《おえつ》を漏らして身をかがめると、彼女の肩の上の岩肌に額を押しつけ、みじめな思いに打ちひしがれて泣きじゃくりはじめた。それでも、彼女のわきばらに食い込ませている拳銃をつかむ手はゆるめなかった。

第十五章

怖がらないで、何が起きても！
きっとあなたを助けてみせる、
どうやってかは、まだわからないけど。
――〈薔薇の騎士〉第二幕

ずっと一人で部屋にとり残されていたローレンスは、ついにこれ以上は我慢できなくなった。昼間にあんなひどい別れかたをして以来、彼はもう十回以上も気遣わしげに、スーザンはもう姿を見せたか尋ねていた。そのたびに相手は大なり小なり苛立《いらだ》ちのこもった口調で、彼女はまだ眠っているが、起きたらすぐに知らせると言う。だがいつまでたってもそうなので、ローレンスはもうドクター・ランドールのことすら少々信頼できなくなっていた。

それに今では、下の村から男たちの一団が雪をかき分けてたどり着いたようだった。彼らとともにフラウ・アガーテの夫の警察官も到着し、またもや無意味な審問で事件の全容を解明しようとしているはずだ。だが誰もローレンスのそばにはやってこなかった。階下《した》のどこかで本人不在のまま、彼に不利な主張がどんどん積みあげられているのだ。そのことに注意を向けている余裕があれば、じつに不当な話に思えたことだろう。だが何より腹立たしいのは、いまだにスーザンに会わせてもらえないことだった。

ローレンスはもういちど眠り、たっぷり食事をとっていたので、かなり元気を回復したように思えた。ベッドにもどれと命じる者がいないのをよいことに、立ちあがって室内を歩きまわってみると、ほんの少し脚が震えただけだった。これならまったく問題はない。ただし、空腹でもないのにどこかうつろな感じで胃がむかついている。それにどう見ても、身体じゅうを殴られたようにあらゆる筋肉がこわばってズキズキしていたし、反抗的な生徒だった学校時代にわざと威勢よく木の椅子にすわってソックスを履いたあとのように、身体の一部がひどく痛んだ。

いかにも病みあがりの人間らしい少々ぎこちない動きで服を着て、髪をざっととかしつけていると、母屋へ通じる廊下の先のほうを横切るかすかな足音が聞こえた。あの軽やかな足取りはリーズルだ。

櫛《くし》を放り投げ、両手のこぶしでドアをドンドンたたこうとしたローレンスは、すんでのところで思いとどまった。そんなことをすれば彼女は警戒し、ぜったいドアを開けようとしないだろう。彼はまだ、ベッドに寝たきりの重病人も同然の状態で、若い娘に不安を抱かせたりはしないことになっているのだ。そこで、ドアをたたくかわりに声をあげてみた。小声で哀れっぽく訴えかければリーズルはたちまち飛んできそうだが、それでは彼女の耳には届かないだろう。ローレンスはやむなく、どうにか聞こえそうな程度に声を張りあげ——なおかつ、相手が耳をかたむける気になるような哀れっぽい口調で——彼女の名を呼んだ。

足音がとまった。リーズルがためらいがちに彼の部屋のドアへと近づいてくる。「何か欲しいんですか、ミスタ・クウェイン？」

「面倒をかけて悪いけど、ぼくは起きあがっちゃいけないことになっているから……スーツケースの中の本を取ってもらえないかな。しばらく起きていたいんだ、もうじき彼らがぼくに会いたがるはずだしね。だけどここには話し相手もいない。何かをせずにはいられないんだよ」

恥ずかしくなるほどすらすらと、哀れっぽい言葉が口を突いて出た。その間ずっとドアの横の壁にぴたりと背中を押しつけていたのだが、声をできるだけ低く抑えていたから、彼女はローレンスがすぐそこにいるとは気づかないはずだった。

リーズルはまだサービス用の鍵束をポケットに持っていた。カチャカチャ音をたて、この部屋の鍵を選び出そうとしている。「もちろん、ミスタ・クウェイン、わたしが取ってあげます」

まったく疑うふしもなくドアが開き、彼女が部屋に入ってきた。そのままずんずん何歩か進んだあと、彼女はベッドが空っぽなのに気づいたが、それと同時にドアの取っ手がローレンスにしっかり奪い取られた。ローレンスとしては、リーズルがふたたび部屋から飛び出し、彼の鼻先でぴしゃりとドアを閉めるのを防ぎたかったのだ。

リーズルはぎょっとして、とがめるように小さく叫んだ。「まあ、ミスタ・クウェイン、だめですよ――あなたはまだ――」

「まあ、固いことは言わないで！」とローレンス。「きみを傷つける気はないし、何も悪さはしないから。ただ、すごい伝染病にでもかかってるみたいに隔離されるのにはうんざりしてるんだ。ぼくにだってほかのみんなと同様に、階下で自分の利益に目を光らせる権利があるはずだぞ。それに、スーザンに会いたいんだよ。彼女はどこにいるんだい？」

「でもあなたは病気なんですよ」リーズルは愛らしい腕を穏やかに広げ、ニワトリを檻にでも追い込むように、彼をベッドにもどらせようとした。「起きあがっちゃいけません、それはよくわかっているでしょう、ドクター・ランドールが――」

「だけど気分は上々だし、スーザンと話したいんだ。彼女はみんなと階下《した》にいるのかな？どこなんだ？　ダイニングルームかい？」

「いいえ、まだご自分の部屋にいて、ちょうどあたしが起こしにいくところだったんです。だけど、お願い、あなたを行かせるわけには――」

「悪いが、リーズル、ぼくをとめることはできないぞ」

ローレンスはすでに廊下に踏み出し、スーザンの部屋のドアへと向かっていた。あわてふためいたリーズルが羽を逆立てた鳥のように両手をばたつかせ、小走りにあとを追ってくる。

「誰もきみを責めたりはしないはずだし、どのみちぼくはスーザンと話し終えたら、おとなしく階下へ出頭するつもりだよ。みんなで一緒におりていこう、約束する」

ローレンスはそっとリーズルの肩をつかみ、スーザンの部屋の閉じたドアのまえに立たせた。「じゃあいい子だから、きみが中に入ってうまく取りなしてくれ。ぼくが部屋の外で悔恨に暮れてることを話して、しょぼくれた人間を足蹴《あしげ》にしたりしないように言ってみるとか」

じっさい、ローレンスはかつて記憶にないほど、見た目も気分もしょぼくれていた。それでもなぜか、心の中は揺るぎない希望に満ちていた。この世の何物も——死も、不当な扱いも、疑惑も、人間同士の反目も——この希望を侵すことはできない。このドアの向こう、三ヤードも離れていないところでスーザンが眠っていることを思うと、すべてが申し分なく感じられた。

リーズルがそっとドアをたたいたが、反応はない。彼女は取っ手をまわして中に入っていった。ローレンスはあとに続こうとはせず、廊下の真ん中で行儀よく待っていた。抑えがたい期待に、鼓動がちょっぴり速まった。

「変ね」とリーズル。「彼女はここにはいないみたい。きっとあたしがあなたの部屋に呼ばれてるあいだに、下へおりたばかりなんだわ」

それを聞いてローレンスは室内に入ると、スイッチをはじいて明かりをつけた。部屋の主《あるじ》はおらず、ベッドは空っぽで、上掛けはめくれたままになっている。だがとくに心配はしなかった——その時点では。

きびすを返して階段を駆けおり、ダイニングルームへ入ってゆくと、ミランダとドクター・ランドールが待機していたが、スーザンはそこにもいなかった。彼の母親がぱっと立ちあがり、疲労と不安のせいか、いつにない優しさで彼を抱きしめた。ローレンスは上の空で母親の身体に腕をまわし、彼女の肩ごしにすばやく室内に視線をめぐらせた。両目の熱いきらめきがみるみる薄れ、初めて不安の影がよぎった。

「ああ、ローレンス、それじゃ、部屋から出してもらえたの？　やっとわかってもらえたのかしら——？」

「スーザンはどこ？」ローレンスはずばりと尋ねた。「姿を見た？」

「彼女はまだ自分の部屋にいる」ドクター・ランドールが言った。「ついさっきリーズルが起こしにいったところだ。わたしはきみのことを忘れていたわけじゃないぞ。それに、いつベッドから出てもいいと言ったかね？」

「リーズルのことは知ってます、今しがた二階に残してきたところです。でもスーザンは部屋にはいません。てっきり、もうここに来てるのかと思ったんだけどな」

二つの声が即座にそれを否定し、ミランダがどこかとげのある口調で続けた。「でもきっと、どこかそこらでぴんぴんしてますよ。どうしてあなたがあの人の行動を詮索しなきゃならないの？　そろそろ自分の立場をじっくり考えてみるのね。わたしはあの若い人に言ったのよ、『うちの息子はどう見ても無実です、あなたは何の権利があって疑いをかけたり――』」

「そうだろうとも、お母さん」ローレンスは機械的に答えると、とつぜん母親から手を離してホールに飛び出した。まだ足元の床がいくらかふわふわしている感じだが、しだいに安定しはじめている。スーザンに関する懸念のせいで、あらゆるものがふたたびはっきり認識できるようになっていた――今にもくずおれそうな両脚の骨までもが。ローレンスは小さな事務室のドアをさっと開くと、冷たい戸外の風のように室内に飛び込んだ。

「スーザンがいないんです」彼はクロースターマン巡査のあっけにとられた顔に向かって非難がましく言い放ち、そのあと、はたと気づいて苛立った――相手に理解してもらいたければ、ドイツ語で言うべきだったのだ。それも、いきなり事実を述べたりせずに、少しは説明を加えて。だが、どちらも彼の手には負えそうもない。そこで、どうやら通訳なしでも巡査とそこそこ話を交わせるらしいトレヴァー・メイスンに目を向けた。

「彼女は上の部屋にはいないし、誰もこちらへおりてきたのを見ていないから、心配なんです。みんなで捜すべきですよ。居場所がわからないままにしておくのはよくないと思うな、夜のこんな時間に、しかも殺人者がまだそのへんにいるのに」

あとを追ってきたミランダが、腹立たしげにローレンスの腕を引っ張った。「まったく馬鹿な子ね。おおかた彼女はバスルームにでもいるんでしょうよ、起きたばかりのようだから――」

「起きたばかりじゃない。ベッドは冷たかったよ。それに彼女はバスルームにもいない。さっき階下に来る途中で通りかかったけど、ドアが少し開いて明かりも消えていた。彼に話してください、トレヴァー。トレヴァー！　早く彼女を見つけなきゃ」

トレヴァーはたどたどしいが、じゅうぶん意味の通じるドイツ語で巡査に話を伝えた。ミランダの肩先から、ドクター・ランドールが身を乗り出した。「ひょっとすると、彼女は調理場へトレイを返しにいったのかもしれん」医師はローレンスが手間を省いてやる暇もなく、さっさと確かめに向かった――スーザンのトレイは手つかずのまま部屋に置かれていたのだが。

クロースターマン巡査がテーブルの奥から立ちあがった。三十がらみのがっしりした物静かな男で、山国の人間らしい、風雨にさらされた思慮深そうな顔をしている。その知的で生き生きした目が周囲の顔から顔へとめぐらされ、しばしローレンスの上にとまった。じっと彼を注視しながら、トレヴァーにいくつか簡潔な質問をしたあと、巡査はテーブルにずらりと並べられた書類をかき集め、すばやく金庫にしまいなおした。

ほどなく、ドクター・ランドールがフランツを背後に従えて調理場からもどり、リーズルが階段を駆けおりながら、不安げな甲高い声で叫んだ。「ミス・コンロイのコートがなくなってます。それにブーツ……あのすてきなスノーブーツも見当たりません。どういうことかしら。彼女はこんな時間にどこへ行ったの？」

クロースターマン巡査はその場のみなをざっと見まわした。メーレルト夫人はすでに床に就いていたが、今ではこの緊急事態が、ほかの者たちを残らず引き寄せていた。ただ一人を除いて。

「エヴァラードさんはどこですか《ヴォー・イスト・ヘル・エヴァラード》？」巡査は尋ねた。

誰もニールの居場所を知らなかった。彼がここから出てきて二階へ行ったあと、姿を見かけた者はない。フランツが駆け足で二階の彼の部屋を見にいった。ニールはそこにはおらず、ベッドは少しも乱れていなかった。たんすの扉が開け放たれて、ハンガーのひとつが床に落ちている。バルコニーへ続く窓は閉ざされていたが、長いカーテンの端がガラス戸にはさまっていた。それをはずそうと内側の窓を開くや、新たな雪がどっと吹き込み、軽やかな花びらのように敷物の上に舞い落ちた。

すぐさまホテル内の男たちは残らず捜索に駆り出され、コートやアノラックやセーターに手をのばした。ラム酒入りのコーヒーでぽかぽかに温まったバート・シュヴァンデック村の作業員たちも、次々と酒場《バー》からくり出してきた。

玄関の外では風が吹き荒れていた。通りの端には新たに雪が高々と吹き寄せられ、風をさえぎる家並みやフェンスが途切れるたびに、波打つなめらかな雪の堤が広がっている。捜索者たちは顔をおおって、村を通り抜けるゆるやかな坂を南へ下りはじめた。行方不明の二人がこのあたりでどこかほかの人家へたどり着こうとしたのなら、それ以外に行く道はないからだ。

ローレンスは借り物の巨大なセーターを自分のセーターの上に大急ぎでひっかぶり、頭をさげて、吹きつける風の中へ真っ先に飛び出した。役立たずの靴を履いた足で、よろめきながらしゃにむに突っ走り、吹き溜まりをかき分け、すべり、ころび、どうにか立ちあがってふたたび走り出す。何かひどくおかしな、まずいことが起きたのだ。とにかく、それをどうにかしなければ。

スーザンが姿を消し、ニールも姿を消した。それはほかの人々、今しもローレンスの背後で散開し、この村と谷間をくまなく調べようとしている人々の目にはどう映っているのだろう？　あの二人には何か、行方をくらまさなければならない共通の理由——今にも露見しそうな、やましい理由があり……手に手を取って逃げ出した、とか？　ローレンスはそうは思わなかった。スーザンのことを知っていたからだ。彼女にこっぴどく傷つけられ、何度も懸命に否定しようとしてはみたものの、やはり彼女はあの奇妙なクリスマスイブをニールではなく、彼——ローレンスとすごしたのだ。彼女には逃げ出す理由はない。そもそも、逃げ出すようなタイプではないのだ。

ローレンスはもう何も考えず、ただ心の命じるままに、雪とうず巻く暗闇の中をもがきながら進み続けた。ほかには何も入り込む余地がないほど激しく彼の心を駆り立てていたのは、彼女のための恐怖、彼女への愛、彼女を見つけなければという痛切な思いだった。それ以外は、この世の何もかもあとまわしだ。

通りの真ん中で立ちどまったローレンスは、丸めた両手を口元に当て、吹きつける風に向かって大声で叫んでみた。と、風にあおられた雪のように宙を舞いながら、かすかな叫び声が返ってきた。ローレンスはおっかなびっくり、手探りでそちらへ進んだ。にわかに希望が芽生えるいっぽうで、彼女の声ではないような気がしたし、そもそも大声をあげたのは失敗だったのではないかと不安にすらなっていた。雪で目が見えず、通りの左側のフェンスにぶつかった彼は、それに両手を這わせて進んでゆくうちに、真っ白な地面から弱々しく首をもたげた何やら黒っぽいものにつまずいた。のばした両手が、誰かの袖に触れた。次には、モグラが地面を突き破るように、パリパリに固まった雪の下からぬっと突き出た誰かの肩に。ローレンスは重たい頭の下に腕をまわして抱えあげると、ミトンをはめた手で、相手の凍りついた両目と苦しげにあえぐ口から雪を払い落とした。

「マクヒュー！　ええっ、どういうことだ？　怪我でもしたんですか？」

「脚の……」青ざめた唇が震え、力なく雪を吐き出して、「骨を折ったのさ。むちゃくちゃ急いで――馬鹿なまねをしちまった――」

「しっかりして。じきに連れて帰ってあげるから。すぐそこにみんなが来てるんです」ローレンスは首をめぐらし、背後の通りを進んでくる捜索隊に向かって大声で呼びかけた。

「いくら叫んでも……誰にも聞こえなかったし……いまいましい木戸の掛け金には……手が届かなかったんだ」マクヒューはローレンスの肩にもたれてもう少しだけ起きあり、ハーハーあえぎながら言った。「よし、きみはもう行け！」

ローレンスがもういちど叫ぶと、今度は返事が聞こえた。暗がりの奥から次々と人影があらわれ、よろめきながらこちらへ近づいてくる。「ここだ！」ローレンスは叫んだ。「マクヒューがいる。彼はころんで、怪我をしたんだ！」

「きみはもう行け！」マクヒューは粉々に崩れて口に入った雪を飲み込んだ。「彼らはすぐそこを通りすぎていった――あっちのほうへ。何か様子がおかしくて……」

「通りすぎて？　彼らって――誰が？　スーザン？　スーザンとニールが？　二人一緒にじゃないんでしょうね？」

「ああ、一緒に……そっちへ進んでいった」

「あなたの目のまえを通って？」ローレンスは逆上し切って叫んだ。「ええっ、こんなふうに倒れたあなたを置いて？　スーザンが？」

「仕方なかったのさ」冷え切った口を苦しげに動かし、もぐもぐと言う。「彼がそうさせたんだ……一言もしゃべらなかったが、無理やり彼女を進ませた。早くあとを追え……まるで死人みたいに青ざめてたぞ――二人とも」

今にも走り出そうと身構えながら、ローレンスはふんぎりがつかずに悶々《もんもん》と背後に目をやった。クロースターマン巡査が吹き溜まりの最後の数ヤードを敢然とかき分けながら進んでくるところで、そのかたわらにはドクター・ランドール、彼らのあとには谷間の村からやってきた三人の男たちが続いている。

「急げ！」マクヒューが弱々しくローレンスを押しやりながらせきたてた。「おれにかまうな、だいじょうぶだ。彼らにも話しておくよ」

ローレンスはすばやく立ちあがって駆け出した。彼が坂道の下へと姿を消すのと同時に、ドクター・ランドールが怪我人のかたわらの雪の中にひざまずき、ねじ曲がった左脚に慎重に手を走らせはじめた。フランツとほかの二人の男たちは、いちばん近くのフェンスの木戸を蝶番《ちょうつがい》からはずした。ローレンスがふり向きもせずにひた走り、村はずれの広々とした斜面に着いたころには、彼らはそっと怪我人を持ちあげてにわか作りの担架にのせ、二枚のコートを枕と上掛けがわりにしてやっていた。

だがその手際のよさが災いし、マクヒューは早々と口を閉ざしてしまうことになった。どうにか筋の通った話をしてみなの注意をとらえるまえに、彼はさっさと担ぎあげられ――穏やかな、手慣れた扱いではあったものの――気を失ってしまったからだ。気づいたときにはホテルの暖かい調理場に寝かされており、さらに数分たってから、ようやく自分の役目を思い出し、それを首尾よく成し遂げたのだった。

彼らはマクヒューの話を聞くと、彼の世話を医師にゆだね、ほかの捜索者たちを大声で呼び集めながら、ふたたび夜の闇の中へと飛び出した。だがすでにローレンスは、はるか前方で、岩場の小道を必死に下りはじめていた。

降り積もる雪があらゆる輪郭をぼやけさせ、おかげで水中を突き進んでいるように、次には足がどこまで沈み込むか予測がつかなくなっていた。それでも慎重になれば速度が落ちるし、今は何より時間を無駄にはできない。しかし、そんなふうに思えたのは、うかつにも足を踏みはずし、岩のあいだのせまい隙間に猛烈な勢いで落ち込むまでのことだった。ローレンスはショックを受けながらも無事にそこから這い出すと、あんな村の真ん中の通りで脚を折って立ち往生したマクヒューのことを考え、しばらくは無茶を控えるようにした。今ここで自分が動けなくなったら、スーザンはどうなるだろう？

だが頭の中の小うるさい声がしきりに注意をうながすいっぽうで、その十倍もの声が急げとわめきたて、ローレンスはじきに速度をゆるめるのをやめた。岩壁《がんぺき》のあいだをジグザグと縫い進む隘路《あいろ》を下るのは容易ではなく、両手を広げて左右の岩を押しやりながら飛び跳ねるように進んでいると、ときおりどっと崩れ落ちた雪の中で足をすべらせた。壁が途切れた場所では何度か吹き溜まりに胸まで埋もれたし、いちどは道からずり落ちて穴にはまり、柔らかい雪に頭まですっぽり飲み込まれたりもした。そこから這い出したときには、岩にこすれた片側の頬の皮膚が半分近くリボンのようにすり剝《む》けていた。ゆっくり這い進むしかなくなると、身体が狂おしくぶるぶる震えるのが感じられたが、それはわが身の安全よりも効率を考えろという警報のように思えた。逆にすばやく動けるときには、肉体的な不具合を意識している暇はなくなり、かえって好都合だった。どのみち、一刻の猶予もなかったからだ。

行く手で誰か、あるいは何かが動いているのはいっさい見えなかった。たとえ吹雪のせいで数ヤードしか視界がきかなくなっていなくても、ここの地形は起伏が激しく、複雑そのものなのだ。それでも当面、いくらか傾斜がゆるんだように思えたし、右側にそそり立つ絶壁のおかげで、風も少しは穏やかになっていた。おまけに、しばらくは岩だらけの雨裂《うれつ》が峡谷と呼べるぐらいの幅に広がっており、もっと自由に動けそうだった。ローレンスはトレイルランニングをしているように長い両脚を動かし、白一色の雪の下にひそんでいるかもしれない地面の凹凸《おうとつ》を気にもかけずに、ゆるやかな坂道を猛スピードで下りはじめた。

その後はまたしばらく岩のあいだを縫い進む隘路になり、大きな岩のわきをまわったとたんに敵と鉢合わせしたり、知らぬ間に敵に追いついて抱きついていたりしかねないような、先の見えない曲がり目が続いた。そこを通り抜けると、牧場《まきば》のように穏やかな山腹の緩斜面に出た。そこでとつぜん奇跡のように、目のまえに彼らの通った跡が見つかった。真っ白な雪原に刻まれた、一筋の曲がりくねった溝。彼らはすぐそこにいるとみえ、その溝はまだ風に切り刻まれるどころか、ぎざぎざの縁をなめらかに削られてさえいない。一筋の溝がところどころ二本に分かれているのに気づき、ローレンスは胸を高鳴らせ、新たな力を奮い起こして突き進みはじめた。

雪原の端の隆起を越えると、波打つ斜面が少しだけ続き、その先はまた岩だらけの急な坂道になっていた。そこでは谷間の村へと続く道はせまい岩棚の上を走り、右側はそそり立つ山肌、左側は足のすくむような断崖だった。ハーハーあえぎながら隆起を乗り越えたローレンスは、行く手を見おろし、目当ての二人の姿を眼下に認めた。間違いない。下のほうでは垂れ込めた霧と雪が谷間からうずを巻いて舞いあがり、ほかのすべてを視界からおおい隠していたが、彼らとのあいだに降るまばらな雪は、今ではひらめくヴェールにしか見えない程度になっていた。

二つの小さな黒っぽい人影は、ぴたりと身を寄せ合って岩棚のほうに近づいてゆく。その先の小道は岩だらけの山腹をよぎるかすかな白い筋にすぎず、左右の急斜面とろくに見分けがつかないほど雪に埋もれていた。

ローレンスは彼らが残した深い溝をずるずるすべりながら駆けおりた。つかのま、二人の姿が視界から消えたが、次にまっすぐ立ちあがると、とつぜん彼らのすぐそばに来ていた。ローレンスは姿を見られたのではないかとあわてて雪の中にしゃがんだ。

彼らはそこから三十ヤードと離れていないところにおり、彼らは疲れ切った緩慢な動きで、よろめきながら斜面を下へと突き進んでいた。今では岩棚の端のすぐそばにいる。スーザンが首をめぐらし、その真っ青な顔がちらりと見えたかと思うと、風にのって途切れ途切れに彼らの声が聞こえたような気がした。そしてごくはっきりと、ニールの右腕が彼女をまえに押しやるのが見えた。彼女が岩棚の小道に足を踏み出さざるを得なくなるところまで、どんどん進ませてゆく。暗闇の中であんな崖道を進むのは正気の沙汰ではない。彼女は震えあがって尻込みしているが、ニールはなおも彼女をまえへと押しやった。

と、不意にスーザンが雪の中にくずおれ、両手で頭を抱えてうずくまった。ニールは彼女の袖をつかんでぐいと立ちあがらせようとしたあと、彼女を引きずりあげるだけの力が残っていないことに気づき、とつぜん、ありったけの力を込めて彼女を蹴飛ばした。

ローレンスが怒号をあげて斜面の下へと駆け出すと、風を切り裂いて響き渡ったその声に、二人はぎょっとしたようにふり向いて彼を見あげた。つかのまスーザンの顔が目に映り、絶望し切ったように見開かれた瞳にぱっと認知と歓喜の光がひらめくのが見えたかと思うと、彼女があえぎながら金切り声で叫んだ――「気をつけて、彼は銃を持ってるわ！」

ローレンスは投げつけられた石のように突進しながらも、身震いするほどの衝撃を覚えた。銃など勘定に入れていなかった。そんなものには生まれてこのかた出くわしたことがなかったのだ。

だが持ちまえの無鉄砲さが彼を救った。しぶきのように雪を飛び散らせて斜面をころげ落ちたおかげで、ニールの放った銃弾は無事に彼の背後の地面に食い込んだのだ。もしもこちらが立ったままなら、上半身のどこかに当たっていただろう。ローレンスは勢いよく相手の足元に突っ込み、ニールもろとも崖っぷちのほうに一ヤードほど吹っ飛んだ。すばやくでんぐり返ってひざまずき、両手でニールの太腿をつかんで彼を引きずり倒そうとした。だがニールは身をのけぞらせて抵抗し、銃を握りしめた手で、ローレンスの仰向けられた顔を容赦なく打ちすえた。

はじけるような痛みを通してぼんやりと、スーザンの悲鳴が聞こえてきた。ローレンスはニールの身体にぐっと頭を押しつけ、狂ったような乱打を避けながら、両手を下にずらして相手の突っぱった膝をねじあげた。早く決着をつけたほうがいい。もともと取っくみ合いの喧嘩は苦手なうえに、この身体ではとても長くは持たないだろう。ありったけの力を込めてニールを引きずり倒すと、必死に銃を奪い合いながら彼とともに雪の中をころがった。そのときはたと、ニールがなぜ自分を打ちたたくのに片手――銃を持ったほうの手――しか使わなかったのか気づいた。ニールが左のわきの下にしっかり抱え込んでいた何かが、倒れた拍子に腕から飛び出したのだ。それが雪の中に落ちると、スーザンが踏み荒らされた地面に頭から突っ込んでつかみ取った。

ニールは胸をえぐられるほど痛切に、それが遠ざかってゆくのを感じていた。そのあとを追って片手をむなしくのばし、一瞬、首をめぐらして悲愴《ひそう》な叫びをあげた。ローレンスはすかさず拳銃に飛びつき、相手のこわばった手首をつかんで懸命に指をこじ開けようとしたが、すでに一瞬の隙《すき》はすぎ去っていた。無理やり注意を引きもどされたニールは、狂ったように左手でローレンスを押しやり、一緒になって地面をころがりながら、膝を引きあげて彼の股間を思い切り蹴りつけた。ローレンスはぱっと手を放し、背中を丸めてうめきはじめた。あまりの痛みに、身体を二つに折って力なくひざまずく。その間にニールは彼の手の届かないところへ這い進み、よろよろ立ちあがると、最後のとどめを刺そうと銃をかまえた。

スーザンが金切り声で「ニール！」と叫んだ。その狂おしい響きにニールはためらい、彼女のほうにわずかに首をめぐらした。

スーザンはあのブリーフケースを両手で握りしめ、崖っぷちへとよろめき進んでいた。自分のすべきことはわかっていた。とつぜん、いともあっさり、明瞭そのものになったのだ。彼女はブリーフケースの持ち手をつかんで大きくふりあげ、谷間に投げ入れた。ケースはゆっくり、うずを巻きながら落ちてゆき、やがて舞いあがる霧に飲み込まれた。ここからは見えない崖のはるか下のほうで、それがどさりと落ちて何度かはずむのが聞こえ——あとは傷痕の縁から雪がサラサラ流れ落ちる音だけがかすかに響いてきた。

ニールが悲痛な叫びをあげた。とつじょ風が強まり、裸の木々をハープさながらにかき鳴らしたかのような、まるで人間のものとは思えない、絶望し切った声だった。

彼はくるりとローレンスに背を向けて崖っぷちに駆け寄り、揺らめく霧を力なく見おろした。あちこち向きを変えて流れる霧は、いくつもの恐怖に駆られて逃げまどう獣《けもの》を思わせた。

ついえた望みを悼《いた》む小さな泣き声が、嗚咽《おえつ》となってニールの唇から漏れた。彼は崖っぷちに片足をかけ、怖気《おじけ》づいて身を引いたあと、不意に雪の中にひざまずき、谷間へとうしろ向きに下りはじめた。この世のすべてを投げうって手にしたもののあとを追い、無我夢中で這いずるようにすべりおりてゆく。彼はあれを手放すわけにはいかないのだ――ほかには何も残っていないのだから。

握りしめた拳銃をもぎ取られても、ニールはかまわず両手を広げ、谷底へころげ落ちないように、鉤爪《かぎづめ》のように丸めた指を地面に食い込ませた。と、ボロボロになった雪の表面が崩れ、彼をなかば埋めながらすべり落ちはじめた。スーザンはいちどだけニールが上を向いて彼女を見あげるのを目にしたが、その後は霧と雪とくらくらするほどの落差が彼を遠ざけ、飲み込んで、あのサラサラという音が響くばかりになった。それも徐々に弱まり、ついには風のうめき声よりも小さくなった。

スーザンは両目をおおい、涙を出さずにむせび泣きはじめた。ニールのためでも、自分のためでも、ローレンスのためですらない。ただただ、すべてがあまりにむなしく思えたのだ。さきほど一瞬、ニールは元の彼にもどり、目のまえの未知の光景を驚愕し切って見つめているかのようだった。

ローレンスがよろよろ立ちあがり、足を引きずりながら数ヤードほど歩いてくると、無言で彼女に腕をまわした。肉体的な自信に欠ける彼は今もスーザンに遠慮がちに触れていたが、彼女はくるりと向きなおり、ローレンスの肩に夢中で顔をうずめた。そのまま彼の中に溶けて消えてしまいたいとでもいうように、両手をまわしてひしと抱きついた。するとようやくローレンスはビクつくのをやめて――自分には本当に彼女を抱きしめる権利がありそうだと気づいたかのように――ぐっと腕に力を込めた。

「もう行こう」ローレンスがあえぎながら耳元でささやいた。「さあ、きみを連れて帰らなきゃ」

「彼はきっと死ぬわ」スーザンは胸に言いきかせるようにつぶやいた。そのほうがいい。もうニールには何ひとつ残されていないのだから。たとえ岩だらけの斜面が彼を死なせなくても、夜と雪が引き受けてくれるだろう。

ローレンスはまだよくわかっていなかった。それもまた彼らしい。このままずっと気づきませんように、とスーザンは祈った。

「あとでみんなと彼を助けにもどるよ」ローレンスは穏やかに請け合った。「みんなで捜してみるから、心配しないで。彼をこのまま凍死させたりはしないさ。でもまずはきみを連れて帰るつもりだ」

スーザンはローレンスの肩から顔をあげて彼の頭を引き寄せ、ぎゅっと頰に押し当てた。徐々に彼のぬくもりが染み入り、心を静めてくれた。「ああ、ローレンス！」震えがとまると、彼女は深々と吐息をついた。「ああ、ローレンス！　ああ、ローレンス！」

二人は小道の数フィート下にころがった拳銃をそのままにして、なだらかに起伏する山腹の斜面を懸命にあがりはじめた。横に並んで歩けるかぎりは、ローレンスが彼女に腕をまわしてそっとまえに進ませながら。二十四時間まえには瀕死の状態だった彼は、まだ力なく身を震わせているうえに、彼女を大急ぎで追ううちに掻き傷やあざだらけになっていた。ずぶ濡れで冷え切り、ニールに蹴られたせいで足もまともにあがらない。それでも彼女が肩にもたれている今は、そうしたハンディを忘れ果てているようだった。彼の母親が長年、経済的にも気持ちの上でも彼に頼ってきたのがわかる気がした。だがローレンスはむしろ、もっと役に立てないことがはがゆくてならないようで、腕に込められた力や、抑制された苦しげな息遣いからもそれが伝わってきた。彼は敵に劇的なパンチを食らわせて気絶させてやりたかったのだ。人はみな常に自分とはちがうものになりたがる。けれどスーザンは、あのくしゃくしゃの麦わら色の頭のてっぺんからずぶ濡れの靴の底にいたるまで、彼には何ひとつ変わってほしくなかった。

気づくと雪はほとんどやんで、帰りの長い坂道をのぼるのもいくらか楽になっていた。岩に囲まれた二つ目の隘路にたどり着くにはうんざりするほど時間がかかったが、そこで彼らは嬉しいことに、上のほうからおりてくる男たちの声を耳にした。ほどなく、クロースターマン巡査とその仲間たちが、二人を捜して大急ぎで進んでくるのが見えた。

第十六章

助けを呼んだのは誰だ？
不埒《ふらち》なまねをしたのは誰だ？
――〈薔薇の騎士〉第三幕

ホテルに着くと、室内の暖気とみなの熱烈な歓迎、ミランダの涙と抱擁、トレヴァーの質問攻め、うず巻く興奮と懸念が津波のように二人に襲いかかった。

吐き気がするほど疲れ切ったローレンスとスーザンは、なすすべもなく周囲の騒ぎに飲み込まれ、呆然とたたずむばかりだった。いくつもの声が、そこここで稲妻のようにひらめいていた。「だいじょうぶなの？」「エヴァラードはどこだ？」「何があったの？」「きみを殺そうとしたのか！　なに、あのニール・エヴァラードが？」「銃で？　どういうことだ？　ここでは誰も銃など持っていないぞ」

二人は答えようとしたが、口をきくのも一苦労だった。そうこうするうちに、フランツが熱いリキュールを手に救助にあらわれ、それが炎のように彼らの喉を焦がした。その後はドクター・ランドールがマクヒューの枕元から駆けつけ、無断外出者たちが無事にもどったことを確認すると、すぐさま彼らを二階へ追いたてた。両手が寒さにかじかんでいた二人は、濡れそぼった服を脱がされ、さっさと熱い風呂に入れられた。しばらくして、乾いた服に着替えてあらわれたときには、ショックと吐き気もおさまって、聞き分けよくベッドに入らせようとする医師の指示に猛然と逆らった。

「ゆっくり休んだりはできません」スーザンは言った。「ほかの人たちがもどって、どうなったのかわかるまで。ローレンスは彼らと引き返してニールが落ちた場所を教えたがっていたけど、クロースターマン巡査が許さなかったんです。それにわたしはまだ一人になりたくない、みんなと一緒のほうがいいわ。おまけに、お腹がぺこぺこなの！」

「ではまあ、どうしても階下《した》へもどると言うのなら」医師はあきらめたように言った。「そのまえにちょっとマクヒューの部屋に寄って声をかけてやりなさい。彼はずっとあんたに会いたがっているんだよ。二人が無事に帰ったことは話したんだが、自分で確かめたいのだろう。あんたが話しに行ってくれれば、安心して眠るかもしれん」

スーザンは静かに入っていったが、マクヒューはドアが開くや否や、あの光り輝く両目をぱっちり開いて首をめぐらし、ちょっぴりゆがんだ笑みを浮かべた。枕元のスタンドは、彼の顔に光が当たらないように横へ向けられていた。折れた脚には、にわか作りのケージがかぶせられ、まるで雪に埋もれた格納庫さながらに、白い羽根布団がぽっこり膨らんでいる。

「じゃあ、きみはほんとに無事だったんだ」マクヒューは言った。「よかった。あいにく、おれはろくに力になれなかったけど。悪かったね！」

「それはお互いさまよ」スーザンはためらいがちにベッドに近づいた。「あなたの脚のこと、とてもお気の毒に思っているわ」

「ベッドの端に腰をおろすといい、そのケージはなかなかしっかりしてるんだ。何を使って作られたと思う？　酒樽のたがだ。おれにはぴったりだよな」マクヒューは微笑みながら彼女を見あげ、しばし口を閉ざしたあと、「ちょっとだけきみの顔を見て、みんなの言ってたことは本当か確かめたかったんだ。きみの身に何かあったら、悔やんでも悔やみ切れないところだからね。それに、お礼も言っておきたかったし」

「あれはあなたのためにしたんじゃないわ」スーザンはあまり邪険にならないように、たんに事実をごく率直に話すつもりで言った。「ただ、余計な悲劇を起こすことはないと思って。誰もそんな目に遭ういわれはなかったんだもの」

「おれもかな？」

　スーザンはどうして彼の居場所を知っていたのか尋ねられるとばかり思っていたのだが、マクヒューは尋ねなかった。常に本質的な問題しか目に映らない人間なのだ。

「まあ、おれは当然の報いを受けたってわけさ。ドクター・ランドールから聞いたかい？　ちなみに、おれは何も聞かされていないけど――たしかに、この骨はめちゃめちゃに折れてるよ。ここまでやらかしちゃ、もう二度と空は飛べないだろう。後釜にすわろうと待ちかまえてる頑丈な若いやつらも何人かいることだしね。これからは今までよりはるかに長く、カミさんのそばにいることになりそうだ」

スーザンはその落ち着きはらった口調が信じられず、疑わしげに彼を見つめたが、黒い両目も同じように穏やかだった。

「気の毒がることはない」マクヒューは続けた。「自業自得だし、泣きごとを言ってるわけじゃないんだ。ただ、ひとつだけ——きみならわかってくれるだろうけど、ほかの誰にも訊けなかったのさ。今夜はどっさり雪が降ったのかな？ あまりよく思い出せないけど、おれはかなり派手な足跡を残してたはずだ。それが気になって……今さらすべてをふいにしたら馬鹿みたいだからな」

スーザンにはぴんときた。「心配ないわ、雪がどっさり降ったから。あなたの通った跡は誰にもたどれないはずよ。それにあなたは村の本通りで発見されたの、誰がいてもおかしくない場所でね」

「やれやれ！」マクヒューはため息をつき、つかのま目を閉じた。

「あなたはどこからあそこまで這いずってきたの？」スーザンはすでに、これまで信じていたことを疑いはじめていた。

「彼女の家の木戸のまんまえからさ。外に出て扉を閉めたとたんにすっころんだんだ。曲芸の名人で、綱渡りと薄氷を踏んで歩くのが何より得意なこのおれが！」

「なのに彼女は助けにこなかったの？」スーザンはいぶかしげに言った。

「彼女は知らなかったんだ」

「あなたは大声で助けを呼ばなかったわけ？」

「その場で？　彼女の家のまんまえで？　いや、たぶん意識を失わずに通りまで行けると思って。彼女にそれぐらいの義理はあったしね。おいおい、そんな目で見るなよ」マクヒューは悲しげに笑いながらスーザンを見あげた。「それじゃ、治安判事たちが〈手痛い教訓〉とか呼ぶものの成果が台なしになっちまうぞ。なあスーザン、このおれにひとつだけ誰もが認める取り柄があるとすれば、文句はたれずに責任を取るってことなんだから」

「そうね」スーザンは穏やかに言った。「それはわたしも認めるわ」

「じゃあ、もうひとつだけ頼まれてくれ。明日、アガーテが顔を見せたら、おれはだいじょうぶだから心配ないし、二度と彼女を煩《わずら》わせたりしないと伝えてほしいんだ。おれは数日中にここから連れ出されて病院へ運ばれるはずだから、それまで彼女の邪魔にならないようにじっとしてるよ。くれぐれもよろしく言っといてくれ」

「伝えるわ」

枕元を離れたスーザンがドアのそばまで来たとき、マクヒューが言い添えた。「愛を込めて伝えてくれよ」彼女が疑わしげにふり向くと、マクヒューはニッと、危険なふてぶてしさの名残の見える笑みを浮かべた。「もちろん、敬愛をって意味だけど！」

スーザンは階段をおりながら、つくづく考えた。もう二度と自信満々に、他人のことを性急に判断したりはしないようにしよう。このオーバーシュヴァンデック村で貴重な教訓を得たのはマクヒュー一人ではない。自分たちはみな、ここを離れるときにはどこかが変わっているはずだ。

残りの者たちはダイニングルームで、淹《い》れたての熱いコーヒーとともに待っていた。彼女が手をつけずに部屋に残していった軽食のトレイもある。ローレンスは額と頬のあざが黒々と腫《は》れあがりはじめ、フランツがせっせと飲ませた酒のおかげで、両目が熱っぽくきらめいていた。

向かい合わせに腰をおろした若い二人は、青白かった頬を今では真っ赤に火照《ほて》らせ、髪や目の色、顔立ちはまったくちがうのに、奇妙に似かよって見えた。どちらも左の頬に掻き傷があり、暖かい部屋の中で湿った巻き毛が湯気をたてている。それにどちらもラム酒とブランディと、新たに気づいた、生きていることのすばらしさに少しばかり酔っていた。

二人は交互にぽつぽつと、その夜の冒険の顚末《てんまつ》を語った。まだあまり細かい部分まで、鮮明には思い出したくなかったのだ。

「あのエヴァラードが！」ドクター・ランドールが信じがたいと言わんばかりに、長々と吐息をついた。「それは疑問の余地がないのかね？　本人が認めたのか？」

「あちらから話しはじめたんです。こんなふうに言っていました――『わけもなかったよ、彼に触れる必要すらなくて……ただ、その後はもう立ちどまれなくなったんだ』って」あの痛ましい、絶望し切った声が耳によみがえり、スーザンはコーヒーを手に身を震わせた。

「きみはわれわれ残りの者たちより、一歩先んじていたわけだ」とトレヴァー。「じっさい、ローレンスが犯人のはずはないと知ってたんだからな。しかしまだよくわからないんだが、どうしてエヴァラードに目をつけたんだ？　よりにもよって、エヴァラードとは！　こちらの五人はそろって強固な動機を持っていたのに、エヴァラードには何ひとつなかったんだぞ。何がきみの目を彼に向けさせたんだ？」

「あなたよ……あなたと、ドクター・ランドール。お二人が階下のこの部屋で待機しながらいろいろ話してるのを、わたしは階段の上で聞いていたんです。そうしたら、ふと口にされた三つのことがイガのように意識に突き刺さり、抜けなくなってしまったの。あなたがたはどちらも、リチャードは何も盗まれていなかった、彼の部屋には、いかにも彼が持っていそうなものが残らずあったと言っていた。でもそのあと、トレヴァーがこう言ったわ――『だが彼の部屋には何か思いがけないものがあったはずじゃないのか？　何か知らんが、アントニアが彼女を思い出すよすがとして贈ったものが』」

その次に気になったのは、ドクター・ランドールの言葉よ。ほかの動機など捜すのは馬鹿げている、あのアントニアの遺言状ほど強固な動機があれば、偶然、まったく異なるべつの動機で殺人が起きたとは考えにくいという言葉。それでわたしは考えはじめたの――そう、偶然にはありえない。でもひょっとして、あの遺言状の条項が意図的に作られたものだったら？　それならほかの未知の動機を持った人間にとって、またとない隠れ蓑《みの》になるでしょう？

そのあと、ドクター・ランドールが『この目で確認したことを無視はできない』と言うと、トレヴァーは『目じゃない――耳だ』と言った。それではたと気づいたの。わたしたちはあの遺言状の内容をじっさいに読んだわけじゃなく、たんに耳で聞かされただけだって。もちろん、遺言状そのものは目にしたし、署名や何かは間違いなくアントニアの筆跡で、にせ物じゃなかったわ。でも肝心の中身を読んではいない、読みあげられるのを聞いただけよ。そうなると、手を下した可能性のある人間は一人きりだった」

「じゃあエヴァラードはわれわれに読んで聞かせたあの小むずかしい文章をすべてでっちあげたのか？　なぜだ？　彼の狙いは何だったんだ？」

「それになぜあんたは下へ来てわれわれに話さなかったのかね？」医師が憤然《ふんぜん》と問いつめた。「どうして一人でそんな危険なまねをしたりしたんだ？」

「なぜって、あなたがたはあれこれ反論したはずだし、もう時間がなかったの。わたしの仮説を証明するのに必要なのはあの遺言状だけだった。もしあれが本当にニールの話したことと食いちがっていれば、ほかの証拠はいっさい必要なかったんです。だって彼があんなふうに内容を改竄《かいざん》したのなら、それはわたしたちのうちのできるだけ多くの者に、リチャードを殺す強力な動機を与えるためだったとしか考えられないでしょう？　そうすればリチャードが殺されたとき、わたしたちはみんな互いに疑いの目を向け合うだけで、ニールをあやしんだりはしないはずだった」

「だがリチャードがじっさい何かエヴァラードの欲しがるような貴重なものを持っていたのだとしても、なぜ殺したのかね？　そんな必要はなかったはずだ」

「ええ、でも確実にほかの誰かに罪を負わせることができるなら——じっさいニールはそうするつもりだったわけだけど——リチャードを殺したほうが、はるかにことは容易で安全になる。もしもニールが目当てのものを盗んだだけなら、たちまち大騒ぎになっていたはずよ。リチャードはアントニアからの贈り物をとても大事にして、しじゅう眺めてたはずだから、それがなくなったらぜったい黙ってはいない。でも彼が死んでしまえば、もうそれが消えても、誰が騒いだりするかしら？　その贈り物のことはほかの誰も知らなかった。リチャードがそんなものを持ってたことさえ——というより、彼が何を持っていたのか——誰も知らなかったのよ」

「じゃあエヴァラードはなぜ知っていたんだ？」トレヴァーが尋ねた。

「ニールはそれも話してくれた。彼は何でも平気で話したわ、わたしがほかの誰かに話す心配は決してないと思ってね。ほら、ここに飛行機が不時着したあと、リチャードが大事なブリーフケースを置いてはいけないと言い出して、ニールが代わりに取りにもどったでしょう？　機内に入ると、あのブリーフケースは棚から落ちて、ぱっくり蓋が開いていたそうよ。そのときニールは、中に入っていたものを目にしたの。でもそれを取ったりはしなかった。なぜってリチャードはブリーフケースを受け取ったらすぐに、それが無事か確かめるだろうと気づいたからよ。

　だけどニールはそれが欲しかった。そこで、どうすれば手に入れられるか考えはじめたの。もしもリチャードが死ねば、ほかには誰もその贈り物のことを知らないわけだから、盗んでも危険はないはずよ。そんなときに、ミセス・クウェインが遺言状を読みあげるように言い張ったおかげで、ニールは自分以外のみんなに動機を与え、またとない煙幕を張る方法を思いついたの。わたしたちはこんなふうに世間から隔離され、すぐには警察が乗り出してくる恐れはなかったし、みんながさまざまな期待を抱いていたから、彼が遺言状の内容をうまいこと変えれば、たちまちいがみ合いがはじまるはずだった。

　だからニールはそうしたの。そして遺言状を読み終えると、まっすぐ二階へあがってドクター・ランドールの診察鞄から薬を抜き取り、その夜遅くにそれを使った。たぶん十時ごろに階下《した》へきたとき——リチャードに挨拶し終えたドクター・ランドールと階段の上ですれちがったときよ。テラスルームのドアは閉められ、そばには誰もいなかった。それでニールはリチャードのところに入っていったんでしょうね」

「エヴァラードはさぞほくそ笑んだのだろうな」ドクター・ランドールが暗澹たる面持《おもも》ちで言った。「リチャードはせっせと遺言状を書いていたのだから。願ってもない状況だったはずだ。それでほかのみんなの動機は申し分なく説得力のあるものになる」

「ええ、ニールにとっては思わぬ幸運だったはずだわ。彼は法律の専門家のわけだから、あれこれ助言するふりをして、しばらくそこにいられたはずだし――二人でテーブルの上にかがみ込んで遺言状に注意をかたむけていれば、グラスに薬をすべり込ませるのはわけもなかったはずよ。あの晩ローレンスが言ったように、グラスに手を触れる必要はなかったの」

「だが、そのあとでなぜリチャードの遺言状を燃やしたりしたんだ?」とトレヴァー。「完全に仕上げられていないかぎりは、あんな形で見つかるより、ちゃんと読める状態でその場に残しておいたほうがいい証拠になったはずだぞ。もちろん、エヴァラードは罪を犯したローレンス――その時点では、ランドール、あんたかわたしでもよかったわけだが――とにかく、犯人の取りそうな行動を取ろうとしたのだろう。だがどのみち、リチャードがしていたことを隠しても意味はなかったはずだ。なにしろマクヒューがすでに知っていて、酒場中の者たちに言いふらしていたんだからな。秘密でも何でもない。

しかもエヴァラード自身の立場からすれば、どう見てもリチャードの遺言状を隠したくはなかったはずだ。誰か特定の人間の部屋にこっそり置いて罪を負わせたかったのだとしても、なぜたんにくしゃくしゃに丸めて隠さなかったんだ? それでじゅうぶんみなを納得させられたはずだぞ。容疑者はあわてふためいていたはずだし、われわれ素人探偵にとっては、そのほうがはるかに確実な手がかりになる。だのになぜ、わざわざあんな手の込んだまねを？　あの燃えかすはリチャードの遺言状だとかろうじてわかるように、じつに慎重に燃やされていた。なぜそうことをむずかしくするんだ？　なぜ燃やしたりするんだ？」

「それはわたしも気になってるんです」スーザンは認めた。「いまだに答えがわからなくて」

「ぼくにはひとつだけ、ありそうな答えが想像できるけど」ローレンスが言った。「ほら、リチャードはアントニアおばさんに莫大な資産を残されたと聞いたとき、こんなふうに言っていただろ？　彼女がなぜそんなことをしたのかわからない、わたしが金なんか欲しがってない、もうじゅうぶん持ってることを知っていたはずなのに、って。彼女らしくもないとリチャードは言ったんだ。それなら、自分で欲しくもないと言ったものをぼくたちにぜったい渡さないようにするために、あんなに急いで遺言状を書くのはリチャードらしくもないはずだ。だからきっと――これはただの想像だけど――リチャードは何かうさん臭いことが起きてるのにいち早く感づいて、それを食いとめようとしたんじゃないのかな。それでたぶん、遺言状を書きはじめたんだ。アントニアおばさんの財産を、本来受け取るべきだった彼女の親族――母とぼくに返そうとして」

「それよ！」スーザンは音をたててカップを置いた。「それですべて説明がつくわ。たしかにそんなことが書かれていたのなら、あの遺言状は始末するしかなかったはずよ。さもないと、少なくとも二人の容疑者がいちどに消えて、ニールの計画そのものが破綻してしまうわ。あの遺言状は最終的に残されていたとおりの――リチャードの遺言状だということはわかるけど、それ以外はまったく判読できない――状態でなければ、ニールの武器にはならなかったのよ」

「まあ専門家たちがあの手この手で、黒焦げの紙片に書かれた言葉の一部を判読してくれるだろう」トレヴァーが言った。「近ごろの復元技術は驚くばかりだからな。だがまだひとつ気になることがある。その後、マクヒューの善意の――あきらかに公平無私の――尽力により、ローレンスが格好の容疑者として浮上し、きみの証言もあって、エヴァラードは彼を利用する肚《はら》を固めた。そこまではいいとして、エヴァラードはいつあの証拠品をローレンスの部屋に置いたんだ？」

「ドクター・ランドールの指示で二階へ診察鞄を取りにいったときよ。ほら――ミセス・クウェインの具合が悪くなって」そのときのことを思い出して赤面したのはスーザンのほうだった。ミランダはいつでも自分のふるまいを平然と正当化できる人間なのだ。「そういうときなら、たいていのことは見逃されるわ。何か緊急事態が起きて、医師にあれこれ指示されれば、誰でもそれを果たしに飛んでいくものよ。でもちょっと考えてみれば、みんなニールがあのときたしかに一人で二階へ行ったことを思い出せるはずだわ。そしてもちろん、一人で二階へ行ったのは彼だけだった」

「だがあれほど注意深く遺言状を燃やすには、かなり時間がかかったはずだ。彼はあっという間にもどってきたぞ」

「ニールはもうあの遺言状を燃やしてたのよ。真夜中まえにそっと盗んで、自分の部屋で。わたしも今夜目にしたけれど、彼の部屋も含めて、たいていの部屋には同じ灰皿が置かれているわ。地元の醸造所が無料で酒場に配る、例の大きなビール会社の灰皿。だからニールはローレンスの部屋で灰皿を交換し、薬の容器をどこかへ隠すだけでよかったの。それぐらいの時間はあったはずよ。わたしたちはほかのことに気を取られて――」いくらか辛辣《しんらつ》な口調になった。「一秒ずつ指折り数えてたわけじゃないから」スーザンはとつぜん、ローレンスを見あげて単刀直入に言った。「あなたをあんな目に遭わせてごめんなさい」

ローレンスはさっと顔を赤らめて彼女を見つめ、「もういいんだ」とだけ言った。けれど、その目は告げていた――あれがきみでなければ、あれほど辛くはなかったんだけどね。そしてスーザンの目がはっきりと答えた――ニールのえじきにされたのがあなたでなければ、わたしはあれほど固く彼に代価を払わせようと決意したりはしなかったはずだわ。

「それに、あなたが殺されかけたのもわたしの責任よ」スーザンは身震いした。「あの日、あなたの無実を証言できるとニールに話したの。誰かの助けが欲しかったばかりに、よりにもよって、彼なら信頼できると考えたのよ。きっとニールはすごいショックを受けたのね。そんな話は誰にも信じてもらえないはずだとわたしを説得しようとした。そしてその晩、あなたが罪悪感に駆られて自殺したように見せかけて、一足先にわたしの証言を無意味なものにしようとしたの。わたしがあなたをあんなはめに陥らせたのよ」

「ぼくをそこから救い出してくれたのもきみだ」とローレンス。「ドクター・ランドールから聞いたよ」

そうしたことはすべて、吹雪《ふぶき》の中で消し飛んでいた。もう和解の必要はいっさいないはずで、互いに許し合うべきことは、とっくに無言のうちに許されていた。

「だがこの件にはまだひとつ、不可解な点がある」トレヴァーが言った。「そんなふうに遺言状の内容を偽っても、エヴァラードにとってはせいぜい一時しのぎにしかならなかったはずだ。彼はあのアントニアの遺言状をイギリスの事務所へ持ち帰ることになっていた。そうすればあっという間に小細工がばれてしまう。みなをずっと騙してはおけなかったはずだぞ」

「そうね」スーザンは相槌《あいづち》を打ち、「でもほら、ニールはイギリスへもどる気はなかったし、遺言状も国には届かないはずだったのよ。彼はパスポートとかなりの現金を持っていた。ここから先は姿を消すつもりだったの。どこへかは知らないわ。きっとヨーロッパ以外のどこかでしょうね。彼は故国も、仕事も、周囲との絆《きずな》も捨てて、べつの人間として出直そうとしてたのよ。そうとしか説明できないわ」

彼らはみな、用心深くスーザンを見つめていた——暗に語られたことを誰もが同じように理解しながら、それを真っ先に口にしたくはないとでもいうように。

「ではエヴァラードが手にしたのは」ついにドクター・ランドールが言った。「そうしたすべてを補うほどの価値がある、どえらいものだったのだろうな」

「ええ」とスーザン。「おっしゃるとおりよ。トレプレンブルク＝フェルトシュタイン公家のダイヤモンドだったの」

第十七章

この世の喜びはいつしか指をすり抜けてゆく、
わたしたちが大事に思っているものは、
すべて何とむなしいことか。
――〈薔薇の騎士〉第一幕

つかのま、計り知れないほど深い沈黙がただよい、スーザンには、部屋じゅうの人間が息をとめたように思えた。

このことはまだローレンスにも話していなかったので、彼までもが度肝《どぎも》を抜かれ、ほかのみんなと同じように目を丸くしていた――信じられない思いと、かすかに貪欲《どんよく》な光をのぞかせて。だがそれはほんの一瞬だった。どんな宝も、手を触れればボロボロの枯葉になってしまうのだと言いきかされた子供が、ほんの一瞬、はかない憧れを込めて、おとぎ話の宝物を思い浮かべたようなものだ。むさぼるようなきらめきはみるみる薄れ、ふたたび暖かい感謝の色に変わった。彼女とローレンスがともに生き延び、そのダイヤモンドがみごとに役目を果したことへの感謝だ。それを見てスーザンは悟った——彼女を危険から救うためなら、ローレンスも迷わずあの大公家の宝石を谷間へ投げ捨てたことだろう。

「トレプレンブルク＝フェルトシュタイン公家のダイヤモンドとは！」トレヴァーがささやくように言った。「そんなことがありえるのか？　わたしは長年アントニアのそばにいたが、あれはただの作り話だと断言できるほどだったぞ！　それが今になって姿をあらわすとは……いやはや、それが事実なら、彼女は秘密を守る名人だよ！」

ミランダがしゃがれ声で尋ねた——まるでその答えに命がかかっているとでもいうように。

「たしかなの？　あのダイヤモンドが存在するというのは。あなたはほんとに知ってるんでしょうね？　その目で見たの？」

「わたしがそれを知っているのは、ニールの口から聞いたからです。じかに見たわけじゃないけど、ニールに言われてアントニアの遺言状を彼のブリーフケースにもどしたとき、それらしい箱を目にしました」

「彼のブリーフケース？」恐ろしいほどたしかな記憶が、ミランダの心臓をわしづかみにした。緊張し切った十四歳の少年聖歌隊員さながらに声を上ずらせ、「でもそのブリーフケースは——たしか谷へ放り投げたと——ああ、そんな！　あなたは大公家のダイヤモンドを投げ捨てたのね！　わたしのダイヤモンドを！　よくもそんなことができたわね。二度と見つからなかったらどうするの？」ミランダは激昂して飛びあがるように立ちあがったが、ローレンスがしっかり腕をつかんでふたたびすわらせた。

「お母さん」彼は顎を突き出し、いつになく重々しい口調で言った。「静かにしてくれ！あのダイヤモンドはお母さんのものじゃない。これまでいちどもお母さんのものだったことはないし、これからも決してそうはならないだろう。アントニアおばさんはあれをリチャードに贈ったんだ。それにあれが谷に投げ捨てられなければ、ぼくはさらに銃弾を一、二発食らって一巻の終わりになってたよ。だからそのほうがよかったと考えてると思われたくなければ、お母さんは黙っていることだ」

「いずれにせよ、遺言状にはダイヤモンドに関する記述はなく――」スーザンはなだめるように言った。「それはニールが改竄《かいざん》する必要のなかったことのひとつなんです。もしもあれがまた見つかれば、リチャードの資産とみなされるんじゃないかしら」ミランダにせめてもの思いやりを示そうと、スーザンは言い添えた。「でもご心配なく。ニールのブリーフケースが回収されれば、その中にはアントニアの遺言状も入っていて、彼女はあなたがずっと楽に暮らしていけるように配慮していますから」

彼らはみな今の今まで、スーザンがアントニアの遺言状に目を通し、本当の内容を知っていることを忘れ果てていた。それに気づくや、口ぐちに彼女を質問攻めにしはじめた。以前のような嫉妬深い熱意すらうかがえる顔で。

「ええと、ニールはそれほど何もかもでっちあげる必要はなかったの。初めのほうのこまごました記述はみんな事実どおりだったし、わたしへの遺贈、あれも事実で、彼女はわたしに百ポンド遺してくれていた。でもみなさんについては、もう少し話が複雑になります。

彼女はまず、トレヴァーとドクター・ランドールをひとまとめに挙げて、それぞれに五千ポンドずつ遺贈していたわ。どちらも『わたしのとても大事な、とても喧嘩好きな長年の友人』だと言って。そしてお金のほかに、いくつか私的な記念品が贈られていた。トレヴァーには彼女の肖像画の一枚と、十八世紀のトイオルガン。彼女によれば、あなたはシャンペンを飲むとあれをすごく上手に弾くけれど、ゲヴュルットラミネール（同名のブドウ品種から作られる白ワイン）を飲んだときが最高なんですってね、トレヴァー。そしてドクター・ランドールには、ドレスデン磁器の燭台とエプスタイン作の胸像。そのほかに、お二人には彼女の本とレコードの中からどれでも好きなものを選んでもらってかまわない、ただし互いにその選択に口を出したり制限をつけたりするのはご自由に——どのみち、あなたたちは何ひとつ喧嘩せずには処理できそうにないから、ということだったわ」

トレヴァーは大声で笑った。医師が静かに、気がかりそうな声で尋ねた。「それはたしかなのかね、スーザン？　あんたの作り話ではなかろうな？」

「もちろんちがいます！　一字一句まで正確には憶えていないけど、たしかにそんな趣旨のことが書かれていたわ。忘れようにも、忘れられなかった——まるで彼女がもどってきたみたいで。まだ元気だったころの、ピリッと辛辣《しんらつ》で茶目っ気たっぷりのアントニアが……」

ドクター・ランドールはがばと立ちあがり、「患者が眠っているか見にいかんと」と言うなり、そそくさと部屋から出ていった。

「まあ、いやだ」スーザンはうろたえた。「今度はドクター・ランドールを怒らせちゃったみたいだわ」

「いや、そうじゃないさ」とトレヴァー。「彼は心配ない、放っておいてやれ。きみが言ったんだぞ、まるでアントニアがもどってきたみたいだと。さあ、続けて！」

「次はリチャードだったわ。彼女はリチャードにはいっさいお金は遺さず、残りのあらゆる本とレコード、それに自筆の原稿と手紙を遺していた。あとはモーツァルトのスピネット（チェンバロの一種）と、そうした私物をいくつか……」

　声が震えそうになり、スーザンは口をつぐんだ。とつぜん耐えがたいほどあざやかに、リチャードの姿が脳裏によみがえったのだ。ひどく孤独で老け込んだ、当惑し切った彼の姿が。アントニアを誰より理解しているという彼の自負を打ちくだいたのは、命を奪うより罪深いことだったように思えた。おかげで、リチャードは心安らかに追想にふけることすらできなくなったのだ。スーザンはふと、あの晩ローレンスが彼にぎごちなく声をかけたことを心の底から感謝した。あの言葉は、老いたリチャードのこの世で最後の夜をせめていくらか明るく照らしたはずだ。

「そうなの？　で、残りの二人は？」ミランダが干からびた唇を嘗《な》め、もどかしげにせっついた。
「彼女はあなたに終身の年金受領権を遺していたけれど、金額は思い出せません」わざとじらしているのではなく、本当に思い出せなかったのだ。「でもたしかにわたしには大金みたいに思えたし、間違いなくかなりの額でしょう」と元気づけるように言ったあと――「残りはすべてローレンスに遺されています」その部分は、ほとんど一言半句もたがえず憶えていた。「『わたしの大事な若い親族』と書かれていたわ。『そしてわたしがこれまでの生涯に出会った最高の、もっとも謙虚な伴奏者へ。お人よしの彼はこの三年間、こちらがとうに気づいているとも知らず、わたしの力の衰えをごく慎重に、愛情を込めてカバーしてくれました。ときには、いいかげん年を認めて老醜をさらすのはやめろ、とわたしに進言せずにいるのは多大な努力を要したことでしょう』そのあと彼女は、若いうちにせいぜい贅沢をなさい、まずはホルンを買ってほしいと述べていた。ただし、この遺贈にはひとつ条件があって――」

　スーザンがぺらぺらしゃべり続けていたのは、ローレンスのためだった。すっかり不意を突かれた彼は、なかば笑いながら、今にも泣き出しそうになっていたので、一息ついて平静を取りもどす時間を与えたかったのだ。けれど、その軽率なおしゃべりがのっぴきならない事態を招いてしまったことに気づき、スーザンはやましげに言葉を切った。

「いやあ、参ったな！」ローレンスが震え声で言った。「あのお茶目な意地悪婆さんときたら、何ひとつ見逃さないんだから」

「条件？」ミランダが鋭く言った。「どんな条件なの？」

こうなれば仕方ない、いずれはわかってしまうのだ。スーザンは曇ったガラス窓から差し込みはじめたほの白い朝の光を見すえ、小声で言った。「彼があなたから離れて暮らすという条件です」

いかめしく立ちあがったミランダは、いつもの二倍の背丈に見えるほど背筋を硬直させていた。「いかにもアントニア伯母様らしい、陰険な仕打ちだこと」

思わずぷっと吹き出し、それを如才《じょさい》なくくしゃみの発作にすり替えたトレヴァーをぎろりとにらみ、ミランダは続けた。「老いた女の常軌を逸した行動に、いちいち大騒ぎすることもないでしょう。わたしはそんなことで動揺するつもりはありません」

それだけの大金のためなら、ミランダがもっとひどい侮辱にも耐えたであろうことはその場の誰も疑わなかった。

「どのみち」ローレンスが耳まで真っ赤になりながら、大声できっぱりと言った。「ぼくはべつの所帯をかまえる必要がありそうなんだ、お母さん。結婚しようかと思ってるから」あふれんばかりの希望と不安をたたえた目でスーザンの視線をしっかりととらえ、「もしも彼女が受け入れてくれれば」と、ローレンスはかすかに震える笑みを浮かべた。

もしも彼女が受け入れてくれれば！　何て心優しい、無鉄砲なお馬鹿さんなの？　スーザンは考えた――あんな病みあがりの身で、たった一人の若い女を救い出すために、闇夜の雪山を駆けおりてくるなんて……何の武器も持たず、自分や彼女を守るまともな方策もないまで、拳銃を持った相手をうまく倒せる見込みはこれっぽっちもなかったのに。どう見ても無責任な行為だが、それでも彼は誰より先にあそこへやってきた。不器用きわまりないやりかたで、無事に彼女を連れもどしてくれたのだ。それ以上の何を望めるだろう？　スーザンは涙がこぼれないようにすばやく目を閉じた。ミランダがか細い、うろたえた声で「結婚？」と言うのが聞こえた。

「それと、ぼくはホルンを買うつもりだよ」ローレンスは言い放った。「ピアノには二度と手を触れない」彼が酔いしれていたのは、大金を手にすることがわかったからではない。アントニアの亡霊が彼のわきばらを肘で小突き、あの老いた鋭い声で、足枷《あしかせ》を解いて自由に羽ばたけとけしかけていたからだ。「ピアノなんて大嫌いだ！　ぼくに関するかぎり、鍵盤楽器はハープシコードで使命を終えたのさ」

スーザンはぎゅっと両目を閉じたまま、あらゆる神経を聞くことに集中していた。そうでなければ彼の大声のせいで、外から響いてきたかすかな音には気づかなかったろう。しきりに何かをトントンたたく、いっぷう変わった規則正しい音。何やら本能的な予感が働き、スーザンははたと気づいた——あれはブーツの踵《かかと》を壁に打ちつけ、靴底に分厚くこびりついた雪を落としている音だ。

「しーっ！」スーザンは身震いしながら言った。

ローレンスはたちまち口をつぐんだ。ほかの者たちもはっと頭をあげ、目を見開いて耳をそばだてた。

「外に誰かいるのが聞こえたわ。きっと彼らよ。彼らがもどってきたんだわ」

ほどなくその場のみなが、低い話し声と、大勢の男たちが疲れ切った重い足取りで進んでくる音を耳にした。部屋にもどってきたドクター・ランドールがドアを開けると、急に大きくなったその音が室内に響き渡った。

「彼らが着いたぞ。クロースターマン巡査が窓の外を通るのが見えた」

「巡査は——彼らは彼を見つけたのかな?」ローレンスがカラカラに乾いた喉から声を絞り出す。

「そこまでは知らん。彼らはまだここに入ってきていないんだ」

トレヴァーが窓辺へ歩を進め、湯気で曇ったガラスをごしごし拭いた。ほかの者たちも背後に集まり、彼の肩ごしに夜明けの薄暗い通りをのぞき見た。初めはほとんど何も見えなかったが、医師がパチッと部屋の明かりを消すと、窓の外に、さまざまな防寒具に身を包んだ大きな男たちの姿が浮かびあがった。男たちは一塊《ひとかたまり》になって、少しずつ中庭の木戸へと近づいてゆく。彼らが隊列を組んでいるわけはすぐにわかった。ストレッチャーにのせた何かをみなで運んでいるのだ。

誰かが一足先に木戸を開きに駆け出すと、運び手たちはしばし足をとめ、扉が引かれるのを待って中に進んだ。ストレッチャーの上の細長いものには数枚のコートがかぶせられていた。指を丸めたままの、手袋に包まれたこわばった手が、ひだの下から突き出している。顔はすっぽりおおわれていた。

「彼は死んだのね」スーザンは言った。

安堵《あんど》と悼《いた》み、憐《あわ》れみと哀しみが競い合う風のように襲いかかり、彼女はわれを忘れて泣きじゃくりはじめた。ローレンスが彼女に腕をまわしてそっと窓から遠ざけた。今では彼女に対しても堂々とふるまえることに気づき、驚くと同時に感動しているようだ。スーザンは喜んで窓辺を離れ、ほっとしながら彼の胸に身を寄せた。

「そのほうがよかったんだよ、今さら彼に何が残されていたんだ？　ああ、ダーリン、泣かないで！」ローレンスは彼女が震えているのを感じ取り、さらにぎゅっと抱き寄せた。「もう何も考えるな、すんでしまったことだ。たとえ彼が生きてもどっても、ぼくたちにしてやれることはなかったはずだしね。ああ、ダーリン、ねえ、泣かないで、もう何もかも終わったんだ」

けれどまだすっかり終わってはいなかった。消耗し切った男たちの低い話し声がホールに響き渡ったかと思うと、疲労に青ざめたクロースターマン巡査が帽子を手に、ダイニングルームに入ってきた。彼が腕に抱えた黒いブリーフケースはうっすら霜《しも》におおわれ、屋内の暖気に触れた今では濡れてきらめいている。巡査はブリーフケースをテーブルに置くと、ストラップの留め金をはずせるようになるまで、冷えた指をこすって温めた。室内の者たちはいつしか彼をぐるりと取り囲み、二十五万ポンド相当のダイヤモンドと伝説の情事が収められた鞄に見入っていた。

トレヴァーがたどたどしいドイツ語で何かを尋ねると、ニール・エヴァラードという名が飛び交った。

「どんなふうだったんですか?」興奮と悲しみに喉を詰まらせながら、ローレンスが訊いた。

「彼は岩にでも激突したのかな」

トレヴァーはかぶりをふった。「大きな外傷はなく、いくつか打撲の痕とすり傷があるだけだそうだ。エヴァラードは凍え死んだのさ。彼らは空が白みはじめるまで遺体を見つけられなかった。だがブリーフケースを捜しまわる必要はなかった。エヴァラードが見つけてたんだ。近づいてみると、彼はあの鞄の上に横たわっていたそうだよ」

クロースターマン巡査はすでにブリーフケースを開けていた。彼はアントニアの遺言状が入った封筒を取り出したあと、残りのスペースの大半を占めていた大きな、細長い、すり切れた革張りのケースを取り出した。深紅《しんく》の蓋には、金箔で手の込んだ盾形の紋章が型押しされている。四分割された図柄は摩耗してほとんど見えなくなっていたものの、盾を左右から支えているのは、大きな羽根飾りのついたターバンを巻いた二人の黒人の小姓のようだった。一人は片手にあぶなっかしくトレイを捧げ持ち、もう一人はハンカチーフをうちふっている。

誰もが無言で食い入るように目をこらし、ケースが開かれるのを待っていた。ようやく巡査が蓋を開けると、彼らはみな、燦然たるきらめきに目がくらむ思いだった――なぜなら、そんな光景を待ちかまえていたからだ。

トレヴァーが奇妙に静かな声で言った。「おやおや、何てこった！」

「あなたはこの宝飾品をご存じなのですか《ケッネン・ズィー・ディース・ユヴェーレン》？」とクロースターマン巡査。

光り輝くダイヤを連ねた幅広の首飾り、しなやかに揺れ動くティアラ、双頭の鷲をかたった一対の襟留め《クラスプ》……二本のブレスレットと、巨大なペンダント。それらが黒いベルベットの寝床の中から、まさに大公家の家宝と見まごうばかりのきらめきを放っていた。けれどもやがて、大半は想像の産物だった光輝のかわりに、ありのままの、真の姿が像を結んだ。どれも舞台衣装用の金ピカのアクセサリーだ。愛情深い職人芸でみごとに仕上げられてはいるものの、金ピカの模造品であることに変わりはない。

「これを知っているかって？　ああ、知っているとも。彼女がオペラの舞台を離れてからは目にしたことがなかったが、よく知っている。じゃあ彼はこれのために人を殺したのか！　これまでの生涯に手にしたものを残らず投げ出し、あげくの果てに――こんなもののために！」

トレヴァーは不意に向きを変え、部屋の反対側へ歩いてゆくと、サイドテーブルに積まれた読み物をすばやくかきまわし、シュフェカット空港で搭乗まえに買った雑誌を手にもどってきた。そして、〈薔薇の騎士〉にリチャードと出演したときのアントニアの写真をみなのまえに差し出した。彼女は髪粉《かみこ》をふった頭に光り輝く小塔のようなティアラを戴き、喉にはまさにこの光り輝く首飾りを着けていた。左右の手首にはブレスレット、泡のように胸元をおおうレースには双頭の鷲のクラスプ……。

「トレプレンブルク＝フェルトシュタイン公家のダイヤモンドとは、笑わせるよ！　わたしはいちどもそんな話を真に受けたことはない。むろん、エヴァラードは初めにこのケースを一瞥《いちべつ》しただけで、その気になってしまったのだろうがね。内輪のちょっとしたジョークを知らなければ、その盾形の意匠はいかにも大公家の紋章らしく見えそうだからな。思い切って中をのぞいてみたところで、懐中電灯の光でちょっと見ただけなら、十二分に本物らしく思えただろう。だがエヴァラードがそれを最後まで信じていたのなら——哀れなやつだ、むしろそうであってほしい気もするが！——彼の専門的知識はオペラやダイヤモンドにまでは及んでいなかったとみえる。あれは想像力豊かな職人が考え出したヴェルデンベルク公爵夫人、つまりは〈薔薇の騎士〉の元帥夫人の紋章なんだ。この一連のアクセサリーはアントニアが元帥夫人を演じた百回目の舞台を記念して、ザルツブルグの歌劇団から贈られた特製の小道具なんだよ。以来、彼女は元帥夫人を演じるときには必ず身に着けていた。彼女にとっては幸運のお守りだったのさ」

水を打ったように静まり返った室内で、彼らは冷たい光を放つガラス玉を見つめた。このために二人の人間が死に、さらに二人がもう少しで命を落としかけたのだ。

「それじゃあなたは」スーザンは冷えた両手でローレンスの腕を握りしめ、ささやくように言った。「今度のことはすべて無意味だったと言うの？　ニールは何の価値もないもののためにリチャードを殺して身を滅ぼしたと？」

「いや、〝何の価値もない〟と言うつもりはない。ものの真価が人それぞれの考え方によるのだとすれば、エヴァラードは二十五万ドルを腕に抱いて死んでいったのさ。それにリチャードにとってこの装飾品は計り知れない値打ちをもっていた。これ自体にだって、いくらかの価値はあるぞ。上等な鉛ガラスだし」トレヴァーは皮肉たっぷりに言った。「みごとな出来ばえだ。きっかり百ポンドはするとしても驚かないね！」

解説

三橋　曉

今から一六〇年ほど前のことだ。ジュラ紀の石灰岩から見つかった化石が、世界の注目を集めた。爬虫類の特徴を持つこの太古の鳥の化石は始祖鳥と呼ばれ、鳥類が恐竜から進化したことを物語る失われた鎖の輪《ミッシングリンク》といわれた。

この始祖鳥のように、ミステリの世界にも諸般の事情から翻訳紹介がなされてこなかった重要なミッシングリンクとも呼ぶべき作品がある。ここにご紹介するエリス・ピーターズの『雪と毒杯』もその一つだろう。このたび、原著の刊行から半世紀以上の時をへて、ようやく日本の読者のもとに届けられることになった。

この作家の作品が創元推理文庫に収められるのは今回が初めてのことなので、まずは作者についておさらいをしておきたい。

エリス・ピーターズ（Ellis Peters）といえば、修道士カドフェルの生みの親であり、歴史・時代ミステリの大家として知らぬ者はないだろう。このペンネームを名乗ったのは、四十代半ばとやや遅いが、実はそれ以前にも作家としてのキャリアがあった。

カドフェル・シリーズの舞台となるイングランド中西部のシュロップシャーは、エリス・ピーターズの生まれ故郷であり、生涯を送った土地でもある。一九一三年、製鉄所に勤める父と歴史好きの母の間に三人兄弟の末妹として生まれたイーディス・メアリー・パージター（Edith Mary Pargeter）は、女子高校で学んだ後、薬剤師の助手として働きながら小説を書き始める。母親からの影響が窺える歴史ものや普通小説をイーディス・パージター名義で発表していたというが、その中の一つに『カマフォード村の哀惜』（一九五一年）があった。

この作品は、第二次世界大戦の終戦からまだ間もないイギリスの地方都市が舞台のミステリで、州警察のジョージ・フェルス巡査部長とその家族（元歌手の母バンティ、息子のドミニク）が探偵役として登場する。本名による歴史小説ですでに読者を獲得していた作者だが、この作品やそれ以前に別のペンネームでものした数編のミステリは、早い時期からこの分野に関心が深かったことを物語っている。

パージター名義の歴史小説の代表作として、後々に語り継がれていく〈Heaven Tree〉三部作が上梓された六〇年代は、ミステリ作家としてもブレイクの時だった。エリス・ピーターズとしてのデビュー作 *Death Mask*（五九年）を皮切りに、ミステリの老舗《しにせ》コリンズ社から作品を発表し、三作目の『死と陽気な女』（六一年）で見事アメリカ探偵作家クラブ（MWA）のエドガー賞を射止める。同作で十年ぶりの再登場を果たしたフェルス一家は、以降ファミリーの年代記となっていくシリーズ（六五年発表の『納骨堂の多すぎた死体』など十三作）で大活躍する。

しかしピーターズの名声を不朽のものにしたのは、なんといっても一家に替わって登場した修道士カドフェルだろう。中世のイギリスを舞台に、西をウェールズと接するイングランドのシュロップシャー州シュールズベリにある聖ペテロ・聖パウロ大修道院の修道士カドフェルの物語は、第一作の『聖女の遺骨求む』（七七年）をふりだしに、最終作となった『背教者カドフェル』（九四年）まで二十長編を数えた。その第三作『修道士の頭巾』（八〇年）は、英国推理作家協会（CWA）のシルバーダガー賞に輝いている。

碩学王《せきがくおう》と謳われたヘンリー一世の死去により、嫡子《ちゃくし》マティルダと甥のスティーヴンの間の王位争いに揺れる十二世紀前半のイングランドを舞台に、十字軍への従軍経験もあり、薬草の知識にめっぽう強いこのウェールズ人の修道士の物語は、世界二十か国以上で出版され、作者の生前だけでもおよそ一億冊を売り上げたという。名優デレク・ジャコビがカドフェルを演じたイギリスのTVシリーズ（一九九四―一九九八）も好評のうちにシーズンを重ね、その人気に拍車をかけていった。

また九〇年代に入ると、この世界的なブームは東洋の島国にも及ぶ。ウンベルト・エーコの『薔薇の名前』が招いた折からのブームとも相俟《あいま》って、短編集を含むシリーズ全作の翻訳紹介が実現し、その後版元倒産の不遇にも見舞われたが、シリーズは再び別の社から復刊されるほどの人気を博した。

九五年に八十二歳で作家として現役のまま他界するまで、ピーターズはこのシリーズに精魂を傾け続けた。CWAの歴史ミステリ賞は、彼女の名に因《ちな》んでエリス・ピーターズ・ヒストリカル・ダガー賞と呼ばれていたこともあるが（同財団が賞を後援していた期間）、カドフェルの物語は、現代のミステリシーンに歴史・時代ミステリ興隆の礎《いしずえ》を築いたといっても過言ではないだろう。

晩年の九三年、CWAから彼女に贈られた巨匠賞にあたるダイヤモンドダガー賞は、作者とカドフェルが二人三脚で果たした、この分野における大きな役割を讃《たた》えてのものだったに違いない。

さて、この『雪と毒杯』*The Will and the Deed*（米題は*Where There's a Will*）は、エリス・ピーターズ名義の第二作で、一九六〇年に英コリンズ社のクライムクラブ叢書《そうしょ》の一冊として刊行された。これまでカドフェル・シリーズの影に隠れ、顧《かえり》みられる機会も殆どないまま、日本の読者には未紹介だった作品の一つだ。解説の冒頭で〝ミッシングリンク〟というメタファーを使ったが、少し大仰ではと思われた向きもあるかもしれない。しかし本作をひもといていただければ、その疑念も氷解するだろう。

物語は、欧州のオペラ界に歌姫《ディーバ》として君臨した老女優アントニア・バーンの大往生で幕をあける。姪とその息子、マネージャー、主治医、共演者、秘書らを引き連れての最後の公演旅行《ツアー》を終え、ウィーンのホテルで彼らが見守る中、アントニアは息を引き取った。残された一行は葬儀のためロンドンへと出立《しゅったつ》するが、チャーターした飛行機は折からの悪天候でオーストリアの山岳地帯に不時着を余儀なくされる。

パイロットを含む八人は村人に救出されるが、大雪のために山間《やまあい》の小さな村に足止めされてしまう。折しも翌日はクリスマス・イヴで、やがて一行が泊まることになった、家族が営む小さなホテルで晩餐《ばんさん》が始まった。故人の遺産をめぐる言い争いから、同行の事務弁護士はその席で老女の遺言書を朗読するが、思いがけない内容に一同は色を失う。故人の親友で、遺言にもその名があった歌手のリチャード・ヘリヤーがテラスルームで死体となって発見されたのは、その夜半のことだった。

事件の舞台となるオーバーシュヴァンデックは、わずか二ダースほどの家と質素な教会があるだけの小さな村で、十三キロ下方のバート・シュヴァンデック村とは、谷間の細道で行き来をしている。しかしスキーの使用も困難な大雪が降ると、不通となる。事件の晩はラインの電話線も降雪により断絶され、村は孤立し、警察とも連絡が取れない状況に陥っていた。

一説によると、セイヤーズがクリスティの『オリエント急行の殺人』を評した際に用いたといわれる〝クローズドサークル〟だが、「天空に浮かぶ孤島も同然」と説明される本作のシチュエーションは、まさにその典型だろう。雪に閉ざされた山荘や嵐に見舞われた絶海の孤島など、本格ミステリではフーダニットの趣向をより際立たせるため、この外部と途絶した舞台設定がよく使われてきた。

このクローズドサークルをはじめ、遺産をめぐる相続人同士の相克や、毒殺の機会をめぐる仮説の試行錯誤など、黄金時代直系かと思えるほどの旧弊な佇《たたず》まいを備えてはいるが、しかしこの『雪と毒杯』は、クラシック・ミステリの単なる焼き直しではない。フェアプレイに徹したフーダニットという基本線をキープしながらも、物語にはそこかしこに新鮮な風が送り込まれているからだ。

探偵の役割を誰が担うのかはっきりとしない前半で、事務弁護士のニール・エヴァラード、パイロットのマクヒュー、アントニアの秘書スーザン・コンロイの三者三様の行動は、まるで探偵役の主導権争いが演じられているようにも映るし、ある人物のひと言によって、それまでの事件の様相ががらりと一変する中盤のひと幕は、後半に向けての起爆剤として十分過ぎる効果を上げている。

とりわけ唸《うな》らされたのは、殺人の容疑者が特定されていく展開の水面下で、ある人物の行動の意図が明らかになるくだりである。小説の技巧とミステリのギミックが鮮やかに重なり合うその瞬間は、感動をおぼえるほどだ。盤上の駒ではなく一人の人間として描かれる犯人も印象的で、罪に対する深い悔恨にはそこはかとない哀切がにじむ。

本作が世に出た一九六〇年の前後は、探偵小説の黄金時代は遥か昔のものとなり、旧来の本格ミステリは、『死人はスキーをしない』（五九年）のパトリシア・モイーズやドーヴァー・シリーズ（六四年―）のジョイス・ポーターらによってアップデートされつつあった。また相次ぎ亡くなったチャンドラー、ハメットの継承者たるロス・マクドナルドは本書発表と同年に『ウィチャリー家の女』を世に問い、ジョン・ル・カレが世界から注目を浴びる『寒い国から帰ってきたスパイ』（六三年）の登場も、目前に迫っていた。

ミステリの世界の多様化が進み、過渡期にあったそんな時代に、本格ミステリには何ができるかを改めて問いかけ、その答えとして書かれた作品が、この『雪と毒杯』ではなかったかと思う。そういう意味で、デビュー間もないエリス・ピーターズを祝福したのが、新しい犯罪小説を標榜《ひょうぼう》したジュリアン・シモンズや本格ミステリの可能性を犯罪心理小説に求めたフランシス・アイルズだったというのは、十分に納得がいく。

一方で、『雪と毒杯』は、クラシック・ミステリから現代ミステリへと至る中間点に位置する、橋渡し《ミッシングリンク》の役割を果たした作品として読むこともできる。黄金時代の芳香を湛えた最後の輝きとして、古典的な本格ミステリを愛するファンにも本作を強くお奨めする所以《ゆえん》である。

ところで、本作のタイトル及び各章の頭でエピグラフとして引用されている『薔薇の騎士』は、十八世紀中頃のウィーンを舞台に、貴族の世界の恋愛騒動をコメディタッチで描いた三幕もののオペラ作品で、初演は一九一一年と古いが、現代でも上演される機会のある人気作品だという。

今でいうラブコメに近いこのオペラがモチーフとされたのは、恋愛という要素が『雪と毒杯』の根幹の部分に強く関わっているからだろう。プロットへの絡め方の巧妙さは、セイヤーズが自作に与えた〝推理によって中断される恋愛小説〟という副題をそのまま呈上したいと思わせるほどだ。ミステリにラブロマンスを持ち込むなかれと戒《いまし》めたS・S・ヴァン・ダインも、もし生きていて本作を読んだとしたら、思わず頰を緩めたに違いない。

検印
廃止

訳者紹介　慶應義塾大学文学部卒。英米文学翻訳家。アリンガム《キャンピオン氏の事件簿》，ブランド『薔薇の輪』『領主館の花嫁たち』，ヘイヤー『紳士と月夜の晒し台』，グラベンスタイン『殺人遊園地へいらっしゃい』など訳書多数。

雪と毒杯

2017年9月29日　初版
2018年10月19日　3版

著　者　エリス・ピーターズ

訳　者　猪《いの》俣《また》美《み》江《え》子《こ》

発行所　（株）東京創元社
代表者　長谷川晋一

162-0814/東京都新宿区新小川町1-5
電　話　03・3268・8231-営業部
03・3268・8204-編集部
URL　http://www.tsogen.co.jp
振替　00160-9-1565
精興社・本間製本

ISBN978-4-488-26905-0　C0197

H·M卿、敗色濃厚の裁判に挑む

THE JUDAS WINDOW◆Carter Dickson

ユダの窓

カーター・ディクスン

高沢 治 訳　創元推理文庫

◆

ジェームズ・アンズウェルは結婚の許しを乞うため
恋人メアリの父親を訪ね、書斎に通された。
話の途中で気を失ったアンズウェルが目を覚ましたとき、
密室内にいたのは胸に矢を突き立てられて事切れた
未来の義父と自分だけだった——。
殺人の被疑者となったアンズウェルは
中央刑事裁判所で裁かれることとなり、
ヘンリ・メリヴェール卿が弁護に当たる。
被告人の立場は圧倒的に不利、十数年ぶりの
法廷に立つH・M卿に勝算はあるのか。
不可能状況と巧みなストーリー展開、
法廷ものとして謎解きとして
間然するところのない本格ミステリの絶品。